BASTEI
LÜBBE

Taschenbücher von ROBERT ASPRIN
im BASTEI-LÜBBE-Programm:

Geschichten aus der Diebeswelt
20 089 Die Diebe aus Freistatt
20 091 Der blaue Stern
20 093 Zum wilden Einhorn
20 095 Die Rache der Wache
20 098 Die Götter von Freistatt
20 101 Verrat in Freistatt
20 107 Krieg der Diebe
20 113 Hexennacht
20 122 Sturm über Freistatt
20 140 Armeen der Nacht
20 149 Die Farbe des Zaubers

20 084 Ein Dämon auf Abwegen
20 085 Ein Dämon kommt selten allein
20 086 Ein Dämon macht noch keinen Sommer
20 109 Dämonen-Futter
20 110 Ein Dämon mit beschränkter Haftung
20 137 Ein Dämon für alle Fälle
20 144 Ein Dämon dreht durch

Robert Asprin & Lynn Abbey (Hg.)

Geschichten aus der Diebeswelt

DER KRIEG DER DIEBE

BASTEI LÜBBE

BASTEI-LÜBBE-TASCHENBUCH

Fantasy

Band 20 107

Erste Auflage: Mai 1988
Zweite Auflage: September 1990

Deutsche Lizenzausgabe 1988
Bastei-Verlag Gustav H. Lübbe GmbH & Co., Bergisch Gladbach
Originaltitel: The Face of Chaos
Ins Deutsche übertragen von Lore Straßl und Susi Grixa
Lektorat: Reinhard Rohn
Titelillustration: Walter Velez
Satz: Fotosatz Schell, Bad Iburg
Druck und Verarbeitung:
Brodard & Taupin, La Flèche, Frankreich
Printed in France
ISBN 3-404-20107-8

Der Preis dieses Bandes versteht sich einschließlich
der gesetzlichen Mehrwertsteuer.

Inhalt

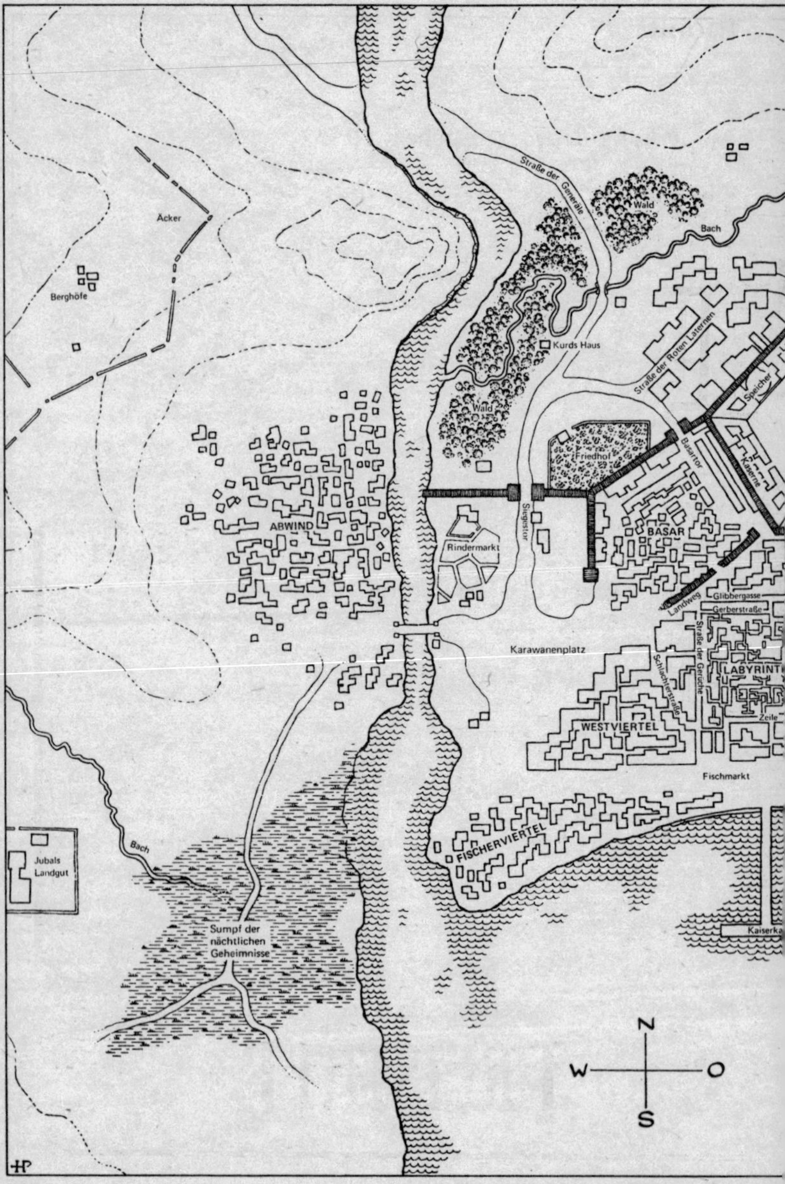

Äcker
Berghöfe
Straße der Generäle
Wald
Bach
Kurds Haus
Straße der Roten Laternen
Speicher
Wald
Friedhof
Basartor
Kaserne
Siegestor
ABWIND
Rindermarkt
BASAR
Glibbergasse
Landweg
Gerberstraße
Karawanenplatz
Straße der Gerüche
Schlachterstraße
LABYRINT
Zeile
WESTVIERTEL
Fischmarkt
FISCHERVIERTEL
Jubals Landgut
Bach
Sumpf der nächtlichen Geheimnisse
Kaiserka
N
W
O
S
HP

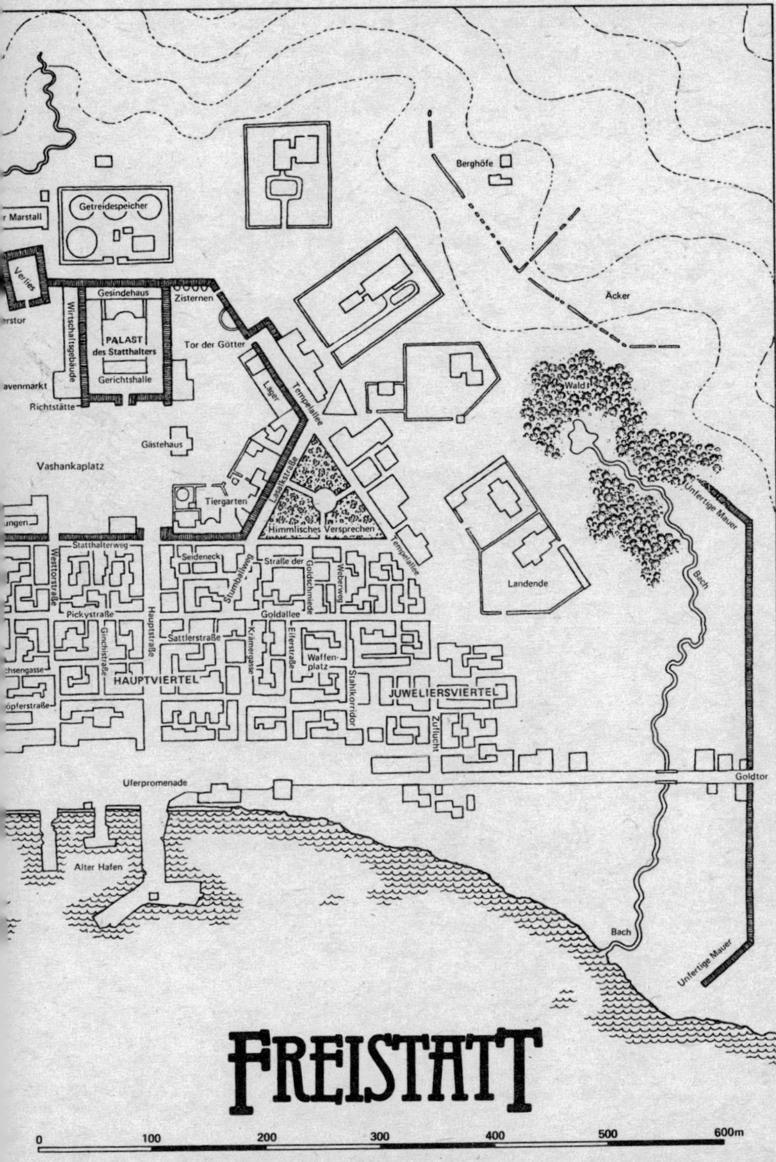
Berghöfe
Getreidespeicher
r Marstall
Verlies
Gesindehaus
Zisternen
Äcker
erstor
Wirtschaftsgebäude
PALAST
des Statthalters
Tor der Götter
Gerichtshalle
avenmarkt
Richtstätte
Lager
Tempelallee
Wald
Gästehaus
Vashankaplatz
Lasalkstraße
Tiergarten
Unfertige Mauer
ungen
Himmlisches Versprechen
Statthalterweg
Seideneck
Straße der
Goldschmiede
Weberweg
Westtorstraße
Stumbalweg
Landende
Bach
Pickystraße
Hauptstraße
Goldallee
Ginchistraße
Sattlerstraße
Krämergasse
Elferstraße
Waffen-
platz
chsengasse
HAUPTVIERTEL
Stahlkorridor
JUWELIERSVIERTEL
öpferstraße
Zuflucht
Uferpromenade
Goldtor
Alter Hafen
Bach
Unfertige Mauer
FREISTATT
0
100
200
300
400
500
600m

Anmerkung des Herausgebers

Dem aufmerksamen Leser fallen möglicherweise kleine Unstimmigkeiten bei den Figuren dieser Stories auf. Ihre Sprechweise, ihre Darstellung bestimmter Ereignisse, und ihre Ansichten, wer in der Stadt mehr oder weniger zu sagen hat, variieren von Zeit zu Zeit.

DAS SIND JEDOCH KEINE UNSTIMMIGKEITEN!

Der Leser sollte diese scheinbaren Widersprüchlichkeiten noch einmal genauer betrachten und dabei dreierlei bedenken:

Erstens: Jede Geschichte wird aus einer anderen Sicht erzählt, und jeder sieht und hört die Dinge eben ein bißchen anders. Selbst augenscheinliche Tatsachen werden durch Wahrnehmung und Standpunkt des einzelnen beeinflußt. So wird beispielsweise ein Spielmann ein Gespräch mit einem Magier anders wiedergeben als ein Dieb, der dasselbe Gespräch mit anhörte.

Zweitens: Die Bürger von Freistatt sind zwangsläufig mehr als nur ein bißchen paranoid. Sie neigen dazu, im Gespräch manche Dinge entweder ganz zu übersehen oder abzuwandeln. Sie tun das eher automatisch als vorsätzlich, weil es für das Überleben in dieser Gesellschaft notwendig ist.

Drittens: In Freistatt ist der Konkurrenzkampf groß. Man wird z. B. nicht angeheuert, wenn man von vornherein zugibt, »der zweitbeste Schwertkämpfer der Stadt« zu sein. Man schneidet also nicht nur auf, was die eigene Person betrifft, sondern setzt auch seinen gefährlichsten Rivalen herab oder ignoriert ihn. Folglich variiert die Rangordnung in Freistatt je nachdem, wer erzählt – oder mehr noch, wem man glaubt.

Hakiem

Einleitung

1. Die Invasion

Die Fischer von Freistatt, die zum Fang ausgefahren waren, erspähten sie als erste.

Haron bemerkte ein seltsames Segel und rief Omat, um es ihm zu zeigen. Bis sie die Augen vor der blendenden Sonne beschirmt und das fremde Schiff wiederentdeckt hatten, waren es schon fünf Segel – dann zwanzig dieser seltsamen Lateinsegel, wie er sie am Tag des Verschwindens des alten Mannes gesehen hatte – nur waren diese hier viel, viel größer.

Er machte sich schnell daran, seine Netze einzuziehen, was ihn, den Einarmigen, besonders anstrengte. Der Alarm wurde von Kahn zu Kahn weitergegeben, bis die ganze kleine Fischerflotte sich auf der hastigen Rückfahrt befand. Manche ließen sogar ihre Netze und Fallen zurück, um sich in Sicherheit zu bringen.

Als sie den Hafen erreichten, waren bereits mehr als hundert Lateinsegel in Sicht, die zweifellos Kurs auf Freistatt nahm.

Wie ein Lauffeuer verbreitete sich die Neuigkeit in der Stadt. Eine Flotte, eine riesige Flotte, näherte sich Freistatt! Einige meinten, es wäre eine Invasion der Nordkräfte; andere widersprachen heftig, weil die Schiffe, wie sie sagten, nicht nordischer Bauweise waren, woher sie stammen mochten, wußten sie allerdings nicht, eben nur, daß sie nicht von den nördlichen Königreichen kommen konnten.

Fest stand jedenfalls, daß noch vor Einbruch der Nacht Fremde die Straßen von Freistatt betreten würden. Panikerfüllt suchten einige Schutz im Palast oder in den Tempeln. Praktischer veranlagte Bürger verbarrikadierten ihre Geschäfte und versteckten ihre Wertsachen.

Hanse Nachtschatten hörte die Neuigkeit mit gemischten Gefühlen. Erneut wünschte er sich, zu wissen, wie lange sein göttlicher Schutz noch andauern mochte. Schließlich sagte er sich, daß Vorsicht nie schaden konnte, und machte sich auf den Weg zum Adlerhorst, wo er vor kurzem einige Abenteuer erlebt hatte – ein halbzerfallenes früheres Landhaus, das sich außerhalb von Freistatt befand. Das Leben war viel einfacher gewesen, *ehe* er etwas zu verlieren gehabt hatte.

Myrtis, die Herrin des Aphrodisiahauses und unbestätigte Herrscherin der Straße der Roten Laternen, war vielleicht am besten von allen in der Stadt vorbereitet. Ein paar knappe Anweisungen genügten, ihr »Personal« in die unterirdischen Räume zu schicken. Zwar machte sie sich Gedanken über den chronischen Vorratsmangel dort, mehr noch sorgte sie sich jedoch um Lythande. Die Zauberin war schon längere Zeit nicht mehr in Freistatt gewesen – und die näherkommende Flotte versprach nichts Gutes für etwaige Heimkehrer.

Die Magier von Freistatt blickten der Flotte teils erwartungsvoll, teils besorgt entgegen. Zauber haftete den Schiffen an, starker Zauber einer ihnen unbekannten Art. Einige, wie Enas Yorl und Ischade, die nichts zu verlieren hatten, harrten der Flotte voll Neugier und erhofften sich, durch sie ihren ohnedies reichen Wissensschatz noch erweitern zu können. Die restlichen woben hastig Schutzzauber um sich und beteten heimlich zu den unterschiedlichsten Göttern, daß ihre Kräfte stark genug waren.

Molin Fackelhalter, der Hohepriester Vashankas, war vollauf damit beschäftigt, seine Unterpriester zu beruhigen, so daß diese ihrerseits den Gläubigen Mut zusprechen konnten, die sich in den Tempel drängten. Doch während er sich um Ordnung bemühte, quälten ihn seine eigenen Ängste. Er hatte erstrebt, etwas unabhängiger von seinem Gott zu werden, damit die Priesterschaft frei entscheiden und Zeichen auslegen konnte, wie es ihr gottgegebenes Recht und ihre Pflicht war. Und er hatte auch an den Erfolg geglaubt, denn in letzter Zeit war von Vashanka in der Stadt nichts mehr zu bemerken gewesen.

Und jetzt das! Mußte er etwa gar für seine Ränke bezahlen? Wo blieb der Schutz des Sturmgottes nun, da sie von einer größeren Macht bedroht wurden? Wenigstens ein ordentlicher Sturm ...

Seufzend sagte Molin sich, daß die Götter eben nie da waren, wenn man sie brauchte, wohl aber, wenn man sie lieber anderswo hätte.

Jubal fluchte, als Saliman mit der Neuigkeit über die Flotte in ihrem neuen Versteck erschien. Ihre Pläne, ihre Macht wiederzuerrichten, zeigten bereits Erfolg. Sie konnten sich vieler ihrer ehemaligen Leute sicher sein, und neue wurden angeworben und gekauft oder durch Drohungen gefügig gemacht. Ihr erster Coup sollte in wenigen Wochen stattfinden, aber diese plötzlich aufgetauchte, unbekannte Macht konnte die gegenwärtige Ordnung in Gefahr bringen und ihnen Schwierigkeiten machen. Er würde ihre Pläne aus diesen Gesichtspunkten noch einmal eingehend überprüfen und sie wahrscheinlich ändern müssen.

Nach monatelanger, schmerzhafter Heilung und sorgfältigster Planung begrüßte Jubal neue Unannehmlichkeiten nicht gerade freudig.

Prinz Kadakithis wies seine Ratgeber aus dem Gemach, um sich unter vier Augen mit Tempus zu unterhalten. Man hatte bereits beschlossen, sofort einen Kurier mit den Neuigkeiten über die Flotte zur Hauptstadt zu schicken. Es stand zu befürchten, daß sie nach ihrer Landung dazu nicht mehr imstande sein würden.

Freistatts militärische Lage war nicht gerade rosig. Alles zusammengerechnet – die Stiefsöhne, die Garnison und Walegrins neugebildete Kompanie –, verfügte die Stadt über nicht ganz zweihundert Kämpfer. Wenn es sich bei der Flotte tatsächlich um Invasionskräfte handelte, würden sie gewiß mehrere tausend Mann stark sein.

Entrüstet wehrte der Prinz Tempus' Vorschlag ab, den Kurier nach Ranke zu begleiten, wo für seine Sicherheit gesorgt wäre. Er sei der Herrscher dieser Stadt, erklärte er, und sei für sie verantwortlich. Wenn man schon die Vorteile eines hohen Standes genoß, mußte man auch dessen Bürde tragen – selbst wenn diese möglicherweise Geiselnahme oder Schlimmeres einschloß.

Tempus behauptete, das sei unlogisch, und zählte viele geschichtliche Beispiele auf, was Kadakithis jedoch nicht umstimmen konnte. Die Bürger Freistatts konnten nicht fliehen, deshalb würde auch er es nicht. Was auch immer kam, er bliebe bei seinen Untertanen und teilte ihr Schicksal.

Als Walegrin erkannte, daß eine weitere Weissagung sich bewahrheitete, wollte er seine Halbschwester im Basar besuchen, fand seinen Weg jedoch durch grimmige S'danzomänner versperrt. Dubros Erscheinen verhinderte mögliches Blutvergießen. Der Schmied zog Walegrin zur Seite und erklärte ihm, was er von der Lage wußte.

Illyra befand sich in einer Besprechung mit den anderen S'danzofrauen – eine Besprechung, zu der Außenstehende nicht zugelassen waren. Soweit Dubro es verstanden hatte, tauschten sie ihr Wissen über die näherkommenden Schiffe aus und besprachen den bestmöglichen Kurs für die S'danzo. Solange sie sich noch berieten, konnten die Männer nichts anderes tun, als zu warten.

Walegrin setzte sich und harrte ungeduldig auf das Ende der Besprechung, denn er wußte sehr wohl, von welchem Wert das Ergebnis sein würde – auch für ihn, wenn er Illyra überreden konnte, das Geheimnis mit ihm zu teilen.

Die Abwinder jubelten, als sie die Neuigkeit erfuhren. Da sie gegenwärtig in der Gesellschaft am wenigsten geachtet wurden, konnte eine Änderung, gleich welcher Art, für sie nur zu Besserem führen, meinten die meisten. Doch einige mit größerer Vorstellungskraft warnten, daß dies durchaus nicht so sein mußte. Jedenfalls warteten die Abwinder mit größerer Begeisterung auf die Flotte als sonst irgend jemand in Freistatt.

Das Wilde Einhorn war voll von jenen, die die Zukunft mit einem Krug Bier verdrängen wollten. Eindaumen weigerte sich unerbittlich, heute anzuschreiben oder einen Preisnachlaß zu gewähren, insgeheim wünschte er sich, er hätte statt dessen den Mut, die Preise zu erhöhen. Um Schiffe zu bemannen, brauchte man Männer, und Männer tranken, besonders wenn sie nach langer Zeit wieder an Land kamen. Er könnte morgen schon reich sein, reich genug, diese Stadt für immer zu verlassen, wenn …

Wenn seine armselige Kundschaft seine Keller nicht völlig leerte, ehe die Flotte ankam. Mit einem wütenden Aufschrei beantwortete er die nächste Bitte um Anschreiben und schlug dem Burschen einen Krug ins Gesicht.

Die Hafengegend war jetzt verlassen. Die Fischer hatten sich zurückgezogen und den Garnisonssoldaten Platz gemacht. Die Stadtwache war noch nicht gekommen, und vielleicht ließ sie sich überhaupt nicht sehen. Die meisten glaubten ohnehin, daß der Prinz die Höllenhunde im Palast behielt, damit sie nicht desertieren konnten.

Nur eine Person leistete den Möwen Gesellschaft, die kreischend über Strand und Wasser flogen, während die Flotte immer näherkam: Es war Hakiem, der Geschichtenerzähler. Er saß mit überkreuzten Beinen auf einer alten Holzkiste im Schatten eines zerfetzten Sonnenschutzes, der laut in der Stille des Hafens knallte. In einer verlassenen Schenke hatte er sich zwei Flaschen guten Weines beschafft, und nun trank er abwechselnd daraus, während er zu den fernen Segeln spähte.

Er war seit seinem Gespräch mit Omat nicht untätig gewesen, so wußte er nun, daß die herbeikommenden Schiffe der Beschreibung nach jenen glichen, wie die Fischäugigen alter Sagen sie gefahren waren – und daß ein ähnliches Schiff vor Monaten den Alten Mann und seinen Sohn als Gefangene an Bord genommen hatte.

Ob sie nun als Freund oder Feind kam, die Antwort der Flotte versprach, das denkwürdigste Ereignis in der Geschichte dieser Generation zu werden – und Hakiem beabsichtigte, sich nichts entgehen zu lassen.

Zwar war er sich der möglichen Gefahr durchaus bewußt, aber schlimmer als sie wäre für ihn, das Anlegen der Schiffe zu versäumen.

Es mochte sich als das Ende der Geschichte über den Alten Mann erweisen, und zweifellos würde es der Anfang einer neuen Geschichte für Freistatt sein. Die Tatsache, daß es sich als das Ende von *Hakiems* Geschichte erweisen konnte, war im Augenblick unwichtig für ihn.

Der Geschichtenerzähler verscheuchte eine Fliege, nahm einen weiteren Schluck und wartete.

2. Hakiems große Stunde

»Das Antlitz des Chaos wird uns auslachen, noch ehe das Rad der Zeit seine Drehung vollendet hat!«

Über den Lärm im Basar waren die Worte kaum vernehmbar, aber sie drangen an Illyras Ohr und ließen sie mitten im Schritt anhalten. Ohne auf den verwunderten Blick ihres Mannes zu achten, bahnte sie sich einen Weg durch die Menge, um den Sprecher zu finden. Sie war zwar nur halb eine S'danzo, trotzdem war das Kartenlegen ihr Beruf, und sie schuldete es ihrem Clan, festzustellen, wer da die Nase in ihre Geheimnisse steckte.

Aus dem tiefen Schatten neben einem Stand schenkte ihr jemand ein Lächeln, das gelbe Zähne entblößte. Sie strengte die Augen an und erkannte Hakiem, Freistatts ältesten und beliebtesten Geschichtenerzähler, der hier Schutz vor der grellen Vormittagssonne gesucht hatte.

»Guten Morgen, Alter«, grüßte sie kühl. »Dürfte ich wissen, was ein Geschichtenerzähler von Karten versteht?«

»Zu wenig, um sich damit seinen Unterhalt verdienen zu können«, antwortete Hakiem und kratzte sich träge. »Und doch viel für einen, der nicht gelernt hat, sie zu deuten.«

»Du hast vom Antlitz des Chaos gesprochen. Sag bloß nicht, daß du es dir endlich geleistet hast, dir die Karten legen zu lassen.«

»Nicht in meinem Alter.« Der Geschichtenerzähler winkte ab. »Ich ziehe es vor, mich von der Zukunft überraschen zu lassen. Doch sagen mir allein schon meine Augen, daß diese Karte gewaltige Umwälzungen ankündet. Und um anzunehmen, wie sie bei all diesen Fremden in der Stadt jetzt auf sich aufmerksam macht, dazu brauche ich bestimmt kein zweites Gesicht. Ich habe Ohren, Illyra, ebenso wie Augen. Ein alter Mann hört und sieht genug, um sich nicht von einer hinters Licht führen zu lassen, die weit jünger ist, als sie mit ihrer Schminke und Kleidung vorzutäuschen versucht.«

Illyra runzelte die Stirn. »Solche Beobachtungen könnten mir sehr schaden, Hakiem.«

»Du bist weise, Illyra. Weise genug, um den Wert des Schweigens zu kennen und zu wissen, daß eine hungrige Zunge sich vergißt.«

»Schon gut, Hakiem.« Die Wahrsagerin lachte und legte eine Münze auf die ausgestreckte Hand. »Dämpfe deine Ohren, Augen *und* die Zunge mit einem Frühstück auf meine Kosten ... und vielleicht einem Becher Wein; bring einen Trinkspruch auf das Antlitz des Chaos aus.«

»Einen Augenblick!« rief der Geschichtenerzähler ihr nach, als sie sich zum Gehen wandte. »Ein Versehen! Das ist Silber!«

»Deine Augen sind scharf wie immer, alter Teufel. Sieh

den Rest als Belohnung für Mut an. Ich habe gehört, was du tun mußt, um zu den Geschichten zu kommen, die du weitererzählen *darfst!*«

Hakiem steckte die Münze in den Beutel unter seinem Kittel. Es klickte zufriedenstellend, als sie sich zu den anderen gesellte. Zur Zeit sparte er das Geld für's Frühstück mehr aus Gewohnheit denn aus Notwendigkeit. In Freistatt füllten sich die Beutel mit dem Reichtum, den die Neuankömmlinge mit sich brachten. Selbst Einschüchterung wurde einfacher, da die Leute nicht mehr so sparsam sein mußten. Einige, wie Illyra gerade, schienen ihr Geld sogar gern herzugeben. Allein an diesem Morgen hatte er genug für zehnmal Frühstück eingenommen und sich dafür weniger anstrengen müssen als früher für ein einziges. Nach Jahrzehnten des Niedergangs lebte Freistatt durch das Geld wieder auf, das die beysibischen Soldaten hier ausgaben. Ihre militärische Stärke war viel zu groß für die hiesige Garnison. Daß die Regierung der Stadt noch in den Händen des Prinzen und seiner Minister lag, war lediglich der Tatsache zu verdanken, daß die Beysiber keinen Anspruch darauf erhoben. Doch die Gefahr war allgegenwärtig und verlieh dem täglichen Leben der Bürger einen Hauch von Aufregung.

Hakiem kratzte sich wieder und blickte stirnrunzelnd in die Helligkeit. Doch nicht alle Fältchen kamen davon, daß er die Augen zusammenkniff. Es war fast – nein, es *war* zu schön, um wahr zu sein. Er hatte zu viele Jahre des Leides hinter sich, als daß er einem geschenkten Gaul *nicht* ins Maul schauen mußte. Alle Geschenke hatten ihren Preis, auch wenn er noch so gut verborgen oder unbedeutend zu sein schien, wenn man sie bekam. Also war anzunehmen, daß der plötzliche Wohlstand durch die Neuankömmlinge auch seinen Preis von diesem Höllenloch fordern würde, das gemeinhin Freistatt genannt wurde. Wie hoch oder schrecklich dieser Preis sein würde, vermochte der Geschichtenerzähler jetzt noch nicht zu folgern. (Es gab immer noch Falken in Freistatt, auch wenn man sie nicht so leicht fand … und einen Falkner im besonderen.) Schärfere

Augen als Hakiems würden beobachten, wie dieser Zustrom sich auf Freistatt auswirkte, und sich Gedanken über die weitreichenderen Folgen machen. Trotzdem konnte es nicht schaden, wenn er die Ohren spitzte und …

»Hakiem! Da ist er! Ich habe ihn gefunden! Hakiem!«

Der Geschichtenerzähler stöhnte innerlich, als ein Junge in ziemlich alberner Kleidung auf und ab hüpfte und beide Arme schwenkte, um seine Freunde auf Hakiem aufmerksam zu machen. Auch Beliebtheit hatte ihren Preis. Dieser lästige Junge hieß Mikali. Er hatte offenbar nichts anderes zu tun, als das Geld seines Vaters für teure Gewänder auszugeben – und Hakiem als selbsternannter Herold zu dienen. Zwar war das Geld aus dem vornehmeren Viertel Freistatts willkommen, trotzdem sehnte der alte Mann sich manchmal nach der Zeit, da er weniger bekannt gewesen war und sich auf seine eigene Geschicklichkeit hatte verlassen müssen, wollte er etwas an seinen Geschichten verdienen. Vielleicht zog er sich deshalb immer wieder zu seinen alten Plätzen im Basar und im Labyrinth zurück.

»Da ist er!« erklärte der Junge seinem rasch zunehmenden Publikum. »Der einzige in Freistatt, der nicht davonlief und sich verkroch, als die beysibische Flotte im Hafen einlief.«

Hakiem räusperte sich lautstark. »Kenn ich Euch, junger Mann?«

Ein Lachen und Kichern setzte ein, als der Junge zutiefst errötete.

»S-sicher erinnert Ihr Euch an mich! Ich bin es, Mikali. Gestern …«

»Wenn *Ihr mich* kennt, wißt Ihr auch, daß ich nicht Geschichten zum Zeitvertreib erzähle und auch keine Gaffer dulde, die zahlenden Kunden die Aussicht versperren.«

»Ja, natürlich.« Mikali strahlte. Im Handumdrehen brachte er ein Taschentuch aus feinster Seide zum Vorschein. Er kleidete damit die hohle Hand aus und machte sich daran, Geld von den Zuhörern einzusammeln. Wie zu erwarten, dachte er nicht daran, es stumm zu tun.

»Gebt Euer Scherflein für Freistatts größten Geschichtenerzähler! Hört alles über die Landung von dem einen, der die Beysiber hier willkommen hieß! Eine kleine Gabe! Was ist das? Kupfer?! Für Hakiem? Langt tiefer in Euren Beutel oder macht Platz! Der tapferste Mann der Stadt sitzt hier vor Euch ... Danke ... Einen Obolus für den mutigsten Mann von Freistatt ...«

Im Handumdrehen quoll das Taschentuch über, und Mikali überreichte es Hakiem mit einem Kratzfuß. Der Geschichtenerzähler wog es gleichmütig in den Fingern, dann nickte er und steckte das Ganze in seinen Kittel. Insgeheim freute er sich über die entsetzte Miene des Jungen, als ihm bewußt wurde, daß er das Taschentuch nicht zurückbekommen würde.

»Zwar bezog ich meinen Posten am Hafen schon gegen Mittag, doch brach bereits die Nacht an, ehe die Flotte angelegt hatte und die ersten Beysiber von Bord gingen. Es war so dunkel, daß ich nicht einmal sehen konnte, wie das kleine Boot aus einem Schiff ins Wasser gehoben wurde. Erst als sie Fackeln anzündeten und zum Kai ruderten, erkannte ich, daß sie noch vor dem ersten Licht des neuen Tages an Land gehen wollten.« So begann Hakiem.

Tatsächlich war er in jener Nacht fast eingenickt, ehe er bemerkte, daß endlich ein Boot von der Flotte unterwegs war. Selbst die Neugier eines Geschichtenerzählers hatte irgendwann einmal ihre Grenzen.

»Es war ein Anblick zum Kindererschrecken. Dieses fakkelbeleuchtete Boot kroch wie eine Riesenspinne aus einem Alptraum auf unsere Stadt zu, es pirschte sich seiner Beute über einen tintenschwarzen Spiegel an. Obgleich man mich meiner Tapferkeit rühmt, muß ich gestehen, daß ich es aus den Schatten der Dunkelheit beobachtet habe. Den Weisen ist es sehr wohl bekannt, daß die Dunkelheit den Schwachen so leicht schützen kann, wie den Starken in Schrecken versetzen.«

Viele der Zuhörer nickten bestätigend. So war Freistatt, und jeder, gleichgültig, welcher Klasse er angehörte, hatte irgendwann einmal Zuflucht in der Dunkelheit gesucht – so mancher öfter, als er zugeben mochte.

»Als sie an Land waren, konnte ich jedoch erkennen, daß sie nicht viel anders aussahen als wir. So trat ich aus meinem Versteck und schritt ihnen entgegen.«

Diesen Mut verdankte Hakiem einer Mischung aus Ungeduld, Neugier – und Wein. Hauptsächlich letzterem. Es stimmte, daß der Geschichtenerzähler seit Mittag auf seinem Posten gewesen war, aber er hatte sich auch von dem Wein in den verlassenen Hafenkneipen bedient. So kam es, daß er sternhagelvoll war, als das Boot anlegte.

Die Männer stiegen auf den Pier, und, statt sich in die Stadt zu begeben, sammelte sich die Gruppe am Strand. Nachdem Minuten vergangen waren und sich kein weiteres Boot von der Flotte näherte, begriff Hakiem, daß diese Vorhut auf ein Empfangskomitee von der Stadt wartete. Wenn das wirklich der Fall war, dachte er, mochten sie bei Sonnenaufgang immer noch hier stehen.

»Ihr müßt zum Palast gehen!« rief er, ohne zu überlegen.

Kaum ertönte seine Stimme, richteten sich aller Augen auf ihn.

»Palast! Zum Palast!« wiederholte er und ignorierte das Prickeln am Nacken.

»Hakiem!«

Einer aus der Gruppe winkte ihm, näherzukommen.

Was immer Hakiem von den Invasoren erwartet oder befürchtet hatte, ganz sicher jedenfalls nicht, daß man ihn beim Namen rufen würde.

Fast gegen seinen Willen trugen seine zittrigen Beine ihn zu den Männern.

»Der erste, dem ich begegnete, war der letzte, mit dem ich gerechnet hätte«, gestand Hakiem seinen Zuhörern. »Es war kein anderer als unser Hort, von dem man annahm, daß er mit seinem Vater auf der See geblieben war.* Ihr dürft mir glauben, ich war ziemlich erstaunt, daß er nicht nur noch lebte, sondern diese Eindringlinge begleitete.

Inzwischen kennt Ihr alle die Beysiber und habt Euch an

* Siehe Einleitung von *Verrat in Freistatt*, Bastei-Lübbe 20101

ihr seltsames Aussehen gewöhnt. Doch sie so zum erstenmal bei Fackelschein am verlassenen Strand zu sehen, genügte, einem starken Mann Schrecken einzujagen – und ich bin kein starker Mann. Die Hände, welche die Fackeln hielten, hatten Schwimmhäute, daß man meinen konnte, diese Leute wären geradewegs aus dem Meer gestiegen und hätten es nicht mit Schiffen überquert. Die Schwertgriffe, die über ihre Schultern hochragten, hatte ich schon aus der Ferne bemerkt, nicht aber ihre Augen. Diese dunklen, starren Augen, in denen sich der Fackelschein spiegelte, ließen mich glauben, daß sie sich wie eine Meute Raubtiere auf mich stürzen würden, wenn ich die geringste Furcht zeigte. Selbst jetzt, bei Tageslicht, können diese Augen ...«

»Hakiem!«

Der Alte freute sich, als ihm auffiel, daß er nicht als einziger bei diesem Ruf zusammenzuckte. Er konnte seine Zuhörer also immer noch in Bann schlagen. Sie hatten die grelle Vormittagssonne vergessen und standen mit ihm an einem fackelerhellten Strand.

Über seinem Stolz spürte er Ärger aufkommen, daß man ihn mitten in einer Geschichte unterbrach. Er warf dem Störenfried keinen freundlichen Blick zu.

Es war kein anderer als Hort in Begleitung von zwei beysibischen Soldaten. Einen Moment mußte Hakiem gegen eine Welle der Unwirklichkeit ankämpfen, als wäre dieser Jungmann aus seiner Geschichte gestiegen, um sich im wirklichen Leben an ihn zu wenden.

»Hakiem! Du mußt sofort mitkommen. Die Beysa höchstpersönlich möchte dich sehen.«

»Sie muß warten«, erklärte der Alte von oben herab und ignorierte das Gemurmel unter seinen Zuhörern. »Ich bin mitten in einer Geschichte.«

»Du verstehst nicht«, drängte Hort. »Sie will dir eine Stellung an ihrem Hof anbieten!«

»Nein, *du* verstehst nicht!« brüllte Hakiem, und sein Ärger schwoll an. »Ich bin bereits beschäftigt – und werde es sein, bis ich mit meiner Geschichte fertig bin. Diese guten Leute haben mich beauftragt, sie zu unterhalten, und das beabsichtige ich zu tun, bis sie zufrieden sind. Du und deine fischäugigen Freunde werdet eben warten müssen.«

Damit widmete sich Hakiem wieder seinen Zuhörern und achtete nicht auf Horts Verlegenheit. Die Tatsache, daß er gar nicht wirklich etwas hatte erzählen wollen, war unwichtig, genau wie die, daß eine Stellung bei der Führerin der Beysibischen Exilregierung sicherlich lukrativ sein würde. Kein Geschichtenerzähler, schon gar nicht Freistatts bester, vernachlässigte seine Pflicht in der Mitte einer Geschichte, so verlockend ein anderes Angebot auch sein mochte.

Vorbei war die Zeit, da er beim Klimpern von ein paar Münzen gleich davoneilte. Der Stolz des alten Geschichtenerzählers war mit seinem Reichtum gewachsen, und Hakiem blieb genausowenig wie irgendein anderer Bürger Freistatts von der Wirkung des Antlitzes des Chaos ausgenommen.

Niko

Hochmond

Janet Morris

Etwas südlich des Karawanenplatzes und der Brücke über den Schimmelfohlenfluß hatte die Nisibisihexe sich niedergelassen. Sie hatte das einsam gelegene Anwesen – ein dreistöckiges »Herrenhaus« mit Nebengebäuden – gemietet, weil es bis ans Ufer des Schimmelfohlenflusses reichte (Flüsse waren sehr nützlich zur Beseitigung von so allerlei Unerwünschtem), und weil es nahe dem Lagerhausviertel am Breitenweg und somit für ihren Karawanenmeister günstig lag, der den Platz jederzeit schnell erreichen mußte.

Die Karawane bot eine gute Tarnung für ihre eigentlichen Geschäfte. Die Drogen, die sie einschmuggelten, waren für ihre Zwecke nicht wichtiger als das heruntergekommene Herrenhaus am Ende der Wagenstraße oder die Waren, die ihre Leute kauften und in den einbruchssichersten Lagerhäusern am Breitenweg unterbrachten – aber sie erleichterten ihre Geschäfte mit den Einheimischen und machten ihre unruhigen Nächte erträglicher. Es war alles Tarnung, ein Lügengespinst, glaubhafte geringere Übel, die sie eingestehen konnte, falls die rankanische Armee sie stellte, oder des Palastmarschall Tempus' Stiefsöhne auf ihre Leute oder gar selbst aufmerksam wurden und sie vor Gericht brachten.

Seit kurzem machte ihr ein Stiefsohnpaar besonders zu schaffen. Und Jagat – ihr oberster Spionagemann – war nicht weniger besorgt. Selbst ihr ilsiger Vertrauensmann Lastel, der bereits seit zwölf Jahren in Freistatt lebte – der Senkgrube des rankanischen Reichs, in die alle übelriechenden Abwässer flossen –, und dem es die ganze Zeit geglückt war, unverdächtigt sein Doppelleben als Ostviertelgeschäftsmann und Labyrinthwirt zu führen, war bestürzt über die Aufmerksamkeit, die dieses Stiefsohnpaar ihr widmete.

Sie hatte ihre Verbündeten zunächst für übervorsichtig gehalten, als sie noch gedacht hatte, sie bliebe bloß lange genug, um für den »Tod« des rankanischen Kriegsgottes Vashanka zu sorgen. Das Machtsymbol des Staatskultes in Mißkredit zu bringen, dazu war die Nisibisihexe Roxane aus den Weiten des Hexenwalls herabgekommen; herunter von ihrer wolkenverhangenen Burg aus schwarzem Marmor, herab zu den Sterblichen und den Verdammten. Sie waren alle beteiligt: die Magier von Nisibisi, Lacan Ajami (Kriegsherr von Mygdon und der bekannten Welt nördlich des Hexenwalls), mit dem sie einen Pakt geschlossen hatten, und die gesamte mygdonische Allianz, die er leitete.

So jedenfalls hatte ihr Herr und Liebster es erklärt, als er bestimmte, daß Roxane sich nach Freistatt begebe. Sie hatte sich nicht dagegen aufgelehnt – wenn man schon unter Zauberern war, mußte man auch etwas tun, und sie hatte schon seit einem Jahrzehnt nicht mehr wirklich schwer gearbeitet und sich doppelt so lange keiner Gefahr aussetzen müssen. Und wenn *einer* Mygdonien nicht diente – *einer genügte* –, müßten alle leiden. Die Allianz war zu mächtig, sich ihr zu widersetzen. Also war sie hier, mit anderen, die für Besseres geeignet gewesen wären; sie war hierhergezogen, als würde eine Macht, stärker als Magie, einen tropischen Sturm zusammenbrauen, der das Land säubern sollte.

Eigentlich sollte sie inzwischen wieder zu Hause sein, wäre es auch, wenn die hundert Schiffe von Beysib nicht gekommen wären und alle Pläne durcheinandergebracht hätten. Von Mygdon, der Hauptstadt von Mygdonien, hatte sie durch das Verbindungsnetz der Nisibisi den Auftrag erhalten, noch zu bleiben.

So war es nun von allergrößter Wichtigkeit, daß die um sie herumschnüffelnden Stiefsöhne in Schach gehalten wurden – oder gekauft oder versklavt oder gar getötet. Aber sie mußte mit größter Vorsicht zu Werke gehen. Denn Tempus, der vor drei Jahrzehnten ihr Feind gewesen war, als er die Verteidigungskriege auf den Steppen des Hexenwalls geführt hatte, war die Inkarnation von einem Dutzend Sturmgöttern. Keine Armee, der er beistand, konnte besiegt werden, und es gab keinen Krieg, den er nicht gewann. Kampf war sein Leben; er kämpfte wie ein Gott, wie eine Entelechie von einer höheren Sphäre – und hatte sogar Freunde unter diesen Mächten, die nicht körperlich waren und auch nicht verwundbar durch Magie der üblichen Art.

Nun war es in den mygdonischen Zelten beschlossen worden, daß er von hier, vom südlichen Kriegsschauplatz, irgendwie in den Norden gelockt werden mußte, wo die Hexer ihn unschädlich machen konnten. Jedenfalls hatte ihr Lordliebster ihr den Auftrag erteilt: Schaff ihn in den Norden, oder mach ihn unschädlich, wo er ist. Der Gott, dem er hier gedient hatte, war leichter in die Flucht zu schlagen gewesen. Aber sie zweifelte, daß ihn das beeinträchtigen würde. Es gab noch andere Sturmgötter, und Tempus, der unter Dutzenden von Namen in mehr Dimensionen gekämpft hatte, als ihr zu besuchen je vergönnt gewesen war, kannte sie alle. Vashankas Vertreibung mochte die Rankaner erschrecken und den Ilsigern Hoffnung geben, aber mehr als Gerüchte und die Manipulation von Theomachie durch die klügste Hexe waren nötig, Tempus die Hände falten oder den Kopf senken zu lassen. Ihn in die Flucht zu schlagen war unmöglich. Ihn in den Norden zu *locken* war hoffentlich möglich. Freistatt war kein Ort für Roxane. Der Gestank, der aus dem Westen von Abwind kam, aus dem Süden vom Fischerviertel, aus dem Osten vom Labyrinth und aus dem Norden vom Schlachthaus oder vom Palast, beleidigte ihre Nase.

Also hatte sie – ziemlich verwegen – ein Treffen mit ihresgleichen einberufen, die auf den hohen Gipfeln des Hexenwalls wohnten. Als es zu Ende war, fühlte sie sich sehr geschwächt – es ist schließlich eine gewaltige Leistung, seine Seele so weit zu projizieren – und unzufrieden. Aber sie hatte ihre Strategie dargelegt und in gewisser Weise Zustimmung erhalten, aber es schmerzte sie, darum bitten zu müssen.

Nachdem sie die notwendige Zustimmung bekommen

hatte, war sie jetzt bereit, ihren Plan auszuführen. Als erstes hatte sie Lastel/Eindaumen aufgesucht und sich beschwert. »Tempus' Schwester Cime, die selbständige Agentin, gehörte zu unserem Handel, Ilsiger. Wenn du sie nicht herbeizuschaffen vermagst, kann sie mir nicht helfen, und ich bezahle dir viel zuviel für die armseligen Fähigkeiten eines drittrangigen Verbrechers.«

Der riesige Ringer strich über seinen nur scheinbar fetten Bauch. Sein Haus im Ostviertel war geräumig. Hunde bellten in ihren Zwingern, und andere Köter, seine Lieblinge, lagen vor ihren Füßen auf grellbunten seidenen Gebetsteppichen, umarmt und geküßt von Sklaven, die mit Krrf gefügig gemacht waren – keineswegs ihre Vorstellung von Unterhaltung, wohl aber Lastels, wie die Schweißperlen auf seiner Stirn verrieten und sein schweres Atmen, während er diese tierische Belustigung beobachtete, die einem Dutzend anderer Gäste durchaus gefiel.

Die Ilsiger sahen nichts Anrüchiges darin, Angehörige ihrer Rasse zu versklaven. Die Nisibisi hatten mehr Stolz. Aber es schadete gewiß nicht, daß die Ilsiger diese Einstellung zur Sklaverei hatten – sie würden sie nach und nach noch viel besser kennenlernen.

Ihre Worte hatten den Gastgeber aufgerüttelt. Lastel stützte sich auf einen Ellbogen, und die Kissen verrutschten. Auch er hatte Krrf genommen – nicht geraucht, wie die Ilsiger es üblicherweise taten, sondern mit anderen Drogen gemischt, wodurch es durch die Haut direkt ins Blut gelangte. Die Wirkung war stärker und weniger vorhersehbar.

Wie erhofft, ließen ihre Worte die Macht des Krrfs verschwinden. Furcht sprach aus den Augen des feisten Riesen. Er wußte, wer sie war; die Furcht galt ihr. Jeder einzelne hier war hilflos ihr gegenüber, sollte es ihr einfallen, daß ein oder zwei geschrumpfte Seelen sie belustigen könnten. Ihre Substanz konnte ihre Last erleichtern, so wie Krrf ihnen half.

Der fette Mann winselte seine Entschuldigung fast. Die Frau war »verschwunden – von Askelon, dem Gott der

Träume, mitgenommen. Alle beim Fest der Magiergilde, wo der Gott gewesen war, haben es gesehen. Wenn Euch mein Wort nicht genügt, dann fragt einige der unzähligen Zeugen.«

Der Blick ihrer blassen Augen durchbohrte ihn. Ilsiger wurden von den Rankanern Winder genannt. Wenn man Lastel so anschaute, wußte man, weshalb. Sie empfand Ekel und nahm die Augen von ihm.

Der Mann vor ihr senkte die Lider und murmelte, daß ihre Abmachung nicht von der Magiermörderin Cime abhängig gemacht worden wäre; daß er ohnehin mehr tat, als er eigentlich müßte, und das noch dazu für einen geringen Gewinn bei hohem Risiko.

Und um zu beweisen, daß er immer noch auf ihrer Seite war, warnte er sie erneut vor den Stiefsöhnen: »Dieses Paar Hurenbrüder, das Tempus auf uns angesetzt hat, sollte uns beschäftigen, nicht Geld – das keiner von uns noch lebend ausgeben kann, wenn ...« Ein Sklave schrie auf, ob vor Lust oder Schmerz, hätte Roxane nicht zu sagen vermocht. Lastel blickte nicht einmal auf, sondern fuhr fort: »... Tempus herausfindet, daß wir vierhundert Pfund Krrf in ...«

Sie unterbrach ihn, damit er das Versteck nicht erwähnte. »Dann tu, was ich dir sage, ohne Fragen zu stellen. Danach werden wir frei sein von dem Problem, das sie darstellen, und werden unsere eigenen Quellen haben, von denen wir erfahren, was Tempus tut und was er nicht tut.«

Ein Sklave servierte Glühwein, und beide nahmen einen der Goldsilberkelche. Roxane bot dieses Getränk einen Vorteil: In seinen Tiefen konnte sie sehen, welche Gedanken dem fetten Drogenhändler durch den Kopf gingen.

Er dachte an sie, und sie sah ihre eigene Schönheit: ihr feines Haar, ebenholzschwarz und weich gewellt, ihre Haut wie Samt. Er stellte sie sich nackt vor und mit seinen Hunden. Wortlos, mühelos wünschte sie ihm eine Krankheit, die kein Freistätter Magier oder Heiler lindern konnte, und die eitrige Geschwüre an den Lippen und dem Geschlechtsteil einschloß, und dazu einen Virus, der sie lenkte und sich ins Gehirn grub, um es erst wieder zu verlassen, wenn sie es so wollte. Sie achtete jedoch selbst kaum darauf, es war lediglich ein Zeichen ihres Grimms – gleiches für gleiches. Möge seine Seele sich entlarven, hatte sie bestimmt.

Um ihre langbeinige Nacktheit von der Oberfläche ihres Weines zu vertreiben, sagte sie nun: »Du kennst die anderen Wirte. Der Besitzer der Bierstube hat eine Tochter, die bald die Schule abschließt. Sieh zu, daß du eine Feier für sie gibst, und laß durchblicken, daß du diesen Kindern Krrf verkaufst – Tamzen heißt das Mädchen, das ich meine. Dann soll dein Knecht sie zur Schlachterstraße bringen und sie dort lassen – bis zu sechs Kindern –, drogenbetäubt und mitten im Elendsviertel.«

»*Das* soll zwei grimmige Stiefsöhne gefügig machen? Ihr kennt doch die Männer, die ich meine? Janni? Und Katzenpfote? Sie treiben's miteinander, die Stiefsöhne. Mädchen sind ihnen nicht wichtig. Und Katzenpfote – er hat's mit Kindern –, ich habe ihn noch nie mit einem Mädchen gesehen, das schon alt genug für Brüste gewesen wäre. Gewiß ...«

»Gewiß«, unterbrach sie ihn ruhig, »willst du gar nicht mehr als das wissen – falls etwas schiefgeht. In der Unwissenheit liegt Schutz.« Mehr sagte sie ihm nicht – nicht, daß Nikodemus, genannt Katzenpfote, von Azehur gekommen war, wo er seinen Spitznamen erworben hatte und von wo aus er sich einen Weg über Mygdonien in Richtung Syr erkämpft hatte, um ein Trôspferd zu suchen. Dabei hatte er sich als Karawanenwächter und alles mögliche andere verdingt. Sie erwähnte auch nicht, daß ein Streit über eine an Bergbanditen verlorene Lieferung ihn verpflichtet hatte, ein Jahr lang einem Nisibisimagier zu dienen – ihrem Lordliebsten. Um Nikodemus war ein Strick, an dem sie bloß zu ziehen brauchte.

Und wenn er es spürte, würde es zu spät und sie am Ende des Strickes sein.

Tempus hatte Niko gestattet, seine Fuchsstute von seinem eigenen Trôspferd begatten zu lassen, um das Munkeln unter den Stiefsöhnen zum Verstummen zu bringen, daß ihr Marschall Niko und Janni einen gefährlichen Auftrag in der Stadt erteilt hatte, um den schwarzhaarigen Kämpfer zu bestrafen, weil er Tempus' Partnerschaftsangebot abgelehnt und sich statt dessen mit Janni zusammengetan hatte.

Jetzt trug die Stute, und Tempus war neugierig, was für ein Fohlen aus dieser Vereinigung hervorgehen würde. Aber immer noch wurde hinter seinem Rücken gemunkelt.

Critias, Tempus' rechte Hand, machte eine Pause in seinem düsteren Bericht und rührte sein allmählich abkühlendes Getränk aus Wein, Gerste und Ziegenkäse mit einem Finger, dann wischte er ihn an seinem Plattnerharnisch ab, dem das jahrelange Tragen anzusehen war. Sie hatten sich in der Herberge der Söldnergilde getroffen. In ihrer Gaststube, wo es dunkel wie stockendes Blut und sicher wie ein Grab war, hatte Tempus seinen Söldnerveteran einquartiert. Ein Offizier mit Geheimaufträgen wäre in der Söldnerkaserne schlecht aufgehoben. Sie trafen sich manchmal heimlich, gewöhnlich genügten jedoch Botschaften, die ahnungslosen Kurieren anvertraut wurden.

Es hatte ganz den Anschein, als fände auch Crit es falsch, daß Tempus einen arglosen Kavalleristen und Niko, den jüngsten Stiefsohn, auf die Hexe angesetzt hatte. Für Geheimaufträge war gewöhnlich Crit zuständig, und Tempus hatte ihre Vereinbarung übertreten.

Tempus hatte ihm vorgeschlagen, die Leitung über das Paar im Einsatz zu übernehmen, und Crit hatte trocken gebrummt, daß er auf sie aufpassen würde, aber nicht die Verantwortung übernähme, falls sie beide Männer an die Hexe verlören.

Tempus hatte sich mit den Bedingungen des sympathischen Syresers einverstanden erklärt, dann waren sie zu einem anderen Punkt übergegangen:

Prinz-Statthalter Kadakithis bestand darauf, sich mit Jubal in Verbindung zu setzen. Jubal war der Sklavenhändler, dessen Landsitz die Stiefsöhne überfallen und übernommen hatten.* »Aber als wir den schwarzen Bastard hatten, sagtest du, wir sollen ihn davonkriechen lassen.«

»Kadakithis äußerte damals kein Interesse an ihm.« Tempus zuckte die Schulter. »Er hat seine Meinung geändert, vielleicht aufgrund dieser geheimnisvollen Todestrupps, die deine Leute weder identifizieren noch festnehmen konnten. Wenn deine Männer Jubal nicht herbei schaffen oder eine Falkenmaske aufspüren können, die mit ihm in Verbindung steht, muß ich mir etwas anderes einfallen lassen.«

»Unsere beste Hoffnung ist immer noch Ischade, die Vapirfrau in der Schlachterstraße. Wir haben ihr Sklaven als Köder geschickt und sie verloren. Wie ein gewitzter Karpfen nimmt sie den Köder und vermeidet den Haken.«** Crit spitzte die Lippen, als wäre der Wein zu Essig geworden, und rümpfte die Nase, während er die Brauen zusammenzog. Er fuhr sich durch das feine, kurzgeschnittene Haar. »Und unsere Zusammenarbeit mit der rankanischen Garnison scheint statt Erfolg zu bringen, ihn zu verhindern. Die Gauner, die ich auf unserer Lohnliste habe, sind überzeugt, daß der Gott tot ist und es mit den Rankanern bald aus sein wird. Die Hexe – oder *eine* Hexe – verbreitet Gerüchte über mygdonische Befreier und Freiheit für die Ilsiger. Und die Einfältigen glauben ihr. Dieser eingebildete Dieb, mit dem du dich angefreundet hast, ist entweder ein feindlicher Agent oder eine Marionette der nisibisischen Propaganda – er erzählt doch jedem, er selbst habe von den ilsiger Göttern erfahren, daß Vashanka besiegt wurde ... Ich würde ihm gern das Maul für immer stopfen.« Crits Augen suchten Tempus' und hielten sie.

»Nein!« antwortete Tempus zu allem und fügte hinzu: »Götter sterben nicht, Menschen sterben. Junge Männer sterben in großer Zahl. Der Dieb Nachtschatten ist keine

* siehe *EIN MENSCH UND SEIN GOTT* von Janet Morris in *Die Götter von Freistatt*, Bastei-Lübbe 20098

** siehe *ABWIND* von C. J. Cherryl in *Verrat in Freistatt*, Bastei-Lübbe 20101

Bedrohung für uns. Er ist lediglich irregeleitet, halbgebildet und nicht eingebildeter als andere Jungs seines Alters. Verschaff mir eine Verbindung zu Jubal oder den Sklavenhändler selbst. Sag Niko, er soll mir Bericht erstatten – wenn die Hexe eine Lehre braucht, werde ich sie ihr selbst erteilen. Und paß auf die Fischäugigen von den Schiffen auf – ich bin mir nicht sicher, ob sie wirklich so harmlos sind, wie sie tun.«

Nachdem er Crit genug Aufträge erteilt hatte, um ihn von den Gerüchten über Vashankas Schwierigkeiten – und dadurch seinen eigenen – abzulenken, stand er auf, um zu gehen. »Ich hätte nichts gegen einige Ergebnisse bis zum Ende der Woche.« Der Offizier prostete ihm spöttisch zu, als Tempus die Stube verließ.

Das Trôspferd erwartete ihn freudig wiehernd. Er strich ihm über den Hals und fühlte den Schweiß dort. Das Wetter war drückend, eine frühe Hitzewelle, die genauso unwillkommen war wie der späte Frost, der die Winterfrüchte eine Woche vor der Ernte vernichtet und die jungen Schößlinge, die in Erwartung eines ertragreichen Herbstes gesetzt worden waren, erfroren hatte.

Er saß auf und trottete südwärts, an den Getreidespeichern vorbei zur Nordmauer des Palasts, wo sich ein weit weniger benutztes Tor als das Tor der Götter neben den Zisternen befand. Er würde mit Prinz Kittycat sprechen, und dann, auf dem Weg zur Kaserne, durch das Labyrinth reiten.

Aber der Prinz empfing nicht, und Tempus' Laune hätte kaum viel schlechter sein können. Er hatte vorgehabt, dem jungen Springer seine Meinung zu sagen, wie er glaubte es wenigstens ein- oder zweimal im Monat tun zu müssen, und zwar unter Außerachtlassung der Höflichkeit und geziemender Ergebenheit. Wenn Kadakithis jetzt tief in einer Besprechung mit den blonden, fischäugigen Leuten von den Schiffen war und nicht ersucht hatte, sich ihnen anzuschließen, war es nicht erstaunlich: Seit die Götter am Himmel über der Magiergilde gekämpft hatten, hatte allgemeine Verwirrung eingesetzt, die Lage hatte sich verschlimmert, und sein eigener Fluch hatte Tempus wieder mit voller Kraft getroffen.

Vielleicht war der Gott *wirklich* tot – sicher war, daß er seine Stimme nicht mehr hörte. Er war ein paarmal ausgezogen, um Frauen Gewalt anzutun, nur um festzustellen, ob der Schändergott nicht herbeigerufen werden konnte, damit er an seinem Lieblingssport teilnehme. Aber der Gott hatte sich seit dem Neujahrstag nicht mehr in seinem Kopf gemeldet. Die sich daraus ergebende Furcht, er würde durch den Fluch jenen schaden, die ihn liebten – ein Fluch, der ihm die Liebe verbot –, hatte den einsamen Mann veranlaßt, sich noch mehr zurückzuziehen. Nur die Gischttochter Jihan, die zwar nicht menschlich, aber von berükkender weiblicher Gestalt war, leistete ihm jetzt Gesellschaft.

Das und anderes ärgerte die Stiefsöhne, die eine geschlossene Bruderschaft waren. In ihren Reihen nahmen sie nur einander in Liebe verbundene Paare der Heiligen Trupps auf und einzelne Söldner, die sich Auszeichnungen erworben hatten und die durch Tempus' Überredung und Kittycats Gold auf ihrem Weg zu den kriegerischen Auseinandersetzungen, der sie durch Feistatt führte, angeworben worden waren.

Auch Tempus drängte es danach, in den Krieg zu ziehen, gegen einen erklärten Feind, seine Kohorte gen Norden zu führen. Aber er hatte einer rankanischen Partei sein Wort gegeben, sich eines kleinen Prinzen anzunehmen. Außerdem gab es noch diese dreimal verfluchte Flotte von Kauffahrerkriegern, die angelegt hatten, um sich über »friedlichen Handel« zu besprechen. Dabei lagen ihre Schiffe viel zu tief im Wasser, als daß ihre Laderäume mit Getreide, Gewürzen oder Stoffen gefüllt sein konnten. Sein Instinkt sagte ihm, daß die Burek-Partei von Beysib nicht auf Handel aus war, sondern auf Eroberung.

Aber er war schon so weit, daß es ihm gleichgültig war. Die Lage in Freistatt war zu widersprüchlich für einen einzelnen Mann, selbst für eine fast unsterbliche, von Göttern geplagte Inkarnation von Mann, um hier noch Ordnung zu schaffen. Er würde mit Jihan nordwärts ziehen, ob die Stiefsöhne nun mitkamen oder nicht – seine verfluchte Anwesenheit unter ihnen und die Zuneigung, die sie für ihn empfanden, würde sie umbringen, wenn er sie weiter zuließ. Wenn der Gott wirklich fort war, mußte er ihm folgen. Außerhalb von Freistatts Grenzen herrschten andere Sturmgötter, wurden andere Namen verehrt. Der Ursturmgott (Enlil), den Niko anbetete, hatte Tempus' Bitte gehört, ihm seinen Pfad und sein Herz freizumachen. Tempus wollte wissen, wie es mit seinem Leben, seinem Fluch und seiner Götterverbindung jetzt aussah. Er wartete nur noch auf ein Zeichen.

Vor langer, langer Zeit, da er als Philosoph umhergewandert war und ein friedlicheres Leben in einer friedlicheren Welt gesucht hatte, hatte er gesagt, daß für die Götter alles schön und gut und gerecht ist, aber daß die Menschen manches für ungerecht und anderes für gerecht hielten. Wenn der Gott gestorben oder verbannt worden war – obgleich er sich nicht vorstellen konnte, daß dies möglich war –, so war das geziemend. Aber jene, die das dachten, erkannten nicht, daß sie dem denkenden Licht nicht entkommen konnten: der Aufmerksamkeit jenes Lichtes, das nie untergeht, jenes Lichtes, das die älteren Götter waren. Darum hatte er gefragt, und darum wartete er.

Er zweifelte nicht, daß er die Antwort erhalten würde, genausowenig wie er daran zweifelte, daß er sie erkennen würde, wenn sie kam.

Auf dem Weg zum Labyrinth grübelte er über seinen Fluch nach, der ihn bei den Menschen unbeliebt machte und ihm die Abweisung aller einbrachte, für die er sich mehr als nur interessierte, sofern sie menschlich waren. Im Himmel hatte er viele, die ihn liebten – Geister wie der ursprüngliche Stiefsohn, Abarsis. Aber in den Himmel konnte er sich nicht zurückziehen, denn sein Fleisch regenerierte sich ständig. Um sich zu vergewissern, ob dies tatsächlich noch der Fall war, hatte er sich vergangene Nacht zum Fluß begeben und sich die Pulsadern beider Hände aufgeschnitten. Er hatte nicht einmal bis fünfzig zählen müssen, da stillte sich die Blutung, und die Heilung begann. Diese Gabe des Heilens – wenn man es überhaupt Gabe nennen konnte – war ihm also erhalten geblieben, und da sie gottgegeben war, »liebte« ihn offenbar eine überirdische Macht immer noch.

Eine Augenblickslaune hieß ihn, an der Waffenschmiede anzuhalten, die die Söldner bevorzugten. Drei der davor angebundenen Pferde waren ihm bekannt. Eines war Nikos Hengst, ein großer Rappe mit rötlichem Glanz, einem mächtigen Schädel, mit einem Schweißband aus Schaffell.

Das Pferd, das so gefährlich wie häßlich war, forderte Tempus' Trôs schnaubend heraus – der Rappe nahm es übel, daß das Trôs Nikos Stute bestiegen hatte.

Tempus band das Pferd ganz an der Seite an und trat ins Innere, zwischen Armbrüste, Schwingenflügler, herumliegende metallene und hölzerne Bolzen und Schwerter.

Nur eine Frau saß hinter dem Verkaufstisch. Sie war schön und eitel, hatte sich den Hals mit Schmuck beladen und sich offenbar mit Duftstoffen überschüttet. Sie kannte ihn, und in Sekundenschnelle nahm seine Nase ihren beißenden, nervösen Schweiß wahr und den Duft einer Frau, die sich in die Enge getrieben fühlt.

»Marc ist mit den Jungs im Hinterhof, sie richten die neuen Armbrüste aus. Soll ich ihn holen, Lord Marschall? Oder kann ich Euch helfen? Was es hier gibt, mein Lord, ist Euer zum Ausprobieren oder als unser Geschenk ...« Sie breitete die Arme weit aus, daß die zahlreichen Reifen klimperten, und deutete auf die Waffen in den Regalen.

»Ich werde mich draußen umsehen, Madam, bleibt ruhig sitzen.«

Sie blieb sitzen, obgleich nicht ruhig, aber da er es verlangte, gehorchte sie.

In dem ummauerten Hof standen zehn Männer hinter dem Palisadenzaun, von dem aus die Schießübungen stattfangen. In hundert Meter Entfernung waren drei Ochsenfelle an die Wand genagelt und auf ihnen rot die Zielscheibe gemalt. Zwischen den Fellen standen drei Rüstungen aus gehärtetem Vierschichtleder, mit Bronzeplatten verstärkt und mit Stroh gefüllt.

Der Schmied kniete am Boden. In einen Schreibstock hatte er eine Armbrust eingespannt, deren Besitzer in der Nähe stand. Der Schmied hämmerte auf das Visier, dann legte er seine Feile zur Seite, stöhnte und sagte: »Versuch es jetzt, Straton. Sie müßte nun gerade schießen. Ich gewann heute vormittag ziemlich gute Ergebnisse mit ihr. Aber es ist dein Auge, dem sie angepaßt werden muß ...«

Der Schmied mit dem großen Kopf und den grob geschnittenen Zügen, die der Bart milderte, plagte sich übertrieben mühsam hoch und wandte sich einem anderen Kunden zu, der gerade zur Schußlinie kam. »Nein, Katzenpfote, nicht so. Aber wenn du willst, kann ich auch die Spannung ändern ...« Marc trat näher heran und wies Niko an, die Armbrust zur Schulter zu heben und so zu schießen. Da sah er Tempus. Sich die Hände an der Schürze abwischend, verließ er die Gruppe.

Bolzen spuckten von fünf Armbrüsten und schlugen ein. »Halt!« rief der Ausbilder, und alle gingen zur Wand, um sich der Zielgenauigkeit zu vergewissern und um zu sehen, wie tief die Bolzen eingedrungen waren.

Kopfschüttelnd sagte der Schmied zu Tempus: »Straton hat ein Problem, das ich nicht lösen kann. Ich habe die Armbrust genau ausgerichtet und selbst dreimal ins Schwarze getroffen, aber wenn er damit schießt, ist es, als zielte er zwei Fuß tiefer.«

»Für den Bogen ist der Name Leben, aber die Arbeit ist Tod. Im Kampf wird er mit der Armbrust richtig treffen. Hier macht er sich zu viele Gedanken, wie man seine Leistungen einschätzt. Er denkt nicht genug an seine Waffe, dafür aber zuviel an seine Freunde.«

Die scharfen Augen des Schmiedes richteten sich flüchtig auf Straton, und er rieb sich das lächelnde Gesicht mit schmieriger Hand. »Ja, da habt Ihr recht. Und was ist mit Euch, Lord Tempus? Wir haben den neuen Hartstahl. Aber ich muß ehrlich sein, ich verstehe nicht, warum alle so versessen darauf sind und gern den doppelten Preis bezahlen, obwohl das menschliche Fleisch so leicht verwundbar ist, daß selbst Holz die kühnste Brust durchbohren kann.«

»Keinen Stahl, ich nehme mir nur eine Kiste Kurzpfeile mit Eisenspitzen mit, wenn Ihr sie mir herrichtet.«

»Ich suche sie selbst aus. Wollen wir den Männern noch eine Weile zuschauen? Würde mich interessieren, wie gut sie sind, wenn Ihr ihre Künste überwacht ...«

»Ich habe nicht viel Zeit, Marc. Richtet Ihr mir die Pfeile her, ich sehe mich einstweilen noch um.«

Er ging auf Niko zu und tat, als bewundere er die neue Armbrust des Stiefsohns. Er sah die beschatteten Augen, unleserlich wie immer, und die Bartstoppeln, die sich am Kinn bemerkbar machten.

»Wie geht's, Niko? Ist dein *Maat* zurückgekehrt?«

»Unwahrscheinlich«, brummte der junge Kämpfer. Er spannte die Feder mit dem Haken, daß der Bolzen anlag, und preßte den Drücker. »Hat Crit Euch geschickt? Es ist alles in Ordnung, Marschall. Er macht sich unnötig Sorgen. Wir werden mit ihr schon fertig, auch wenn es vielleicht einstweilen noch anders aussieht. Wir brauchen lediglich mehr Zeit – sie ist mißtrauisch, möchte, daß wir ihr Beweise unserer Zuverlässigkeit liefern. Soll ich, gleichgültig mit welchen Mitteln?«

»Mehr als eine weitere Woche kann ich euch nicht mehr geben. Handle nach eigenem Ermessen, ich verlasse mich da ganz auf dich. Was du glaubst, daß sie wert ist, ist sie wert. Wenn Critias das in Zweifel stellt, kannst du ihm ruhig sagen, daß der Befehl von mir kommt.«

»Das werde ich, und zwar mit Vergnügen. Ich mag es nicht, daß er versucht, mich am Gängelband zu führen. Das scheint ihm offenbar nicht in den Kopf zu gehen.«

»Und Janni?«

»Es fällt ihm nicht leicht vorzutäuschen, daß wir sind – was wir vortäuschen. Die Männer fordern ihn immer wieder auf, zurück in die Kaserne zu kommen, zu vergessen, was war, und seinen Dienst wieder aufzunehmen. Aber wir werden auch das durchstehen. Er ist Manns genug.«

Nikos haselnußbraune Augen schweiften vor und

zurück, schätzten die anderen Männer ein; er beobachtete sie, ohne es sich anmerken zu lassen, und es entging ihm auch kaum eines ihrer Worte. Er schoß einen zweiten Bolzen ab, dann einen dritten, und erklärte, daß er jetzt zur Zielscheibe müsse. Tempus schlenderte weiter. Er hörte den Aufsichtsoffizier »Schießpause!« rufen und blickte Niko nach, der sich seine Bolzen zurückholte, die dicht beisammenstanden.

Wenn dieser Junge keine Bresche bei der Hexe schlagen konnte, vermochte es keiner. Zufrieden verließ er die Schmiede und fand Jihan, seine Defacto-Partnerin, im Sattel seines anderen Trôspferdes auf ihn warten. Ihre übermenschliche Kraft und Schönheit erhellte die armselige Fassade der Schmiedstraße wie echtes Gold, das neben Schwefelkies in des Goldgräbers Pfanne liegt.

Obgleich ein Grund der Entfremdung zwischen ihm und den Stiefsöhnen seine Partnerschaft mit dieser fremden »Frau« war, wußte nur Niko, daß sie die Tochter eines Mächtigen war, der alle streitsüchtigen Götter hervorgebracht hatte, ja, selbst das Konzept der Göttlichkeit. Er spürte die Kühle, die von ihrem Körper ausging, sie nahm die mittägliche Hitze wie der Wind von einem Gletscher.

»Lebe, Tempus«, begrüßte sie ihn. Warum, wußte er nicht, aber ihre Stimme erinnerte ihn an Bier, und ihm wurde bewußt, daß er durstig war. Der Park des Himmlischen Versprechens und die Bierstube – eine Schenke im Ostviertel für gehobene Ansprüche – waren gleich um die Ecke, nur einen Block von der Goldallee entfernt. Er lud Jihan zum Mittagessen dort ein. Sie freute sich darüber – alles Menschliche wie ihr Körper und seine Bedürfnisse war neu für sie. So hungerte es sie auch nach allem, was damit zusammenhing.

Sie erfüllte einen besonderen Zweck für ihn: Ihr Liebesspiel war grob und ihre Konstitution besser als die seiner Trôspferde. Er konnte in der Liebe nicht sanft sein; bei ihr bestand aber keine Gefahr, daß er ihr dauernden Schaden zufügte – sie war aus Gewalttätigkeit geboren und genoß, was Sterbliche töten oder verkrüppeln würde.

In der Bierstube wurden sie willkommen geheißen und in eine Hinterstube geführt, wo sie ungestört waren. Sie unterhielten sich über das Verschwinden des Gottes und fragten sich, wie es dazu gekommen sein mochte. Der Wirt bediente sie persönlich. Er war immer noch dankbar, daß Tempus' Männer ihn gewarnt hatten, seine Töchter nicht ins Freie zu lassen, als das Hexenwetter die Straßen unsicher gemacht hatte.

»Meine jüngste Tochter hat heute ihren Schulabschluß, Lord Marschall. Wir veranstalten ein kleines Fest für sie, und würden uns freuen, wenn Ihr und Eure Begleiterin uns mit Eurer Anwesenheit beehren könntet.«

Jihan drückte seinen Arm, als er ablehnen wollte. Ihre Augen glühten heftig auf, und rote Punkte hoben sich ab.

»... ah, dann schauen wir vielleicht vorbei, wenn unser Dienst es erlaubt.«

Aber sie taten es nicht, da ihre Lust sie zu anderen, aufregenderen Dingen zwang. Vielleicht hätte, was geschah, vermieden werden können, wenn sie hinterlassen hätten, wo man sie erreichen konnte. So aber wußten die Stiefsöhne nicht, daß sie sich am Bach nördlich der Kaserne befanden, und konnten sie nicht finden, als das durch Zauberei und Machenschaften verursachte Unheil seinen Lauf nahm.

Auf ihrem Weg zum Dienst kehrten Niko und Janni im Wilden Einhorn ein, um dort auf den Mondaufgang zu warten. Heute nacht war Vollmond – ein wahrer Segen, da Todestrupps die Stadt unsicher machten; ob sie nun der rankanischen Armee angehörten, ob es Jubals verstreute Falkenmasken, fischäugige Beysib-Plünderer oder nisibisische Assassinen waren, hätte niemand zu sagen vermocht.

Fest stand lediglich, daß es sich bei ihnen weder um Stiefsöhne der Heiligen Trupps, noch um freie Söldner aus der Gildenherberge handelte, doch das auch nur unter ihnen – die verstörten Bürger davon zu überzeugen war eine andere Sache.

Niko und Janni, die vortäuschten, unzufriedene Söldner zu sein, die sich von den Stiefsöhnen gelöst hatten und bald darauf wegen schwerwiegender Vergehen aus der Gildenherberge geworfen worden waren, glaubten der Aufdeckung des Führers der Todestrupps nahe zu sein. Sie hofften, in dieser oder der nächsten Nacht aufgefordert zu werden, sich den Mördern bei ihrem grausigen Tun anzuschließen.

Nicht daß Mörder oder Grausamkeit in Freistatt ungewöhnlich waren. Das Labyrinth – nun, da Niko es so gut kannte wie die Bedürfnisse seiner Pferde – war nicht wirklich der tiefste Pfuhl der Stadt, lediglich die oberste der vielen Schichten davon. Schlimmer als im Labyrinth ging es in der Schlachterstraße zu; und schlimmer als dort im Abwind, wo sich tagsüber kaum etwas regte und von wo der Nachtwind außer dem gräßlichen Gestank höllische Schreie über den Schimmelfohlenfluß trug. Eine dreischichtige Hölle also, voll von Mördern, verkauften Seelen und Sukkuben, begann hier im Labyrinth.

Hätten die Todestrupps sich mit dem Labyrinth, dem Schlachterviertel und Abwind begnügt, würde niemand etwas von ihnen erfahren haben, denn Leichen waren dort ein gewohnter Anblick. Weder Stiefsöhne noch rankanische Soldaten machten sich die Mühe, sie zu zählen. Nahe dem Schlachthaus gab es billige Krematorien, und wer sich selbst sie nicht leisten konnte, dem blieb immer noch der Schimmelfohlenfluß, der ohne Murren alles so gut wie unbemerkt zum Meer trug. Aber die Todestrupps trieben ihr Unwesen in der Oberstadt, im Ostviertel und in der Stadtmitte, wo die feinen Leute und reichen Kaufleute wohnten und mit stark duftenden Pomandern vor der Nase den Blick von den Elendsvierteln abwandten.

Die Stammgäste des Einhorns verstummten längst nicht mehr, wenn Niko und Janni die Gaststube betraten. Ihre bartstoppeligen Gesichter, die rotunterlaufenen Augen und ihre ungepflegte Aufmachung bewiesen, daß sie keine Bedrohung mehr waren für die Bettler und Dirnen. Sie wurden nun eher als Rivalen angesehen. Es war schwer gewesen, diesen Eindruck zu erwecken, schwieriger noch, danach zu leben – und die Verachtung ihrer Kameraden zu spüren, denn keiner der Stiefsöhne, außer Crit, dem Abwehrmann (der sich selbst nie unter den anderen mit ihrem Stolz, ihrer peinlichen Gepflegtheit und ihren hehren Idealen bewegt hatte), wußte, daß sie den Dienst gar nicht quittiert hatten, sondern nur auf Tempus' Anweisung im Untergrund arbeiteten, um die Machenschaften der Nisibisihexe aufzudecken.

Aber das Erscheinen der Todestrupps hatte der Sache eine neue Dringlichkeit verliehen. Einige meinten, es sei dazu gekommen, weil Nachtschatten, der Dieb, recht hatte: Der Gott Vashanka war gestorben, und nun müßten die Rankaner für ihre Untaten bezahlen. Ob sie es nun verdient hatten oder nicht, des nachts wurden Kaufleute, Politiker und Geldverleiher – die »Unterdrücker« – auf die Straßen gezerrt, ganze Familien niedergemetzelt oder lebend in ihren Häusern verbrannt oder in ihren reich verzierten Wagen umgebracht.

Die beiden Geheimagenten bestellten Bier bei Eindaumens neuer Schankmaid, aber sie kam alsbald mit leeren Händen zurück und erklärte zwar verängstigt, aber fest, daß Eindaumen erst ihr Geld sehen wollte. Sie hatten das selbst mit dem Wirt vereinbart: Er kannte ihre Tarnung und ihren Auftrag; und sie kannten sein Geheimnis.

»Bringen wir diesen Bierpanscher doch um, Katzenpfote«, knurrte Janni. Sie besaßen tatsächlich wenig Bargeld – ein paar Soldos und einige Machadikupferstücke – und konnten sich ihren Sold erst holen, wenn sie ihren Auftrag durchgeführt hatten.

»Ruhig Blut, Janni. Ich werde mit ihm reden. Mädchen, bring uns zwei rankanische Bier, oder du wirst deine Beine über eine Woche lang nicht mehr schließen können.«

Er schob seinen Stuhl zurück und stapfte zum Schanktisch. Dabei wurde ihm bewußt, daß er seine Drohung fast ernstgemeint hatte, daß Freistatt ihm mehr als nur gegen den Strich ging. War der Gott wirklich tot? Stand Tempus wirklich im Bann dieser Gischttochter, mit der er sich zusammengetan hatte? War Freistatt wirklich die Kloake des Chaos? Eine Hölle, aus der niemand mehr herauskam?

Er stieß drei junge Burschen zur Seite und pfiff schrill, als er den Schanktisch erreichte. Der fette Wirt schaute sich betont in der Gaststube um, hob eine narbendurchzogene Braue und ignorierte ihn. Katzenpfote zählte bis zehn, dann machte er sich daran, die Getränke anderer Gäste auf den Schanktisch zu leeren. Männer gab es hier wenige, und die paar, die gern welche sein wollten, verfluchten ihn und wichen vor ihm zurück. Einer zog ein Messer aus dem Gürtel, doch der Dolch in Katzenpfotes Hand ließ ihn es wieder einstecken. Nikos Kleidung war schmutzig, aber besser als die aller anderen hier, genau wie seine Bewaffnung. Und er war bereit, seine Klinge in jedem von ihnen abzuwaschen. Das spürten sie, genau wie seine scheinbar beiläufige Wahrnehmung ihm ihre Gefühle vermittelte, obgleich er ihre Gedanken nicht zu lesen vermochte. Wo einst sein *Maat* – sein inneres Gleichgewicht – gewesen war, hatte sich eisiger Grimm breitgemacht. In Freistatt hatte er Verzweiflung und Hilflosigkeit kennengelernt, und sie hatten ihn der Wut geöffnet.

Möglichkeiten, die er früher außerhalb des Schlachtfelds als letzten Ausweg erachtet hätte, kamen ihm nun häufig in den Sinn. Er, ein ausgebildeter Soldat, lernte jetzt hier in Freistatt eine andere Art von Kriegsführung – und er lernte, die Verheerung zu mögen, die er selbst anrichten konnte. Es war kein Ersatz für das Gleichgewicht, das er durch den Tod seines führenden Partners verloren hatte, aber wenn dieser Seelen brauchte, um sich einen besseren Platz im Himmel zu erkaufen, würde Niko ihm gern doppelt so viele schicken, wie für seine Bequemlichkeit nötig waren.

Sein Trick, wenn man es überhaupt noch so nennen konnte, wirkte. Eindaumen kam herbei, um weiteres Unheil zu verhindern. Sein Mund war geschwollen, seine Oberlippe mit verkrusteten Fieberblasen verunstaltet, doch das nahm seiner gewaltigen Masse nicht die Gefährlichkeit. Aus den Augenwinkeln bemerkte Niko, daß der Rausschmeißer des Einhorns seinen Posten verließ und herbeikommen wollte, Janni ihn jedoch aufhielt.

Niko streckte die Arme aus und packte Eindaumen an der Gurgel, gerade als der Mann unter den Schanktisch langte, wo möglicherweise eine Waffe lag. Er zog ihn näher zu sich heran.

»Du hast wohl noch nicht genug, Dickbauch? Hüte dich, oder du wirst es bitter bereuen. Wenn du nicht gleich wieder der brave Wirt wirst, als den wir dich kennen und lieben, wirst du morgen keinen Schanktisch mehr haben, hinter dem du dich verkriechen kannst.« Ganz leise fügte er hinzu: »Wie sieht's aus?«

»Sie will«, keuchte Eindaumen, während sein Gesicht dunkel anlief, »daß Ihr bei Hochmond zu ihrem Haus am Schimmelfohlenfluß kommt. Natürlich nur, wenn Euch das paßt, mein *Lord*.«

Niko ließ ihn los, ehe ihm die Augen aus den Höhlen quollen. »Du schreibst uns das an?«

»Nur noch dieses eine Mal, Bettler. Eure Hurensöhne von Kameraden rühren keinen Finger, euch zu helfen. Deine Drohungen sind so leer wie dein Beutel.«

»Möchtest du es darauf ankommen lassen?«

Der Anwesenden wegen beschimpften sie sich noch eine Weile, während Janni und der Rausschmeißer ein finster anfunkelten.

»Ruf deinen Knecht zurück, dann wollen wir es vergessen – einstweilen.« Niko drehte sich mit prickelndem Nachen um und kehrte zu seinem Tisch zurück. Er hoffte, es ginge nicht länger so weiter. Nicht einer der vier – Rausschmeißer, Wirt, die beiden Stiefsöhne – benahm sich nur der anderen Gäste wegen so gereizt.

Als er wieder auf seinem der Tür zugewandten Stuhl saß, rief Lastel/Eindaumen seinen Rausschmeißer zurück. Janni ging rückwärts zu seinem Stuhl. Sein Gesicht war bleich, und er zitterte vor Erregung. »Laß mich einen von ihnen kastrieren, Katzenpfote. Das kann unserem Ruf nutzen!«

»Spar deine Energie für die Hexe auf.«

Jannis Miene erhellte sich. Er setzte sich breitbeinig auf

seinen Stuhl, als wäre er ein Sattel, stützte beide Ellbogen auf die Tischplatte und stieß den Dolch heftig in das Holz.

»Hast du eine Verabredung mit ihr?«

»Heute nacht bei Hochmond. Trink nicht zu viel.«

Doch es war nicht das Trinken, das sie benebelte, sondern der Krrf, den sie schnupften: kleine Häufchen zwischen Daumen und Zeigefinger der geschlossenen Hand. Aber die Droge sollte sie wachhalten, denn es war noch eine lange Zeit bis zum Hochmond. Inzwischen mußten sie ihre Runden ziehen, um nach Plünderern Ausschau zu halten, während sie vorzutäuschen hatten, daß sie selbst welche waren. Es war fast mehr, als Niko ertragen konnte. Er hatte sich mit seinem jetzt toten Partner in viele Lager, Paläste und an feindlichen Fronten eingeschlichen, aber das waren saubere, schnellere Unternehmen gewesen, als diese endlose Unterwanderung hier in Freistatt, dem Dreckloch der Welt.

Wenn diese Nacht ein Ende brächte und er sich wieder waschen und rasieren und sein Pferd besser unterbringen könnte, wollte er Elil ein Opfer bringen, das der Gott nicht so schnell vergessen würde.

Eine Stunde später brachen sie zu Pferd zu ihrer Streife durch das Labyrinth auf. Seit der Sache mit dem Erzmagier Askelon und Tempus' Schwester Cime hatte Niko keine solch unerklärliche Angst mehr empfunden, die ihm schier den Magen verkrampfte. Es war leicht möglich, daß die Nisibisihexe ihn kannte und schon die ganze Zeit gewußt hatte, wer er war. Er war schon einmal von Nisibisi verhört worden und würde sich lieber in sein Schwert stürzen, als noch einmal das gleiche durchzumachen, vor allem jetzt, da der Geist seines toten Partners immer noch in der Zukunft seines Geistes spukte und die Meditation ihm nicht mehr das Asyl bot wie zuvor.

Ein Junge kam, seinen Namen rufend, die Straße entlanggelaufen. Sofort schnaubte sein Rappe, warf den schweren Kopf hoch, legte die Ohren zurück und wartete auf den Befehl, der ihm erlauben würde, zu töten oder zu verwunden.

»Bei Vashankas Schwefeleiern, was ist denn jetzt schon wieder?« wunderte Janni sich laut.

Sie zügelten ihre Pferde in der engen Straße. Der Mond hob sich gerade über die Dächer der baufälligen Häuser. Die Leute schlossen ihre Fensterläden und verriegelten die Türen. Niko spürte Furcht und Abscheu hinter den Fassaden; zwei Berittene in dieser Gegend konnten nur Unruhe bedeuten, gleichgültig wer sie waren.

Der Junge hastete schweratmend näher. »Niko! Niko! Der Herr macht sich Sorgen. Ils sei gedankt, daß ich euch gefunden habe ...« Das leichte Lispeln des zierlichen Eunuchen verriet Niko, wer er war: ein Diener des Bierstubenbesitzers – einer der wenigen Männer hier, die Niko als Freunde betrachtete.

»Was ist los?« Er beugte sich aus dem Sattel.

Der Junge hob eine Hand. Sofort drehte der Rappe den Kopf herum, um danach zu schnappen. Niko puffte das Pferd zwischen die Ohren, während der Junge hastig außer Reichweite wich. »Komm wieder her, er wird es nicht noch einmal versuchen. Also, wie lautet die Botschaft deines Herrn?«

»Tamzen! Tamzen ist ohne Leibwächter fortgegangen, mit ...« Der Junge nannte die Namen von sechs unternehmungslustigen Halbwüchsigen aus den besten Familien von Freistatt. »Sie sagten, sie würden bald zurückkommen, waren aber immer noch nicht da, als mein Herr mich wegschickte. Es ist ihr eigenes Fest, das sie versäumt! Mein Herr ist außer sich. Er sagte, wenn Ihr ihm nicht helfen könnt, wird er die Höllenhunde – die Palastwache – rufen oder sich zur Kaserne der Stiefsöhne begeben müssen. Aber die Zeit drängt, sie drängt!« wimmerte der zarte Eunuch.

»Beruhige dich, Junge. Wir werden sie schon finden. Doch sag ihrem Vater, er soll trotzdem Tempus benachrichtigen, es kann nicht schaden, die Obrigkeit einzuschalten. Und richte ihm aus, daß ich helfen werde so gut ich kann. Aber er weiß, daß ich nicht mehr Befugnisse habe als irgendein einfacher Bürger. Wiederhole das!«

Der Junge wiederholte die Botschaft und rannte wieder los. Janni sagte: »Wie willst du an zwei Orten zur selben Zeit sein, Katzenpfote? Warum hast du ihm das gesagt? Das ist Sache der Stadtwache, nicht unsere. Wir dürfen auf keinen Fall dieses Treffen versäumen – nicht nach all den Wanzen und Flöhen, die ich deshalb an mir knabbern lassen mußte ...«

»Sek!« Das war ein sehr unfeines Wort in der Sprache der Nisibisi. »Wir werden sie und ihre Freunde schnell finden. Sie toben sich bloß irgendwo aus – es ist heiß, und außerdem ist die Schule zu Ende. Fangen wir am Himmlischen Versprechen an.«

Als sie am Park angelangten, stand der Mond übernatürlich groß über dem Palast, und der Wind hatte sich gelegt. Der Gedanke an die Hexe, die sie bestellt hatte, quälte Niko immer noch, und Jannis Brummeln summte in seinen Ohren: »... wir sollten uns mit Crit in Verbindung setzen. Überlassen wir das Mädchen doch ihrem Schicksal – unseres wird noch schlimmer werden, wenn wir in irgendeine Zauberfalle gehen und niemand weiß, wo oder wie.«

»Wir werden Bescheid geben oder beim Treffpunkt in der Schlachterstraße anhalten. Also hör auf, dir Sorgen zu machen.« Aber Janni dachte gar nicht daran aufzuhören, und Nikos Bemühungen nach innerer Ruhe, um durch transzendente Wahrnehmungen das Mädchen anhand der von ihr ausgehenden Hitzewellen zu finden und anhand der Dinge, die sie gesagt und getan hatte, wurden durch Jannis Sorgen erschwert. Immer wieder riß der andere ihn aus seiner Versunkenheit und erschreckte ihn durch allzu laute Worte, und das jedesmal, wenn er nahe daran war, Tamzens Energiespur zwischen so vielen anderen ähnlichen wie rot-gelb-rosa Fäden aufzunehmen, die zwischen Schattenbäumen gewunden waren.

Tamzen war dreizehn und bildschön, vergnügt und reinen Herzens. Sie liebte ihn aus tiefster Seele, und er hatte ihr versprechen müssen, auf sie zu »warten«. Er hatte sie besessen, etwas, was er nie beabsichtigt hatte, und es war mit Wissen ihres Vaters geschehen. Der besorgte Mann hatte ihn eines Abends gestellt, als er mit dem Mädchen eng umschlungen durch den Park spaziert war.

»Bedankst du dich so für die Güte eines Freundes?« hatte der Vater gefragt.

»Besser ich, als einer dieses Gesindels, mein Freund. Ich werde es richtig machen. Sie ist bereit, und es würde auf jeden Fall bald dazu kommen«, hatte er geantwortet, während das Mädchen verständnislos zwischen dem Vater und dem Soldaten hin- und hergeblickt hatte.

Er mußte sie finden!

Janni fluchte und sagte, es sei nicht recht gewesen, daß Niko sich mit ihr, einem Kind, eingelassen hatte.

»Ich bin anders als du, und was Frauen anbelangt, trinke ich nicht vom befleckten Becher eines anderen.« Niko schnitt ein heikles Thema zwischen ihnen an. Janni war von keinem Heiligen Trupp, und seine Kameradschaft hatte bestimmte Grenzen. Er kannte zwar Nikos Bedürfnis nach Liebe und Zärtlichkeit, konnte es jedoch nicht stillen. Sie hatten eine Beziehung, die nicht so vollkommen war wie die bei den Heiligen Trupps. Janni machten zudem die Anzüglichkeiten und die Verdächtigungen der anderen Einzelgänger zu schaffen – und obendrein Nikos unbefriedigte Bedürfnisse.

Das Schweigen, das nun zwischen ihnen einsetzte, gab Katzenpfote endlich die Gelegenheit, den roten Zeitschatten des Mädchens zu finden, eine heiße Spur ihres Geistes, die südwestwärts durch das Labyrinth führte ...

Als der Mond höherstieg, wurde sein Schein stärker und verlieh dem Labyrinth und der Schlachtergegend Konturen und ein trügerisches Licht. So hell war der Schein, daß er fast Farbe auf die Straßen zauberte, die dem roten Ton seines Antlitzes glich. Dadurch wirkten die üblichen Schrekken Freistatts, wo sie an den Kreuzungen offen zu Tage lagen, noch schlimmer, als sie ohnehin waren. Janni sah zwei Dirnen, die sich um einen Kunden prügelten; er sah das Blut von Halunken und leichtsinnigen Kerlen fast schwarz in den Rinnsteinen fließen.

Ihr Hufklappern öffnete ihnen jedoch überall den Weg,

und bald lag das Labyrinth hinter ihnen – es hatte sie so gern gehen lassen, wie sie bereit gewesen waren, es zu verlassen. Allerdings hatte Janni bei jeder schrecklichen Greueltat geflucht, die ihr Erscheinen unterbrochen hatte, und sich heimlich gewünscht, sie dürften etwas dagegen unternehmen.

Einmal hatte er geglaubt, einen Todestrupp zu erspähen, und er hatte versucht, Katzenpfote aus seiner Versunkenheit zu reißen, doch der merwürdige junge Kämpfer hatte lediglich den Kopf geschüttelt und ihm bedeutet, still zu sein, während er zusammengesunken, wie gebannt auf seinem Pferd gesessen hatte und einer Spur gefolgt war, die weder Janni noch ein Sterblicher sehen konnte, der Gottesfurcht und Scheu vor Magie kannte. Janni machte sich Gedanken über diesen jungen Mann, der ein fast zu guter Soldat war und dem ein Traumgott zauberbehaftete Waffen – ein Schwert und einen Dolch – geschenkt hatte, die er jedoch in der Kaserne zurückließ, weil er den Preis für Magie nicht bezahlen wollte. Aber was war dann dies, wenn nicht Zauberei? Janni beobachtete Niko, der die Nacht studierte und sie mit der Sicherheit eines erfahrenen Magiers tief in dunkle Gassen führte. Der Junge hatte ihm angeboten, ihn in die »Beherrschung« des Geistes einzuweisen, ihn »durch die Ebene zu bringen«, damit er »Führung« und seinen »Namen-der-zwölften-Ebene« bekäme. Aber Janni hielt nichts von Magie und allem, was damit zusammenhing; wie die Liebe unter Männern überließ er sie den Heiligen Trupps und den Priestern. Er hatte sich in dieses Abenteuer mit Niko um handfester, materieller Vorteile willen eingelassen: Der zehn Jahre jüngere Mann war ein echtes Genie im Kampf. Er war ihm beim Überfall auf Jubals Landhaus aufgefallen und hatte selbst beim Durcheinander des dortigen Handgemenges über ihn gestaunt. Nikos Ruf, was seine Tapferkeit und Geschicklichkeit im Kampf betraf, war höchstens mit Stratons vergleichbar. Es gab viele Geschichten über Nikos Vergangenheit. Der Junge hatte seine Ausbildung unter den »Nachfolgern« bekommen, dem Schrecken der Nisibisi, wilden Guerilla-

Bergtruppen, die niemanden durch die Pässe des Hexenwalls ließen, ohne daß sie Gold oder ihr Leben opferten. Diese Nachfolger hatten geschworen, sich ihre Berge von den Magiern und Hexen zurückzuholen, und sie hielten sich mit ihren Schwertern gut gegen deren Zauberei. In einem Feldzug wie der bevorstehende im Norden mochten sich Nikos Schwertkünste, seine Kenntnisse der Sprachen und seine Freunde als unbezahlbar erweisen. Janni von Machad mochte die Rankaner nicht, aber man erzählte sich, daß Niko ihnen trotz einer Blutfeindschaft diente. Rankaner hatten seine Heimatstadt dem Erdboden gleichgemacht, und sein Vater war im Kampf gegen die rankanischen Eroberer gefallen, als er fünf war. Trotzdem war er mit Abarsis' Truppe südwärts gekommen und geblieben, als Tempus sie übernahm.

Als sie die Schindelstraße überquerten, um in die Schlachtergegend zu gelangen, murmelte der nüchterne Janni ein Soldatenschutzgebet und berührte kurz sein Amulett. Die Straßen und Gassen führten hier wirr durcheinander, und die armseligen Hütten verhinderten den Blick auf den Himmel sowie auch bloß um die nächste Biegung. Plötzlich hörten sie die Schreie von Männern und das Trappen von Füßen.

Sie gaben ihren Pferden die Sporen, bogen um mehrere Ecken, und vergaßen ganz ihre Rolle als freie Räuber, denn sie hörten Stiefsöhne verschlüsselte Manöverbefehle brüllen. Funken sprühten von Hufeisen, als sie mit ihren Pferden die Flucht dreier Gestalten zu verhindern suchten, die sich vor zwei sie zu Fuß verfolgenden Stiefsöhnen in Sicherheit bringen wollten. Schnell saßen die beiden ab, um ihren Kameraden zu helfen.

Das tat auch Nikos Pferd, ohne Aufforderung.Mit hocherhobenem Kopf, die Zügel hinter sich herschleifend, trabte es an ihnen vorbei und drückte einen Flüchtigen gegen eine Lehmziegelwand. »*Sek!* Lauf, Vis!« hörten sie, und noch mehr in einer Sprache, die Janni für Nisi hielt, wie es der Ausruf gewesen war.

Inzwischen hatte Niko einen beim Kragen, und zwei

Armbrustbolzen zischten dicht an Jannis Ohr vorbei. Er erklärte lautstark, wer er war, und brüllte den Schützen zu, das Feuer einzustellen, ehe er wie der zweite Flüchtling durchbohrt worden war, den zwei Bolzen an der Wand festhielten. Der dritte Flüchtling versuchte, sich aus dem Griff von zwei Stiefsöhnen zu befreien, von denen einer Janni zurief, er solle auf den zweiten Gauner aufpassen. Es war Stratons Stimme, wie Janni nun erkannte, und Stratons Bolzen, die den Bemitleidenswerten am Cape und dem Beinkleid zwischen den Schenkeln an die Wand nagelten. Dabei hatte der Bursche noch Glück gehabt, daß Stratons Geschoß nur Stoff getroffen hatten.

Da erst wurde Janni bewußt, daß Niko zu dem ersten Flüchtling sprach, zu dem, den sein Pferd an die Wand drückte, und zwar redete er in Nisi. Der Bursche antwortete schnell und leise, ohne den Blick von dem gefährlichen Pferd zu wenden, das schnaubend und mit phosphoreszierendem Schaum bedeckt, neben seinem Herrn stand und offenbar immer noch hoffte, Niko würde zulassen, daß es sein Opfer zertrample.

Straton und sein Partner, die ihren Gefangenen zwischen sich her zerrten, kamen zufrieden näher. »… endlich einen lebend. Wie geht es deinem, Janni?«

Der Kerl, den er mit der Armbrustspitze bedrohte, war ruhig und ergeben. Ein Freistätter, dachte er, bis Straton eine Fackel anzündete. Dann sahen sie ein Sklavengesicht, dunkel und von ähnlichem Schnitt wie das mancher Nisibisi. Und nun sprach Stratons Partner zum erstenmal: »Das ist Haught, der Sklavenlockvogel!« Es war Critias; mit der Fackel in der Hand trat er heran.

»Hallo, Freundchen. Wir hatten gedacht, du seist tot oder wärst so schlau gewesen, dein Heil in der Flucht zu suchen. Wir haben dir eine Menge Fragen zu stellen, und es gibt nichts, was wir heute nacht lieber täten …«

Als Crit näherkam und Janni ihm Platz machte, fiel Janni auf, daß Niko und sein Gefangener jetzt schwiegen.

Da richtete der Sklave sich erstaunlicherweise hoch auf, hob stolz den Kopf und griff in sein Wams. Janni richtete die Armbrust erneut auf ihn, doch die Hand kam mit einem zerknitterten Stück Papier wieder zum Vorschein. Das streckte er aus und sagte: »Sie hat mir die Freiheit geschenkt. Sie hat gesagt, daß das auf dem Papier steht. Bitte ... Ich weiß nichts, außer, daß sie mich befreit hat ...«

Crit riß ihm das feine Pergament aus der Hand und hielt es blinzelnd in den Fackelschein. »Es stimmt, das steht hier.« Er rieb sich das Kinn, dann machte er einen Schritt vorwärts. Der Sklave zuckte zusammen und wandte das Gesicht ab.

Crit löste ächzend die Bolzen, die Haught an der Wand festhielten. Kein Blut tropfte. Stratons Geschoß hatte wirklich nur die Kleidung durchbohrt. Der Sklave kauerte sich zusammen, zwar unverletzt, aber starr vor Furcht.

»Dann komm als freier Mann mit uns und rede«, forderte Crit ihn auf. »Wir tun dir nichts, Junge. Rede, und du darfst gehen.«

Niko kam herbei, mit seinem Gefangenen neben und seinem Rappen hinter sich. »Laßt sie laufen, Crit.«

»*Wa-as?* Vergiß deine Rolle heute nacht, Niko. Sie werden nicht lange genug leben, um zu erzählen, daß ihr uns geholfen habt. Zu lange schon warten wir auf eine solche Gelegenheit ...«

»Laßt sie laufen, Crit.« Der Gefangene neben ihm fluchte oder zischte oder leierte eine Beschwörung, machte jedoch keine Anstalten, davonzulaufen. Niko trat näher an seinen Offizier heran und flüsterte: »Er ist ein ehemaliger Kamerad, ein Kämpfer vom Hexenwall, der bessere Zeiten gesehen hat. Erweist ihm einen Gefallen, wie ich es für Gefallen tun muß, die mir erwiesen wurden.«

»Nisibisi? Um so mehr Grund, sie mitzunehmen und fertigzumachen ...«

»Nein. Er ist ein Feind der Hexer. Er leistet uns bessere Dienste, wenn er ungehindert herumstreifen kann. Nicht wahr, Vis?«

Der fremdartig aussehende Bursche bestätigte es. Sein Akzent war selbst aus seinen drei kurzen Silben zu hören.

Niko nickte. »Seht Ihr, Crit? Darf ich bekannt machen?

Crit, das ist Vis. Vis, das ist Crit. Ich werde den Verbindungsmann für euch machen. Vis wird seine Berichte über mich an Euch weiterleiten, Crit. Geh jetzt, Vis. Du auch, Freigelassener. Lauft!«

Und die beiden rannten davon, ehe Crit zu protestieren vermochte.

Der dritte, den Straton festhielt, wand sich wild. Er hatte früher den Falkenmasken angehört, und offenbar fand Straton, daß er mehr wert war, als die beiden anderen zusammen. Jedenfalls schien er nicht bereit zu sein ihn freizugeben, gleichgültig, was Niko sagen mochte.

Niko erklärte nur, daß er gar nicht versuchen würde, irgendwelche von Jubals Leuten zu retten. Sie mußten ihr Treffen kurz halten, denn wer konnte wissen, ob sie nicht durch dunkle Fenster oder Eingänge beobachtet wurden.

Als sie aufsaßen, sah Janni eine vermummte Gestalt, die sich aus der Dunkelheit nahe der Kreuzung erhob. Kurz stand sie hochaufgerichtet, und Mondstrahlen spielten über ihr Gesicht. Janni erschauderte. Es war ein Gesicht mit höllischen Augen, zu weit entfernt, um sehr groß oder erschreckend zu wirken, trotzdem zuckte er zusammen, wie wenn man einen Eimer Eiswasser über ihn gegossen hätte, als ihr Blick ihn traf.

»Katzenpfote! Hast du das gesehen?«

»Was?« fragte Niko ungehalten. Er war innerlich noch ziemlich angespannt, weil er Crit widersprochen hatte. »Was soll ich gesehen haben?«

»Die – die Gestalt ...« Nichts war mehr an der Stelle, wo er sie bemerkt hatte. »Schon gut ... Ich glaube, ich sehe – Gespenster.« Crit und Straton hatten ihre Pferde erreicht, und alsbald hörten sie Hufschläge, die sich allmählich in der Nacht verloren.

»Zeig mir wo, und erklär mir, was es war.«

Janni ritt voraus. Als sie an der nächsten Gasse angelangten, fanden sie die Leiche eines Halbwüchsigen, dem die Zunge dick angeschwollen aus dem Mund hing und dessen Augen hochgerollt waren, als hätte er einen Anfall gehabt der sein Leben beendet hatte.

»O nein!« Niko saß ab, drehte die Leiche um. »Es ist einer von Tamzens Freunden.« Janni sah den in Seide und Leinen gekleideten Toten besser, als seine Augen sich nach dem hellen Fackellicht an den gedämpften Mondschein gewöhnt hatten.

Sie hoben die Leiche auf Jannis Pferd, das schnaubend protestierte, etwas Totes zu tragen, aber offenbar doch nicht ganz wagte, sich zu widersetzen.

»Schaffen wir ihn irgendwo hin, Katzenpfote. Wir können ihn nicht die ganze Nacht mit uns herumschleppen.« Erst jetzt wurde Janni bewußt, daß sie vergessen hatten, Crit in ihren nächtlichen Plan einzuweihen.

Auf sein Beharren erklärte Niko sich einverstanden, zur Sicherheitsstation in der Schlachterstraße zu reiten, wo Stiefsöhne, Spitzel und ilsiger sowie rankanische Wachleute, die zur Aufspürung von Falkenmasken eingeteilt und in anderen geheimen Aufträgen unterwegs waren, Berichte erstatteten.

Sie konnten zwar die Leiche dort lassen, aber nicht Bescheid geben. Crit, der Geheimdienstleiter, hatte den Falkenmaskenmann anderswo hingebracht, zweifellos an einen Ort, wo er glaubte, daß er ihm am meisten nutzen würde. Nichts war in der Stube, außer kalkgefüllte Beutel für bedauernswerte Nasen und dicke Knüppel aus Segeltuch, die mit Kieselsteinen und Eisenspänen gefüllt waren, um selbst die Meinung der standfestesten Kerle zu ändern. Sie hinterließen eine sorgfältig verschlüsselte Nachricht und eilten auf die Straße zurück. Zwischen Nikos Brauen hatte sich eine tiefe Falte eingeschlichen. Janni war nun in nicht geringerer Hast als er, um Tamzen und ihre Freunde noch zu finden, nicht einzeln, als Leichen in der Gosse.

Die Hexe Roxane hatte als Haustiere zwei Schlangen, die ihr von Nisibisi gebracht worden waren. Beide waren grün und sechs Fuß lang. Sie trug sie in ihr Arbeitsgemach, stellte ihre Körbe neben den Kamin und eine Schüssel mit Wasser neben sich. Dann sprach sie jene Worte, welche die zwei in Männer verwandelten. Nachdem sie die Gestalt eines Stiefsohnpaares angenommen hatten, besorgte sie ihnen Kleidung und schickte sie fort. Danach nahm sie die Schüssel und rührte mit dem Finger im Wasser, bis sich ein saugender Strudel ergab. Über ihm sprach sie eine Beschwörung.

Ein ähnlicher Strudel, nur weit größer, bildete sich im Meer, außerhalb des Hafens. Nunmehr holte sie von einem Regal sechs geschnitzte Schiffchen mit Beysibsegel. In den Schiffen befanden sich winzige Wachsmännchen.

Sie setzte die Schiffchen in die Schüssel mit dem Strudel und drehte den Finger rundum, bis die Flaggschiffe der Flotte vom Strudel erfaßt in die Tiefe gezogen wurden und schließlich am Grund der Schüssel liegenblieben.

Selbst nachdem sie den Finger zurückgezogen hatte, tobte das Wasser noch eine Weile. Die Hexe blickte ruhig in den Mahlstrom und nickte zufrieden. Dieses Ablenkungsmanöver fand genau zur richtigen Zeit statt. Der Mond, wie sie durch ihr Fenster sah, stand schon hoch. Es würde nur noch wenige Stunden dauern, bis er den Zenit erreichte.

Dann war es soweit, sich um Jagats Bericht zu kümmern und die Todestrupps – oder vielmehr Totentrupps, denn keine, die ihnen angehörten, verfügten noch über eigenes Leben – in die Stadt zu schicken.

Tamzens Herz pochte heftig, ihr Mund war trocken, und sie spürte Schmerzen in der Brust, so lange rannten sie schon. Jeder von ihnen sechs wußte, daß sie sich verirrt hatten; Phryne weinte, ihre Schwester zitterte am ganzen Leib und wimmerte, daß sie nicht mehr laufen konnte, weil ihre Knie ganz weich waren; die drei noch übriggebliebenen Jungs redeten laut und beharrten darauf, daß sie nur dicht beisammenbleiben müßten, dann würden sie schon nach Hause kommen – die Mädchen brauchten keine Angst zu haben. Sie nahmen alle weiter Krrf zu sich, obwohl das alles nur verschlimmerte, so daß selbst eine zahnlose Greisin, die sich mit ihrem klappernden Stock weitertastete, sie zu Tode erschreckte und in die Flucht schlug.

Keiner sprach von Mehtas Geschick. Sie hatten ihn mit der schwarz vermummten Dirne gesehen, hatten gesehen, daß er wie gebannt ihre Hand nahm. Sie hatten sich verborgen gehalten, bis das Paar weiterging, dann waren sie ihm gefolgt – die Gruppe hatte geschworen, beisammenzubleiben, sie hatten vor, aufregende Abenteuer zu erleben. Sie waren nun nach dem Gesetz erwachsen, so durfte niemand sie von den verbotenen Genüssen und Vergnügen von Männern und Frauen abhalten. Sie waren neugierig gewesen, ob Mehta es wirklich mit der Hure treiben würde. Danach hätten sie sich selbstverständlich wieder zusammengeschlossen, und er hätte ihnen berichten müssen, wie es gewesen war. Sie hatten gesehen, wie er ihre Röcke gehoben und sie in einer Gasse an die Wand gedrückt hatte. Und dann war er plötzlich würgend auf den Boden gestürzt und gestorben. Sie hatten noch beobachtet, wie die Dirne sich über ihn beugte und wieder aufrichtete. Sie hatte den Kopf gehoben und in ihre Richtung geblickt. Die Zwillingshöhlen ihrer glühenden Augen hatten ihnen verraten, daß sie keine menschliche Dirne war – und sie waren davongelaufen, so schnell sie nur konnten.

Nun beruhigten sie sich allmählich wieder. Inzwischen waren sie tief im Schlachterviertel, nahe dem Ende, wo der Karawanenplatz begann. Dort brannte Licht, denn zweifelhafte Kaufleute tätigten dort ihre noch zweifelhafteren nächtlichen Geschäfte. Sie seien dort nicht sicher, sagte einer der Jungen. Dort würde auch Sklavenhandel getrieben, und wer weiß, ob man sie nicht gefangennehmen und in den Norden verkaufen würde, so daß man sie hier nie wiedersah.

»Und du meinst, daß es *hier* sicher ist?« fauchte Tamzen. Ihre Zähne klapperten, aber der Krrf machte sie mutig und wütend. Sie schritt voraus, ohne nachzusehen, ob die Gruppe ihr folgte. Aber sie würde es, daran zweifelte sie nicht. Sie kannte ihre Freunde besser als ihre eigenen Mütter sie kannten. Sie war sicher, es sei das einzig richtige, tapfer weiterzugehen, bis sie auf den Platz kamen und die Straßen nach Hause fanden, oder sie auf irgendwelche Höllenhunde, Stadtwachen oder Stiefsöhne stießen. Nikos Freunde würden sie bestimmt auf ihre Pferde heben und nach Hause bringen – falls sie welchen begegneten. Tamzen war sehr stolz auf ihre Bekanntschaft mit den Kriegern.

Niko ... Wenn *er* hier wäre, hätte sie keine Angst, brauchte sie nicht Mut vorzutäuschen ... Ihre Augen füllten sich mit Tränen. Sie dachte daran, was er sagen würde, wenn er von diesem Abenteuer erfuhr. Sie würde ihn nie überzeugen können, daß sie erwachsen war, wenn alle ihre Versuche sie nur noch kindlicher erscheinen ließen. Die Dummheit eines *Kindes,* ganz gewiß – doch einem hatte diese Dummheit das Leben gekostet. Ihr Vater würde ihr den Hintern blau schlagen und sie gewiß einen Monat in ihre Kammer sperren. Sie wurde zornig – sicher war der Krrf daran schuld, obgleich sie bereits zu sehr von ihm beeinflußt war, um das noch erkennen zu können – und sah eine Gasse, aus der Fackelschein fiel. Sie bog ein. Die anderen folgten ihr, sie hörte ihre Schritte dicht hinter sich. Sie hatten reichlich Geld und konnten eine Begleitung bezahlen. Vielleicht bekamen sie sogar einen Einspänner, der sie nach Hause brachte. In allen Schenken gab es Männer, die froh waren, wenn sie eine Gelegenheitsarbeit bekamen. Wenn sie aber zum Karawanenplatz weitergingen und tatsächlich Sklavenhändlern in die Hände fielen, würde sie ihren Papa und Niko und ihr hübsches Gemach mit den Rüschchen und all ihren Spielsachen nie wiedersehen.

Die Schenke hieß Zum Schweinsohr – und sie hätte gar nicht heruntergekommener sein können. An der Tür holte einer der Jungen sie ein und riß sie am Arm zurück. »Wenn du da drinnen Geld herzeigst, werden sie uns allen den Hals aufschlitzen.«

Er hatte recht. Sie kauerten sich auf der Gasse zusammen und schnupften wieder Krrf, zitterten am ganzen Körper und konnten sich nicht einigen, was sie tun sollten. Phryne begann laut zu weinen, da drückte ihre Schwester ihr hastig die Hand auf den Mund. Gerade als die beiden Mädchen sich völlig verstört und hoffnungslos auf den Boden hockten, und einer der Jungen, dem die Furcht auf die Blase drückte, eine Hausecke suchte, kam eine Frau auf sie zu. Sie hatte die Kapuze zurückgeschlagen, trotzdem war ihr Gesicht nicht zu sehen. Aber ihre Stimme war die einer feinen Dame, und die Worte klangen mitfühlend.

»Habt ihr euch verirrt, Kinder? Na, jetzt ist ja alles gut. Kommt mit mir, wir werden Glühwein trinken, und ich habe auch noch etwas Kuchen zu Hause. Inzwischen wird mein Diener sich um Begleitung für euch sorgen, die euch heimbringt. Du bist doch die Tochter des Besitzers der Bierstube, oder täusche ich mich? Ah gut. Dein Vater ist ein Freund meines Gatten ... Du erinnerst dich doch gewiß an mich?«

Sie nannte einen Namen, und Tamzen, die vom Krrf benommen und deren Herz erleichtert und voll der süßen Gewißheit war, gerettet zu sein, log und sagte ja.

Alle sechs gingen mit der Frau, vorbei am Platz und zu einem seltsamen, hell beleuchteten Haus, das sie durch ein hohes Tor und einen gepflegten Garten erreichten. Hinter dem Haus war das Rauschen des Schimmelfohlenflusses zu hören.

»Setzt euch, meine Kleinen. Wer möchte sich den Straßenstaub abwaschen?« Die Räume waren dämmrig, nicht mehr hell beleuchtet, wie es von draußen ausgesehen hatte. Die Augen der Frau waren tröstend und beruhigend wie Mittel gegen schlaflose Nächte. Sie machten es sich zwischen Seidenkissen in den weichen Sesseln bequem, tranken, was ihnen angeboten wurde, und fingen zu kichern an. Phryne ging, sich zu waschen, und ihre Schwester folgte mit Tamzen. Als die drei zurückkehrten, waren die Jungen nirgendwo zu sehen. Tamzen wollte gerade nach ihnen fragen, als die Frau ihnen Obst anbot, da vergaß sie irgendwie die Worte, die bereits auf ihrer Zungenspitze gelegen hatten, ja sogar, daß die Jungen überhaupt hier gewesen waren, so fein war der Krrf, den die Frau mit ihnen rauchte. Sie wußte, daß sie sich wieder erinnern würde, was auch immer sie vergessen hatte ...

Als Crit und Straton mit dem gefangenen Falkenmaskenmann beim Haus Ischades, der Vampirfrau, am Schimmelfohlenfluß ankamen, schien Licht hinter allen Fenstern zu brennen, und doch milderte kaum etwas davon die Dunkelheit.

»Bei den vier Mündern des Gottes, Crit, ich verstehe nicht, weshalb Ihr die anderen habt laufenlassen. Und was Niko betrifft ...«

»Frag mich nicht nach seinen Gründen, Straton, ich kenne sie nicht. Es hat wohl etwas mit diesen ›Nachfolgern‹ zu tun – das sind Revolutionäre, die sich den Hexenwall von den Nisibisizauberern zurückerobern wollen – in Nisibisi gibt es nicht nur Magier. Wenn dieser Vis zu den Nachfolgern gehörte, dann ist er ein Gesetzloser, was die Nisibisi-Obrigkeit betrifft, und vielleicht ein Kämpfer. Also lassen wir ihn laufen, tun ihm einen Gefallen, und werden dann schon sehen, ob er zu uns kommt und uns einen Gefallen erweist. Was den anderen angeht – nun, du hast Ischades Schreiben gesehen –, sie hat ihm die Freiheit geschenkt, und das war ihr gutes Recht, denn wir hatten ihr den Sklaven ja schließlich überlassen. Wenn wir Nutzen aus ihr ziehen wollen ... Wenn sie uns *je* hilft, Jubal zu finden – und sie *weiß,* wo er ist; diese Freigabe des Sklaven war eine Botschaft: Sie will uns damit sagen, daß wir den Einsatz erhöhen müssen – es bleibt uns nichts übrig, als uns nach ihren Wünschen zu richten, soweit es diesen Sklavenlockvogel betrifft.«

»Aber – aber, daß wir *selbst* hierherkommen? Ihr wißt, was sie einem Mann antun kann ...«

»Vielleicht würde es uns sogar gefallen? Vielleicht ist es Zeit zu sterben? Ich weiß es nicht. Was ich aber weiß, ist, daß wir es nicht der Besatzung überlassen dürfen. Jedesmal, wenn sie eine Falkenmaske für uns finden und sie uns bringen, haben sie den Mann so zugerichtet, daß er nicht mehr imstande ist, uns etwas zu sagen. Wir werden die, die übriggeblieben sind, nie anwerben können, wenn die Armee sie allmählich umbringt und man es uns in die Schuhe schiebt. Und noch etwas ...« Crit saß ab und zog den geknebelten und gebundenen Falkenmaskenmann, den er wie ein abgestochenes Schwein über den Sattel geschlungen gehabt hatte, hinter sich herunter, so daß der Gefangene schwer auf dem Boden aufschlug. »... wir haben vom Abwehrverbindungsoffizier des Standorts erfahren, daß die Armee glaubt, wir Stiefsöhne fürchteten diese Frau.«

»Das würde jeder mit auch nur einer Spur gesundem Menschenverstand tun«, brummte Straton. Er rieb sich die Augen, saß ebenfalls ab und spannte seine Armbrust, kaum daß er auf dem Boden stand.

»So meinen sie es nicht. Du weißt, was sie meinen. Sie können ja einen Heiligen Truppler nicht von einem üblichen Söldner unterscheiden. Sie halten uns alle für abartig und schauen deshalb auf uns herab.«

»Sollen sie doch. Ich bin lieber am Leben und verkannt als tot und hochgeachtet.« Straton blinzelte und versuchte klarer zu sehen. Es war erstaunlich, daß Critias dieses Unternehmen höchstpersönlich durchführte. Er sollte eigentlich überhaupt keinen Außendienst machen, sondern nur die Befehle erteilen und sich um die Überwachung kümmern. Aber man wußte, daß Tempus bei ihm gewesen war, und seither war der Abwehroffizier noch wortkarger und ungeduldiger als ohnehin schon. Straton war es klar, daß es keinen Sinn hatte, mit Critias zu streiten; er war jedoch einer der wenigen, der behaupten konnte, seine Meinung vor ihm sagen zu dürfen, selbst wenn sie Critias' widersprach.

Sie hatten den Falkenmaskenmann kurz verhört. Es hatte nicht lange gedauert, denn Straton war auf diesem Gebiet ein Fachmann. Der Bursche sah gut aus und war kaum verletzt. Die Vampirfrau war in dieser Beziehung eigen, sie liebte Schönheit. Also mußte dieser Kerl ihr zusagen. Die paar Schrammen machten ihn für ein Geschöpf wie sie vielleicht noch anziehender. Sie würde ihn nicht nur in ihrer Macht haben, sondern es würde auch in ihrer Macht stehen, ihn vor einem viel schlimmeren Tod zu bewahren als dem, den sie ihm geben könnte. So wie der große, geschmeidige Bursche aussah, seiner Kleidung nach und seinen sanften gefühlvollen Augen, war ihm ein angenehmer Tod bestimmt willkommen. Seinesgleichen wurden in Freistatt von mehr Parteien gejagt als sonst irgend jemand, Nisibisispione ausgenommen.

»Bereit, Strat?« fragte Crit.

»Nein, wenn Ihr es ehrlich wissen wollt, aber ich werde so tun als ob. Wenn Ihr es überlebt und ich nicht, gehören meine Pferde Euch.«

»Und meine dir.« Crit entblößte die Zähne. »Aber ich glaube nicht, daß wir mit dem Tod rechnen müssen. Ich habe das Gefühl, daß sie vernünftig ist. Sie hätte den Sklaven nicht freigeben können, wenn sie nicht imstande wäre, ihre Gier zu beherrschen. Und sie ist klug – weit klüger als Kadakithis' angeblich so gescheite Höllenhunde, das steht inzwischen fest.«

So öffneten sie wider alle Vernunft das Tor, nachdem sie ihre Pferde angebunden hatten, durchschnitten ihrem Gefangenen die Fesseln und gingen mit ihm zur Haustür. Seine Augen über dem Knebel weiteten sich, die Pupillen wirkten gigantisch im Fackelschein über der Schwelle und schlossen sich ganz, als Ischade selbst die Tür öffnete, nachdem sie dreimal in längeren Abständen geklopft und geduldig gewartet hatten und gerade wieder gehen wollten, weil sie nicht mehr glaubten, daß sie zu Hause war.

Sie musterte sie unter halb geschlossenen Lidern von Kopf bis Fuß. Straton war froh, daß sein Blick immer noch etwas getrübt war und sich dieser merkwürdige Schleier nicht wegblinzeln ließ. Der Falkenmaskenmann zitterte und taumelte im Griff der beiden, als Crit sagte:

»Guten Abend, Madame. Wir fanden es an der Zeit, uns persönlich bekanntzumachen. Als Zeichen unseres guten Willens haben wir Euch dieses Geschenk mitgebracht.« Er sprach sanft, gleichmütig, so, daß sie erkennen mußte, daß sie alles über sie wußten, es ihnen aber gleichgültig war, was sie mit den Unvorsichtigen oder Bedauernswerten tat. Stratons Mund war trocken, und die Zunge schien ihm am Gaumen zu kleben. Keiner war kälter oder hartnäckiger im Einsatz als Crit.

Das dunkle Gesicht Ischades hatte nicht den leicht rötlichen Ton der Isibisi, sondern einen leichten Olivschimmer, durch den das Weiß ihrer Zähne und das Weiße ihrer Augen sich besonders abhoben.

»Bringt ihn herein, dann werden wir sehen, was gesehen werden kann.«

»Nein, nein. Wir lassen ihn hier – wie schon gesagt, er ist ein Geschenk. Natürlich würden wir gern erfahren, was Ihr über Jubal wißt oder seine Leute – wo sie sind und dergleichen. Wenn Ihr etwas hören solltet, das Ihr mich wissen lassen wollt, findet Ihr mich in der Söldnerherberge.«

»Oder in Eurer Geheimstation in der Schlachterstraße?«

»Manchmal«, entgegnete Crit fest. Erleichterung durchströmte Straton, da er wußte, daß sie das Haus nicht zu betreten brauchten. Er versetzte dem Falkenmaskenmann einen Stoß. »Geh hinein, Junge. Geh zu deiner Herrin.«

»So ist er denn ein Sklave?« fragte sie Strat, und ihr Blick, als er so auf ihn gerichtet war, ließ ihn eisige Schauder über den Rücken rinnen. Er hatte Schlächter gesehen, die ein Schaf so anblickten. Er erwartete schon fast, daß sie die Hand ausstreckte und seinen Bizeps betastete.

»Er ist, was Ihr wollt, daß er ist«, antwortete er.

Sie fragte: »Und Ihr?«

»Nachsicht hat ihre Grenzen«, warf Crit ein.

»Eure vielleicht, nicht meine«, erwiderte sie. »Nehmt ihn wieder mit, ich will ihn nicht. Ich will gar nicht fragen, was Ihr Stiefsöhne von mir denkt. Aber billig werde ich nie sein.«

Crit ließ den jungen Mann los. Er wand sich jetzt in Stratons Griff, der ihn weiterhin festhielt und dabei dachte, daß Ischade zweifellos die schönste Frau war, die er je gesehen hatte, und der Falkenmaskenmann sich glücklich schätzen sollte. Wenn der Tod ein Tor zum Himmel war, war sie eine

Torhüterin, von der er sich gern einweisen ließe, wenn seine Zeit gekommen war.

Obwohl er nicht laut gesprochen hatte, bemerkte sie, daß das zu machen wäre.

Bei diesen Worten blickte Crit auf, dann schüttelte er den Kopf. »Geh und wart bei den Pferden, Straton, ich glaube, sie sind unruhig.«

So fand Straton nie genau heraus, was zwischen dem Abwehroffizier und der Vampirfrau ausgemacht worden war – wenn überhaupt etwas. Aber als er die Pferde erreichte, bekam er beide Hände voll zu tun, bis er sie beruhigt hatte. Es war, als hätte sein Grauer Nikos Rappen gewittert, den er mehr als alle anderen Hengste haßte. Als die beiden in derselben Scheune untergebracht gewesen waren, hatten die beiden immer wieder versucht, ihre Boxen einzuschlagen, um auf einen Kampf zueinanderzugelangen, und der Krach, den sie dabei machten, war ohrenbetäubend gewesen. Pferde lieben und hassen wie Menschen. Die beiden Hengste wollten einander an den Hals wie Strat dem Standortkommandanten oder Vashanka dem ilsiger Gott Ils.

Bald darauf kam Crit allein und schweigend den Gartenweg entlang.

Straton hätte gern gefragt, was ausgemacht worden war, doch die finstere Miene seines Offiziers ließ ihn davon Abstand nehmen. Und eine Stunde später, als sie in der Sicherheitsstation in der Schlachterstraße waren und ein Spitzel herbeigeeilt kam und berichtete, daß es ein Unglück gegeben hatte, und Tempus nicht zu finden war, weshalb Crit die Sache in die Hand nehmen mußte, war es dafür zu spät.

Was sie allerdings gegen plötzliche Strudel außerhalb des Hafens unternehmen sollten, war ihnen unklar.

Als Straton und Crit weggeritten waren, führte Niko seinen Rappen vorsichtig aus seinem Versteck. Die Geistspur, der er gefolgt war, hatte sie hierher geführt; Tamzen und ihre

Freunde befanden sich im Innern. Die Spur hatte sich vor der Schenke Zum Schweinsohr der blaßblauen der Besitzerin dieses Hauses angeschlossen und sich auch nicht mehr davon getrennt. Blau war keine Farbe eines Menschen, außer, dieser Mensch war ein Magier oder eine Hexe, ob nun guter oder böser Art. Sowohl Niko wie Janni wußten, wem dieses Haus gehörte, doch was Crit und Straton hier zu schaffen hatten, wollte keiner von ihnen auch nur raten.

»Wir können das Haus nicht stürmen, Katzenpfote. Du weißt, wer sie ist.«

»Ich weiß es.«

»Warum wolltest du dann nicht, daß ich mich an die anderen wende? Vier wären besser als zwei, um dieses Problem zu lösen.«

»Ich will lieber nicht wissen, was sie hier wollten. Und wir haben unsere Tarnung heute nacht schon einmal gebrochen.« Niko schlang ein Bein nach Art der Kavallerie über den Hals seines Pferdes. Janni rollte sich einen Rauchstengel und bot ihm ebenfalls einen an. Katzenpfote nahm ihn und zündete ihn mit einem Feuerstein aus seinem Gürtelbeutel an, gerade als zwei Männer auf einem Wagen von Abwind mit polternden Rädern und klappernden Hufen über die Schimmelfohlenbrücke gefahren kamen.

»Zuviel Verkehr«, brummte Janni. Sie zogen ihre Pferde zurück in die Schatten und sahen zu, wie die Männer das Gespann vor dem Tor des ungewöhnlichen Hauses anhielten. Die Vorhänge der Kutsche waren zugezogen, so war es unmöglich zu sehen, ob noch jemand in ihr saß.

Die beiden Männer betraten das Haus, und als sie wieder herauskamen, hatten sie drei kleine vermummte Leute bei sich. Sie wurden in die Kutsche gehoben, die daraufhin sofort abfuhr und der Wagenstraße folgte, die südwärts von der Brücke wegführte – doch an ihrem Ende war nichts, nur Sumpf und Öde, und dahinter das Fischerviertel und das Meer – das heißt, nichts, außer dem befestigten Landhaus der Hexe Roxane.

»Katzenpfote, glaubst du – das waren sie?«

»Sei still, verdammt! Ich versuche es herauszufinden.« Es wäre schon möglich. Sein Herz war alles andere als ruhig, und die Fahrgäste, die er spürte, waren drogenbetäubt, und ihr Geist schlief.

Doch aus dem Haus spürte er jetzt die Spuren der Mädchen nicht mehr unter den blauen/erzmagischen/gequälten ihrer Besitzerin und jenen der Männer. Die Aura der Jungen befand sich noch dort, doch still, schwächer, vielleicht sterbend, möglicherweise bereits tot. Diese Spur konnte jedoch auch die des Burschen sein, den Crit dort zurückgelassen hatte, nicht die der Halbwüchsigen aus den besten Familien des Ostviertels.

Der Mond über Nikos Kopf hatte den Zenit fast erreicht. Als Janni Niko hochblicken sah, ahnte er, was er sagen würde, und kam ihm zuvor: »Na gut, Katzenpfote, wir müssen sowieso dorthin, also folgen wir der Kutsche. Vielleicht holen wir sie noch rechtzeitig ein und finden heraus, wen sie da eingeladen haben. Aber wir dürfen keine Zeit vergeuden – Mädchen oder nicht, wir müssen uns um die Hexe kümmern.«

»Ja.« Niko lenkte sein Pferd herum und folgte dem Wagen, nicht zu schnell, um ihn nicht zu bald einzuholen, doch schnell genug, um in Hörweite zu gelangen und zu bleiben. Als Janni neben ihm ritt, rief er: »Zufälle dieser Größenordnung machen mich nervös. Man könnte meinen, die Hexe habe die Kutsche geschickt, ja sogar die Kinder entführen lassen, um sicherzugehen, daß wir kommen.«

Janni hatte recht, aber Niko schwieg. Sie konnten gar nichts anderes tun, als dem Wagen zu folgen. Was immer geschehen würde, war nun unausweichlich.

Ein Dutzend Reiter tauchten plötzlich aus der Öde nahe dem Sumpf auf und umzingelten die Stiefsöhne. Sie hatten keine Gesichter, aber alle glühende, ganz weiße Augen. Niko und Janni kämpften, so gut sie es mit den Waffen Sterblicher vermochten, aber Fesseln aus sprühender Energie legten sich um sie, und blaue Funken versengten ihre Haut durch ihre Leinenunterkittel. Von ihren Pferden gezogen, wurden sie hinter den Reitern hergezerrt, bis sie nicht mehr wußten, wo sie waren oder was mit ihnen geschah, ja, bis sie nicht einmal den Schmerz mehr spürten. Das letzte, woran Niko sich erinnern konnte, war, daß die Kutsche angehalten hatte, und sein Pferd allein noch den Sieg erringen wollte. Der mächtige Rappe hatte das Tier des Reiters bestiegen, der Niko hinter sich her zerrte. Dann hatte er noch gesehen, wie sich magisch blau glühende Pfeile in den Hals des Pferdes bohrten und es zusammensackte, während er weitergezerrt wurde.

Jetzt war er erwacht und fand sich an einen Baum gebunden. Hilflos wand er sich in den Stricken, blinzelte, um klar zu sehen, und bemühte sich, mit der Kraft seines Willens die Schmerzen zu vertreiben.

Vor ihm sah er Gestalten, die sich gegen den Hintergrund eines Feuers abhoben. Unter ihnen erkannte er – als er wieder bei Bewußtsein war und sich wünschte, er wäre nie aufgewacht – Tamzen, die sich in gräßlichen Umarmungen wand, hilflos um sich schlug und seinen Namen rief. Den beiden anderen Mädchen erging es nicht besser als ihr. Janni war mit gespreizten Armen und Beinen auf dem Boden angepflockt, er hatte den Mund weit offen und schrie seinen Schmerz zum Himmel.

»Ah«, hörte Niko. »Nikodemus, wie nett, daß du dich uns anschließt.«

Ein Frauengesicht erschien vor seinem verschwommenen Blick. Es war schön, doch das machte es um so schlimmer. Es war die Nisibisihexe, und sie lächelte, was an sich schon ein schlimmes Zeichen war. Etwa zwanzig Knechte waren um sie, Tote, die sie aus den Gräbern gerufen und denen sie ein Scheinleben verliehen hatte; auch zwei Kreaturen mit starren Schlangenaugen, lippenlosen Mündern und leicht grünlich getönter Haut waren dabei.

Sanft zählte sie die Dinge auf, die sie zu wünschen begehrte. Eine Weile schüttelte er bloß den Kopf, schloß die Augen und versuchte, seinem Fleisch zu fliehen. Wenn er seinen Geist an seinen Ruheort zurückzuziehen vermochte, könnte er alles ignorieren: den Schmerz, die Schreie, die die Nacht zerrissen; er würde nichts von dem wissen oder spüren, was hier geschah, und könnte sterben ohne die Schmach, sich ergeben zu haben. Sie würde ihn ohnehin töten, wenn sie mit ihm fertig war. So zählte er entschlossen rückwärts, preßte die Lider zusammen und stellte sich die Runen vor, die ihn retten würden. Aber Tamzens Schreie, ihre Hilferufe, bei denen sie seinen Namen schluchzte, und Jannis Ächzen vor unerträglicher Qual, drangen immer wieder zu ihm durch. So wurde er immer wieder, wenn er seinen Ort des Friedens fast erreicht hatte, zurückgezerrt durch diese entsetzlichen Laute.

Trotzdem starrte er sie nur stumm an, wenn sie ihm Fragen stellte. Von Tempus' Plänen und seinem Geisteszustand wußte er wenig. Er hätte ihre Fragen nicht beantworten können, selbst wenn er es gewollt hätte, dazu wußte er nicht genug. Aber als er schließlich in diesem Bewußtsein die Augen wieder schloß, kam die Hexe nahe heran. Sie öffnete ihm die Lider mit Gewalt und spreizte Holzsplitter dazwischen, damit er sehen mußte, weshalb Janni so entsetzlich schrie.

Sie hatten den Stiefsohn über den Bau eines Dachses gepflockt – wie er später sah, als das Tier sich einen Weg in die Freiheit genagt und gekratzt hatte – und räucherten ihn aus. Als die Umrisse des Tieres allmählich durch Jannis Bauch zu erkennen waren, gab Niko sein Schweigen auf. Er erzählte alles, was er wußte, und erfand noch einiges dazu.

Inzwischen waren die Mädchen jedoch längst verstummt.

Alles, was er hörte, war die Stimme der Hexe. Alles, woran er sich erinnerte, waren ihre schrecklichen Augen und die Botschaft, die sie ihm befahl, Tempus auszurichten. Als er sie wiederholt hatte, zog sie die Splitter aus seinen Lidern ... Die Dunkelheit, die sie ihm daraufhin gestattete, war tiefschwarz, und er fand einen weniger angenehmen Ruheort als den friedlichen seiner Meditation.

In Roxanes Landhaus herrschte Trubel. Sklaven eilten hin und her, Befehle waren zu hören, und auf dem Hof wurde die Karawane zum Aufbruch bereitgemacht.

Die Hexe selbst saß mürrisch und grimmig zwischen dem Brokat ihres Arbeitsgemachs und dem Werkzeug ihres Gewerbes: Wasser und Feuer und Erde und Luft, Minerale und Pflanzen und ein Globus aus dem Ton hoher Gipfel geformt und mit Edelsteinen besteckt.

Eine Handbewegung genügte, all das in ihren Wagen zu laden. Den Zauber über dem Haus zurückzunehmen, würde noch schneller gehen, dafür bedurfte es bloß eines Fingerschnippens, danach würde alles wieder heruntergekommen und kahl sein.

Aber die Fehler der Nacht und die Mühe, die es sie gekostet hatte, sie zu beheben, hatten sie angestrengt, und nun war sie erschöpft.

Sie saß Niko gegenüber, der gegen eine Wand gestützt, aber nicht wach war und rasselnd atmete: Ein weiterer Fehler – diese verdammten Schlangen nahmen alles zu wörtlich, genau wie sie unfähig waren, einfache Befehle vollständig auszuführen.

Die Schlangen, die sie in der Scheingestalt der beiden Stiefsöhne ausgeschickt hatte, hätten die Kinder auf der Straße finden müssen. Als Niko und Janni hätten die Halbwüchsigen ihnen auch getraut. Aber eine Vampirin, eine verfluchte, drittklassige Zauberin mit armseligen Kräften, war zufällig auf die Kinder gestoßen und hatte sie mit sich nach Hause genommen.

Deshalb hatte sie alle ihre Pläne ändern müssen. Sie hatte eine Kutsche gezaubert und die Schlangen ausgeschickt, die Köder zu holen – nur die Mädchen, auf die Jungen konnte sie verzichten. Natürlich fiel eine Frau, die mit Zauberkünsten großgeworden und klug war, nicht auf die Schlangen herein, aber Ischade hatte sich nicht gegen Nisibisimagie stellen wollen, und daher so getan, als glaubte sie, die beiden wären die echten Stiefsöhne. Sie hatte ihnen die Mädchen übergeben.

Würde Roxane nicht noch in dieser Nacht die Stadt verlassen, müßte sie die Seele der Vampirin auslöschen – oder zumindest ihre Erinnerung an die Ereignisse.

Sie holte die beiden Schlangen wieder aus ihren Körben und hielt ihre Köpfe vor ihr Gesicht. Zungen schnellten heraus und Schlangenaugen flehten um Gnade, aber Roxane wußte schon lange nicht mehr, was Erbarmen war. Und jetzt brauchte sie Kraft, und diese beiden waren dafür verantwortlich, daß ihr viel ihrer Kraft entzogen worden war. Sie hochhaltend, stand sie auf, sprach Worte der Macht, dann warf sie beide in das prasselnde Feuer. Die Flammen schossen hoch, die Schlangen wanden sich qualvoll und rösteten. Als sie gar waren, holte Roxane sie mit einer Silberzange heraus und aß sowohl ihre Schwänze wie Köpfe.

So gestärkt, wandte sie sich Niko zu, der immer noch Geist und Seele in seiner geistigen Zuflucht verbarg oder vielmehr in einer leicht veränderten, als ihre Magie sie aufgespürt hatte. Dieser Ort des Friedens und der vollkommenen Entspannung, eine Höhle jenseits der Wiese seines Geistes, barg einen Geist, einen Freund, der ihn geliebt hatte. In seiner Gestalt hatte sie zu ihm gesprochen und das Vertrauen seines Geistes gewonnen. Er gehörte jetzt ihr, so wie ihr Lordliebster es ihr versprochen hatte. Alles, was er erfuhr, würde sie so schnell wie er wissen. Doch an nichts würde er sich erinnern, sondern weiterhin seinen Pflichten als Söldner nachgehen. Durch ihn würde sie Tempus dorthin treiben, wohin sie ihn haben wollte, und durch ihn würde sie die Pläne des Geheimnisvollen erfahren.

Denn Nikodemus, der Nisibisisklave, hatte nie wirklich sein Brandzeichen verloren, noch war er seinen unfühlbaren Ketten entwichen. Zwar hatte ihr Liebster seinen Körper freigegeben, doch um seine Seele war ein Strick gebunden. Daran konnte ihr Liebster jederzeit ziehen, und sie jetzt ebenfalls.

Er erinnerte sich an nichts, was nach seinem Verhör geschehen war. Seinem Gedächtnis hatte sich nur das eingeprägt, was sie wollte, nichts weiter. Oh, er würde glauben, er hätte Alpträume gehabt oder Fieberträume wie jetzt.

Sie weckte ihn durch ein Tupfen auf seine Lider und sagte ihm, was er war: ihre Marionette, ihr Werkzeug, ja sogar, daß er sich an ihr kleines Gespräch nicht erinnern könnte, ja nicht einmal, daß er hier gewesen war. Und sie warnte ihn vor Untoten und quälte seine Seele, als sie ihm in ihren Spiegelaugen zeigte, was Tamzen und ihre Feundinnen sein könnten, sollte er sich auch nur erinnern, was hier zwischen ihnen geschehen war.

Dann berührte sie sein geschundenes Gesicht und nahm ihm noch etwas, um seinem Geist zu zeigen, wer Sklave und wer Herr war. Sie ließ ihn sie befriedigen und holte sich Kraft aus seinem geschwollenen Mund, um dann mit einem Lachen dafür zu sorgen, daß er alles vergaß.

Danach schickte sie ihren ahnungslosen Diener fort und gewann zusätzlich Befriedigung, nachdem sie sich noch einmal vergewissert hatte, daß sein Geist alles wußte und tief in ihm weinte und sich vergebens wehrte – ja, das verlieh dem Ganzen noch eine besondere Würze.

Jagats Männer würden ihn zu der Straße nahe der Stiefsohnkaserne bringen. Sie machten sich bereits daran, den schlaffen Körper mit ihren kräftigen Armen fortzutragen.

Roxane durfte nun, zumindest für eine Weile, diese verpestete Stadt verlassen und nordwärts reisen. Ja, möglicherweise mußte sie zurückkehren, doch im Augenblick dachte sie an nichts anderes, als daß sie zu ihrem Liebsten durfte. Sie würden eine unübersehbare Spur für Tempus zurücklassen. Und dann würde sie wenigstens eine Zeitlang die Pracht der hohen Gipfel genießen dürfen, und ihr Lordliebster würde zufrieden sein mit dem, was sie ihm besorgte: einige Stiefsöhne, eine Gischttochter und einen Mann, dem die Götter Unsterblichkeit verliehen hatten.

Es dauerte fast bis zum Morgen, die Fischäugigen zu beruhigen, die fünf ihrer besten Schiffe verloren hatten. Sie hatten noch Glück gehabt, daß die Edlen der Burek-Faktion von Kadakithis in seinen Sommerpalast auf der Spitze der Leuchtturmlandzuge eingeladen gewesen waren und sich deshalb nicht an Bord befunden hatten, als die Schiffe die Ankertaus gerissen hatten und wie Wesen mit eigenem Willen auf den Mahlstrom zugetrieben waren, der sich unglaublicherweise außerhalb des Hafens gebildet hatte.

Crit war während der ganzen Zeit überaus wortkarg gewesen. Von Rechts wegen hätte er überhaupt nicht in der Öffentlichkeit in Erscheinung treten dürfen. Wenn Tempus es erfuhr, würde er nicht erfreut sein. Aber Kadakithis hatte Rat und Hilfe dringend benötigt – der junge Prinz würde selbst seine hübschen blonden Locken geben »für harmonische Beziehungen zu unseren Mitmenschen von Übersee ...«

Niemand konnte beweisen, daß das Unglück anderen als natürlichen Ursprungs war, aber alle nannten es »eine Tat der Götter«.

Als Crit und Strat endlich nicht mehr herumstehen und unbedeutend wirken mußten, während sie in Wirklichkeit durch Zeichen und Kurier Kadakithis' Neigung zu Zugeständnissen abschwächten (denn sie waren wirklich nicht nötig, außer nach Meinung der beysiber Matriarchen), verließen sie den Hafen.

Crit wollte sich betrinken, so sehr besaufen, wie es nur menschenmöglich war, denn der Magiergilde zu helfen, ihre Unschuld zu beteuern – wenn es auch mehr denn wahrscheinlich war, daß irgendein Magier den Sturm beschworen hatte –, ging ihm nicht nur gegen den Strich, es führte auch zu nichts. Critias fand, daß der neugewählte oberste Hasard vortreten und die Verantwortung übernehmen sollte für diese Untat seiner Gilde. Aber Straton meinte, das würde erst geschehen, wenn es Frösche vom Himmel regnete.

Ein wenig hatten sie wenigstens helfen können. Sie hatten Winder zwangsverpflichtet, Fischer eingeteilt und den diensthabenden Standortoffizier dazu gebracht, einige seiner Leute zu schicken, so daß mit den Langbooten und beysiber Beibooten und den Fischerkähnen nach Überlebenden gesucht werden konnte. Bei all dem Durcheinander von Heilern und neugierigen Zuschauern und Schiffseignern und Beysibern auf den Kais hatten sie alle Stiefsöhne vom Streifen- und Außendienst zurückrufen müssen, denn es mochte ja sein, daß die Beysiber ihren Verlust als persönliche Kränkung ansahen und sich dafür an den Freistättern rächen wollten.

Nun hielt an jeder Ecke ein berittenes Stiefsohnpaar Wache, die leeren Straßen dahinter waren dagegen unbewacht. Crit machte sich Sorgen, daß die Sache mit den Schiffen ein Ablenkungsmanöver war. Wenn ja, wäre es durchaus möglich, daß eine ganze Armee, die aus dem Norden kam, unbemerkt die Stadt erreichte. Wenn er nicht sicher wäre, daß gestern noch keine feindlichen Truppenbewegungen gen Süden stattgefunden hatten, würde er jetzt an eine solche Taktik glauben.

Um das Unglück vollständig zu machen, fanden sie als einzige offene Schenke nur die Bierstube. Dort saß der Wirt händeringend in einer Ecke mit fünf weiteren verzweifelten Vätern der hiesigen besseren Gesellschaft. Ihre Söhne und Töchter waren die ganze Nacht nicht heimgekehrt. Die Nachricht, die sie Tempus zur Stiefsohnkaserne geschickt hatten, war nicht beantwortet worden; und die paar Mann, die sich noch in der Garnison aufhielten, hatten Wichtigeres zu tun, als der Bitte um einen Suchtrupp nachzugeben. So warteten die Väter nun auf die Rückkehr der Männer, die sie schließlich selbst ausgeschickt hatten. Nur deshalb war die Bierstube überhaupt zu dieser Zeit noch offen.

Sie verließen sie jedoch wieder, so schnell die Höflichkeit es erlaubte – müde wie ihre Pferde und in die sich allmählich erhellende Dunkelheit blinzelnd.

Der einzige Ort, wo sie jetzt, da die Stadt erwachte, noch ein bißchen Ruhe und Frieden finden konnten, war die Sicherheitsstation in der Schlachterstraße, meinte Crit säuerlich. Sie ritten dorthin, schlossen die eisernen Läden, und hofften, wenigstens eine Stunde schlafen zu können – und fanden Nikos Nachricht.

»Warum hat der alte Wirt uns denn nicht gesagt, daß er sie gebeten hat, nach seiner Tochter zu suchen?« Seufzend rieb Strat sich die Augen.

»Hast du vergessen, daß alle glauben, Niko habe die Stiefsöhne verlassen und treibe sich jetzt in den Elendsvierteln herum?« Crit schlüpfte wieder in seinen Unterkittel, den er gerade erst ausgezogen und auf den Boden geworfen hatte.

»Wir werden doch nicht jetzt gleich wieder aufbrechen!«

»Ich schon.«

»Um nach *Niko* zu suchen? *Wo?*«

»Nach Niko und *Janni.* Und ich weiß nicht, wo. Aber wenn die beiden die Halbwüchsigen noch nicht gefunden und zurückgebracht haben, ist es gewiß kein einfacher Kinderstreich oder ein harmloses Schulabschlußabenteuer, das die Kinder sich ausgedacht haben. Aber wir können immer noch hoffen, daß sie ihr Treffen mit Roxane einhielten und sie es nicht für angebracht hielten, sie zu verlassen.« Crit stand auf.

Straton nicht.

»Kommst du mit?« fragte Crit.

»Jemand sollte hierbleiben, wo die Station im Grunde genommen immer besetzt sein sollte. Ihr solltet wirklich entweder hier oder in der Herberge zu finden sein und nicht jemanden suchen, der wahrscheinlich Euch sucht.«

Und Straton setzte sich schließlich durch. Sie machten sich auf den Weg zur Herberge und beschlossen, da inzwischen bereits die Sonne aufgegangen war, bei Marc anzuhalten, um Stratons bestellte Armbrustbolzen abzuholen.

Die Tür stand einen Spalt offen, obgleich die Öffnungszeit, wie sie auf die Tür gemalt war, noch nicht gekommen war. Im Innern hockte der Schmied über einer Tasse Tee. Vor sich hatte er einen ausgebauten Armbrustmechanismus auf einem Lederstück liegen, den er finster wie ein eigensinniges Kind anstarrte.

Er blickte bei ihrem Eintreten hoch und wünschte ihnen einen besseren Morgen, als er inzwischen gehabt hatte. Dann stand er auf, um Stratons Bolzen zu holen.

Hinter der Werkbank hing eine Reihe Armbrüste und Bogen.

Als Marc mit dem Holzkistchen zurückkam, deutete Straton auf eine Armbrust: »Das ist Nikos, nicht wahr? Oder täuschen mich meine Augen?«

»Ich behalte sie hier, bis sie bezahlt«, brummte der Schmied und blickte Straton fest an.

»Wir bezahlen dafür, dann kann er sie bei mir abholen«, sagte Crit.

»Ich weiß nicht, ob ihm das ...« Dann überlegte Marc es sich anders und nickte. »Gut, wenn Ihr wollt. Ich werde ihm sagen, daß Ihr seine Armbrust habt. Macht fünf Soldos ... Es hat mich allerhand Arbeit gekostet. Soll ich ihm sagen, daß er Euch in der Gildenherberge finden wird?«

»Zumindest in der Gegend.«

Der Schmied nahm die Armbrust von der Wand und versuchte einen Leerschuß, mit dem Mechanismus am Ohr. Ein Lächeln flog über seine Züge. »Ja, sie ist in Ordnung«, erklärte er und schob sie in ihre Hülle aus wattiertem Fell.

Auf diese Weise würde Niko direkt zu Crit kommen und ihm berichten, sobald Marc ihm gesagt hatte, daß sie seine Armbrust hatten, dachte Straton.

Als der Morgen graute, waren Tempus und Jihan durchaus mit sich und dem anderen zufrieden, ja sogar müde. Für einen, der dem Schlaf nachjagte, wie andere der Macht oder einer Frau, war das ein Wunder. Für eine, die erst kürzlich zur Frau geworden, war es ein Triumph. Sie spazierten zurück zur Stiefsohnkaserne, entlang dem Bach, der im Licht der aufgehenden Sonne golden und rosig glitzerte. Hin und wieder lachten beide laut und erschreckten so noch müde Eichhörnchen und Vögel.

Er war bisher fast immer düster gewesen, doch sie hatte ihn von seiner Schwermut geheilt, hatte ihn überzeugt, daß das Leben eine bessere Wendung nehmen mochte, wenn er es selbst so wollte. Sie hatten sich über ihren Vater unterhalten, den sie statt beim Namen nur Sturmbringer nannten; über geheimnisvolle Dinge, die sie beide interessierten: ob die Menschlichkeit einen inneren Wert hatte; ob Götter sterben konnten; ob Vashanka sich verärgert irgendwo verbarg und nur darauf wartete, daß großzügige Opfer und ehrlich gemeinte Gebete ihn zu seinen Rankanern zurückholten, oder ob er – wovor die Mächte der zwölften Ebene bewahren mochten – wirklich »tot« war.

Er hatte offen von dem ihm auferlegten Fluch gesprochen und sie daran erinnert, daß jene, die ihn liebten, eines schrecklichen Todes starben und daß jene, die er liebte, ihn ablehnten; und was das im Fall seiner Stiefsöhne und in ihrem eigenen bedeutete, wenn Vashankas Macht nicht wiederkehrte und den Fluch abschwächte. Er erzählte ihr auch von seinem Gebet zu Enlil, einer alten Gottheit von universaler Größe, und daß er auf ein Götterzeichen wartete.

Darüber war Jihan erleichtert. Sie gestand ihm, daß sie Angst gehabt hatte, der Gott der Träume könne ihn von ihrer Seite locken, denn als Askelon gekommen war, um Tempus' Schwester zu seinem metaphysischen Reich der Freuden zu holen, hatte er dem Bruder angeboten, ihm die Sterblichkeit zu schenken. Doch nun, da sie ihn gerade gefunden hatte, fügte Jihan hinzu, könnte sie es nicht ertragen, wenn er die Sterblichkeit wählte.

Sie hatte diese Nacht damit zugebracht, Tempus zu beweisen, daß es sich lohnte, am Leben zu bleiben mit ihr, die sie das Leben liebte, um so mehr, da es für sie gerade erst begonnen hatte und da sie nicht getötet werden und dadurch auch nicht durch seinen Fluch, seine Kraft oder was immer er tun mochte, in tödliche Gefahr gebracht werden konnte.

Der Hochmond hatte sie mit seinem Schein überflutet, während ihre Beine ihn umschlangen, ihre rot glühenden Augen – die denen ihres Vaters so ähnlich waren – ihn zu durchbohren schienen, und ihr kühles Fleisch ihn entflammte. Ja, mit Jihan neben sich würde er seinen Stolz und seinen Ärger schlucken, ja sich selbst für Freistatt und Kadakithis entscheiden – er würde bleiben, obgleich sein Herz ihn nordwärts zog und obwohl er vorgehabt hatte, Jihan zu verjagen, als er mit ihr zum Bachbett ging.

Als sie durch den Hintereingang zu seiner Unterkunft

zurückkehrten, war er nicht mehr so sicher. Er hatte inzwischen von einem Leutnant alles über den Mahlstrom und die versunkenen Schiffe gehört und sich gedacht, während der Mann davon redete, daß dies ein Gotteszeichen war, so unverständlich seine Bedeutung auch sein mochte. Da bedauerte er, seine Abmachung mit der Gischttochter getroffen zu haben. All seine Ängste kehrten zurück, und er wünschte sich, er wäre in seinem Entschluß nicht wankend geworden und hätte Jihan fortgejagt.

Doch als der Tumult am Außentor schließlich zu den ehemaligen Gemächern des Sklavenhändlers, in denen er sich einquartiert hatte, vordrang und sie wachrüttelte, und sie ihm nachgehen wollten, war er sehr froh, daß sie noch da war.

Gemeinsam mußten sie sich einen Weg durch die dicht gedrängten Stiefsöhne bahnen, die bitter murrten. Keiner machte ihnen Platz, keiner war zur Kammer ihres Marschalls gelaufen, um ihm Bescheid zu geben, was im Morgengrauen zum Wachhaus am Tor gebracht worden war.

Er hörte das erbitterte Flüstern eines Stiefsohns, der zu wütend war, um vorsichtig zu sein, als er fragte, ob Tempus Jannis Paar wohl absichtlich in den Tod geschickt hatte, weil Katzenpfote das Angebot des Geheimnisvollen, sein Partner zu werden, abgelehnt hatte.

Einer, der es besser wußte, antwortete weise, daß dies eine mygdonische Botschaft sei, eine uralte Art der Nisibisiwarnung, das habe er selbst von Nikos geschundenen Lippen vernommen.

»Wie ist das passiert?« fragte Jihan entsetzt und beugte sich über Jannis sterbliche Überreste. Tempus antwortete nicht darauf, sondern fragte laut: »Und Niko?«

Gleich darauf folgte er einem Mann zur weißgetünchten Kaserne, hörte jedoch noch, wie eine würgende Stimme Jihan erklärte, was passiert, wenn man einen Mann über einen Tierbau pflockt und den Bau ausräuchert.

Während der Stiefsohn Tempus zu Niko führte, sagte er, daß der Mann, der die beiden hierhergeschafft hatte, mit ihm sprechen wolle. »Er wird seine Belohnung schon noch bekommen«, schnaubte Tempus und fragte den Söldner über den Samariter aus, der die beiden Stiefsöhne heimgebracht hatte. Aber der Heilige Truppler hatte gar nichts von dem Fremden erfahren können, der ans Tor gehämmert und sich mutig den Wachposten gestellt hatte, die ihn fast getötet hätten, als sie sahen, was er bei sich hatte. Sie hatten aus ihm nur herausgebracht, daß er auf Tempus warten und mit ihm sprechen müsse.

Der Marschall der Stiefsöhne stand hilflos mit drei anderen – Freunden von Niko – herum, bis der Heiler fertig mit Nadel und Katgut war. Dann jagte er schließlich alle hinaus, schloß die Läden und verriegelte die Tür. Nun flößte er dem wie geräderten Jungen stumm einen schmerzstillenden Trank ein und fragte sich düster, wie der Stiefsohn zu den grünen und blauen Blutergüssen, den tiefen Abschürfungen am Hals und an den Handgelenken und dem zerschundenen Gesicht gekommen war.

Bald hörte er von Nikodemus selbst in allen Einzelheiten, was geschehen war, wenngleich etwas undeutlich, wie es nicht anders sein konnte, bei einigen lockeren Zähnen in einem verrenkten Kiefer. Das Stiefsohnpaar hatte nach der Tochter des Bierstubenwirts in der Schlachtergegend gesucht, wo Drogenhöhlen und billige Dirnen traumlose Nächte versprachen; hatte sie bis zu Ischade verfolgt; hatte gesehen, wie sie und ihre Freundinnen in eine Kutsche gehoben wurden, die sofort Richtung Roxanes Haus fuhr. Sie waren ihnen gefolgt, weil sie ohnehin bei Hochmond von der Hexe erwartet wurden; waren von einem Todestrupp mit magischen Waffen und Gesichtern wie die von Toten überfallen, gefesselt und von ihren Pferden gezerrt worden.

Das nächste, woran Niko sich erinnerte, war, daß man ihn in einem Hain an einen Baum gefesselt und die Nisibisihexe die Qual der Kinder und den langsamen schrecklichen Tod Jannis sowie einen Zauber benutzte, um das bißchen aus ihm herauszuschinden, was er über Tempus' Absichten und die rankanischen Verteidigungsstrategien für das Tiefland wußte.

»War es falsch, daß ich versuchte, es ihnen nicht zu verraten?« fragte Niko. Seine geschwollenen Augen, die er kaum halb öffnen konnte, waren leidgefüllt. »Ich dachte, sie würden uns ohnehin alle töten. Dann glaubte ich, ich könnte es durchstehen ... Tamzen und den anderen Mädchen war nicht mehr zu helfen ... Aber Janni ...« Er schüttelte den Kopf. »Dann – dann dachten sie, ich würde lügen, als ich Fragen nicht mehr beantworten konnte – Fragen, die sie *Euch* hätten stellen müssen. Da log ich wirklich, um sie zufriedenzustellen, aber sie – die Hexe, wußte es ...«

»Schon gut. Gehörte Eindaumen dazu?«

Ein Zucken der Lippen mochte »nein« bedeuten oder »ich weiß nicht«.

Dann fand Niko die Kraft hinzuzufügen: »Wenn ich nicht versucht hätte zu schweigen – ich wurde früher schon einmal von Nisibisi verhört ... Ich versteckte mich in meinem Ruheplatz – bis – bis Janni ... Sie haben ihn umgebracht, um an mich heranzukommen.«

Tempus sah, daß der Junge den Tränen nahe war und wechselte das Thema. »Dein Ruheplatz? So ist dein *Maat* also zurückgekehrt?«

Er wisperte: »Auf gewisse Weise ... Das ist mir jetzt egal. Werde all meine Wut brauchen ... Keine Zeit mehr für Gleichgewicht.«

Tempus stieß heftig den Atem aus. »Ich werde morgen in den Norden ziehen. Einsatzbefehle und Dienstplan lege ich für Critias zurecht – er wird den Befehl hier übernehmen. Und einen Treffpunkt überlege ich mir für jene, die nachkommen wollen, um mit den Schurken abzurechnen. Hast du irgendwelche Ilsiger in ihrer Gesellschaft erkannt? Einen Diener, Knecht oder dergleichen?«

»Nein, sie sehen sich alle so ähnlich ... Jemand fand uns, brachte uns zum Tor – möglicherweise war es einer, den wir hier ausgebildet haben, denn er kannte meinen Namen. Die Hexe sagte, Ihr sollt ihr nachkommen, dann werdet Ihr im Oberland sterben. Jegliche Vergeltungsmaßnahmen unsererseits würden sie vierfach erwidern.«

»Willst du mir damit raten, sie nicht zu verfolgen?«

Niko plagte sich hoch, fluchte und sank, zwischen den Zähnen blutend, wieder zurück. Tempus machte keine Anstalten, ihm zu helfen. Sie starrten einander an, bis Niko sagte: »Es wird so aussehen, als hätte man Euch aus Freistatt vertrieben – als hättet Ihr hier versagt.«

»Soll es so aussehen! Vielleicht stimmt es auch ...«

»So wartet doch wenigstens, bis ich mitkommen kann ...«

»Das dauert mir zu lange. Ich werde dich wissen lassen, wo du mich finden kannst.« Tempus stand auf und ging schnell, ehe der Junge merkte, daß er sich kaum noch beherrschen konnte.

Der Samariter, der den Verwundeten und den Toten heimgebracht hatte, wartete außerhalb Tempus' Quartier. Er hieß Vis, und obgleich er wie ein Nisibisi aussah, behauptete er, er habe eine Botschaft von Jubal. Aufgrund seiner Hautfarbe und seines Akzents war Tempus nahe daran, ihn festzunehmen und Straton zu übergeben, der es fertigbrachte, jeden zum Sprechen zu bringen. Aber es gelang ihm, seinen Grimm zu zügeln. So schickte er den jungen Mann mit einem Beutel voll Soldos fort und der Anweisung, Jubals Botschaft Critias zu übermitteln. Crit würde von nun an den Befehl über die Stiefsöhne haben. Was Jubal und Crit abmachten, überließ er ihnen. Die Soldos waren die Belohnung, daß er den Lebenden und den Toten heimgebracht hatte – ein niedriger Preis dafür.

Dann suchte Tempus Jihan. Als er sie gefunden hatte, bat er sie, eine Verbindung für ihn mit dem Traumgott Askelon herzustellen, falls sie dazu imstande war.

»Damit du dich selbst mit Sterblichkeit bestrafen kannst? Es war doch nicht deine Schuld.«

»Eine gütige, aber falsche Meinung. Sterblichkeit wird den Fluch brechen. Kannst du mir helfen?«

»Ich habe nicht die Absicht, nicht jetzt, in deiner gegenwärtigen Stimmung«, antwortete sie. Das harte Morgenlicht verriet ihre Besorgnis um ihn. »Aber ich werde mit dir in den Norden reiten. Später einmal, wenn du ruhiger bist, können wir darüber reden ...«

Er verfluchte sie, weil sie sich wie eine Frau benahm. Dann machte er sich daran, die Einsatzbefehle auszuarbeiten und eine Karte zu zeichnen. Er wollte, daß jeder einzelne seiner Männer seine Verpflichtungen gegenüber Kadakithis abgearbeitet hatte und ihr guter Ruf bei der Söldnergilde erhalten blieb, ehe und wenn sie sich ihm in Tyse, am Fuß des Hexenwalls anschlossen.

Danach formulierte er noch seine Amtsniederlegung und ernannte Critias an seiner Statt zum Befehlshaber der Stiefsöhne. Diese beiden Schreiben schickte er Kadakithis. Danach mußte er sich noch mit dem rankanischen Beauftragten von der Söldnergilde besprechen und seinen Auftrag hier als beendet erklären (sich für eine rankanische Faktion, die an einem Kaiserwechsel interessiert war, ein Bild von Kadakithis zu machen).

Er konnte nun ehrlichen Herzens erklären, daß weder Stadt, noch Bürger, noch der Prinz einen Machtkampf lohnten.

Um das Maß vollzumachen, war er bereit, in den gärenden Topf seines Grimmes auch noch sowohl Vashanka zu werfen, als auch das Kind, das er gemeinsam mit dem Gott gezeugt hatte und zu dem man ihn gedrängt hatte, mit dem Hintergedanken, ihn so an die Stadt zu binden. Aber er mochte Kinder als solche schon nicht, und selbst Vashanka hatte diesem den Rücken gekehrt.

Aber es gab noch mehr zu tun. Er suchte und fand Crit im Aufenthaltsraum der Gildenherberge und erzählte ihm alles, was geschehen war. Wenn Crit sich weigerte, den Befehl zu übernehmen, würde Tempus nichts anderes übrigbleiben, als noch eine Weile zu bleiben. Doch Critias lächelte lediglich zynisch und versicherte ihm, daß er mit seinen besten Kämpfern nachkommen würde, sobald die Lage hier es erlaubte. Auch Eindaumens Fall übertrug Tempus Critias. Beide wußten sie, daß Straton schon bald das Ausmaß der Mittäterschaft des Wirtes herausfinden würde.

Als Tempus die angenehm dämmrige Stube zum letztenmal verließ, fragte Crit ihn noch, ob Leichen von Halbwüchsigen gefunden worden seien – drei Mädchen und drei Jungen wurden noch vermißt. Eine Kinderleiche war in der Schlachtergegend aufgefunden worden.

»Nein«, antwortete Tempus und vergaß es. »Ich wünsche dir Leben, Critias.«

»Und ich dir, Geheimnisvoller. Auch immerwährenden Ruhm.«

Vor der Tür wartete Jihan auf einem Trôspferd, mit den Zügeln des anderen in der Hand.

Zunächst ritten sie zum Haus der Hexe, um nachzusehen, ob sich vielleicht noch irgend jemand dort befand, doch Herrenhaus und Nebengebäude lagen verlassen, und auf dem Hof waren deutlich die Furchen von schwerbeladenen Wagen zu erkennen.

Den Spuren dieser Karawane zu folgen war einfach.

Ohne einen letzten Blick zurück ritt Tempus auf seinem Trôspferd nordwärts, mit Jihan zu seiner Rechten. Nur etwas störte ihn noch: Er riß sich das Amulett des fragwürdigen Sturmgottes vom Hals und warf es in den Sumpf. Dort, wohin er ritt, war Vashankas Name bedeutungslos. Andere Namen waren heilig und andere Eigenschaften wurden den Sturmgöttern zugeschrieben.

Als er sicher war, daß er sich des Amuletts unwiederbringlich entledigt hatte und das Lachen des Gottes nicht gräßlich in seinen Ohren hallte (alle Götter waren Witzbolde, und die Kriegsgötter die ärgsten), entspannte er sich im Sattel. Die Zeichen für dieses Unternehmen standen gut: Sie hatten für ihre Vorbereitungen nur halb so lange gebraucht, wie er angenommen hatte, und so konnten sie aufbrechen, als der Tag noch jung war.

Crit blieb noch lange, nachdem Tempus gegangen war, an seinem Tisch im Aufenthaltsraum sitzen. Von Rechts wegen hätte Straton oder ein Paar der Heiligen Truppe Tempus' Aufgabenbereich nach dessen Verlassen übernehmen müssen, irgend jemand – außer ihm. Nach einer Weile nahm er seinen Beutel vom Gürtel und leerte den Inhalt auf den Tisch: drei winzige Metallfiguren, ein Fischhaken aus einer Adlerkralle und einer Ohrschneckenschale, einen einzelnen Würfel und eine alte Tapferkeitsauszeichnung, die er sich in Azehur erworben hatte, als noch der Kriegspriester den ursprünglichen Heiligen Trupp geführt hatte.

Er nahm das Ganze in die Hand und warf es hoch, wie man es beim Würfelspiel tun mochte. Der kleine Sturmgott fiel unter die Zinnfigur eines Kriegers, die sich dadurch aufrichtete, der Fischhaken legte sich um den Würfel, der mit einem Auge oben zum Ruhen kam (Strats Kriegsname war As). Die dritte Figur, ein silberner Reiter, saß direkt über dem sternenförmigen Orden – Abarsis hatte ihn ihm vor so langer Zeit schon um den Hals gehängt, daß das Stoffband zerfallen war.

Zufrieden mit den Zeichen, die sein eigener Blick in die Zukunft ihm gab, steckte er das ganze Zeug wieder ein. Er hätte lieber gesehen, wenn Tempus ihn gebeten hätte, sich ihm anzuschließen, statt ihm das Leben von fünfzig Mann in die Hände zu legen.

Er nahm solche Verantwortung zu ernst, sie drückte schwer auf ihn, schwerer als die Geheimdienstarbeit, mit der er erst vor kurzem begonnen hatte. Aber gerade seiner nahezu peinlichen Gewissenhaftigkeit wegen hatte Tempus ihn ausgewählt.

Er seufzte, erhob sich und verließ die Herberge, um ziellos durch die stinkenden Straßen zu reiten. Die ganze Stadt war ein Höllenloch, eine Pestbeule, ein Geschwür, das nicht heilen wollte. Er konnte seine Sonderabteilung keinem anderen anvertrauen, andererseits wußte er nicht, wie er es fertigbringen sollte, auch sie noch zu führen, wenn er in Tempus' Fußtapfen treten mußte.

Sein Pferd, das den Weg selbst wählte, brachte ihn am Wilden Einhorn vorbei, wo Straton sich bald Eindaumen vorknüpfen würde.

Eigentlich müßte er sich jetzt zum Palast begeben, Kadakithis seine Aufwartung machen, »Nettigkeiten« (wie Straton es nannte) mit Vashankas Hohenpriester Molin Fackelhalter austauschen, die Magiergilde aufsuchen ... Er schüttelte den Kopf und spuckte über die Schulter seines Pferdes. Er haßte Politik.

Was Tempus ihm über Nikos Zustand und Jannis Tod erzählt hatte, machte ihm zu schaffen. Er dachte an den fremden Kämpfer, auf dessen Freigabe Niko bestanden hatte – Vis hieß er. Vis, der den Verwundeten und den Toten zur Stiefsohnkaserne gebracht und eine Botschaft für Tempus von Jubal gehabt hatte. Das und was Straton von dem Falkenmaskenmann herausbekommen hatte, den sie Ischade geschenkt hatten, dazu die Hinweise der Vampirin, gestatteten ihm, Jubals Aufenthaltsort zu berechnen, ähnlich einem Seemann, der sich nach den Sternen richtete. Aber Vis sollte zu ihm kommen. Er würde also abwarten. Wenn alles so ging, wie er es sich vorstellte, konnte er Jubal und seine Falkenmasken für Kadakithis einsetzen, ohne daß es die einen oder der andere wußten – oder es zumindest nicht zugeben mußten, daß dem so war.

Seinem eigenen Willen überlassen, trottete sein Pferd bereits durch das Elendsviertel – auf dem schnellsten und geradesten Weg nach Hause zu den vollen Hafersäcken. Als Crit aufblickte oder vielmehr sich umschaute, hatten sie die Schlachtergegend fast hinter sich und näherten sich der Brücke über den Schimmelfohlenfluß, wo das Haus der Vampirin im Tageslicht unscheinbar und still wirkte. Schlief sie tagsüber? Er glaubte nicht, daß sie diese Art von Vampirin war. Es war kein Blutverlust, keine Verletzungen an dem Jungen festzustellen gewesen, den einer seiner Leute vor der Tür der Sicherheitsstation gefunden hatte. Aber was machte sie dann mit ihren Opfern? Er dachte an Straton, dachte daran, wie er sie angeblickt hatte, an die Worte, die sie gewechselt und die er nur zum Teil verstanden hatte. Er würde die beiden einander fernhalten müssen, selbst wenn Ischade vielleicht bereit war, mit ihnen und nicht gegen sie zu arbeiten. Er gab dem Pferd die Sporen, um das Haus schneller hinter sich zu lassen.

Nach Überqueren der Brücke ritt er südwestwärts und ließ Abwind rechts liegen. Selbst als die Stiefsohnkaserne vor ihm lag, wußte er noch nicht, ob er es wirklich schaffen würde, den Heiligen Trupp zu führen. Trocken probte er in Gedanken seine Ansprache: »Leben euch allen. Die meisten von euch kennen mich nur vom Hörensagen, doch nun bin ich hier, um euch zu bitten, mir euer Leben anzuvertrauen, nicht nur für ein Unternehmen, sondern die ganze Zeit während der nächsten Monate ...«

Na ja, irgend jemand mußte es wohl tun. Und er würde keine Schwierigkeiten mit den Paaren haben, die ihn noch von früher kannten, als er selbst einen rechten Partner gehabt hatte, ehe ihm die Verwundbarkeit des Paarseins zu schmerzlich bewußt geworden war und er es aufgegeben hatte, die Todessucher zu lieben – oder überhaupt etwas, das ihn enttäuschen konnte.

Es war ihm gleichgültig, sagte er sich, ob er sie für sich gewann oder nicht, ob sie gestatteten, daß er sie beriet und führte, oder ob sie hier desertierten, um Tempus in den Norden zu folgen – wie er es getan hätte, wenn der gerissene alte Soldat ihn nicht durch Versprechen und Verantwortung gebunden hätte.

Er brachte Nikos Armbrust mit, und das erste, was er tat, nachdem er die Stallungen verließ, wo er nach Nikos schwangerer Stute gesehen hatte, war, den verwundeten Kämpfer zu besuchen.

Der junge Offizier, der ihn aus grün und blau geschwollenen Augen anblickte, sah die Armbrust und nickte. Er öffnete die Verschnürung der Hülle und strich fast zärtlich über das Holz, als Critias sie auf sein Bett gelegt hatte. Ein halbes Dutzend Männer waren bei Niko – drei Paare, die mit ihm und seinem Partner in Heiligem-Trupp-Geschäften nach Ranke gekommen waren. Sie ließen die beiden allein, mahnten Critias jedoch, Niko nicht zu überanstrengen, nachdem sie ihn gerade erst wieder zu sich gebracht hatten.

»Er hat mir den Befehl überlassen«, sagte Crit, obwohl er eigentlich von Falkenmasken und Todestrupps und Nisibisi – einer Hexe und einem Mann namens Vis – sprechen wollte.

»Gilgamesch saß sieben Tage bei Enkidu, bis eine Made

von seiner Nase fiel.« Es war die älteste Legende der Kämpfer, eine aus Enlils Zeit, als der Sturmgott und Enki (der Erdgott) über die Erde herrschten und ein Kämpfer und sein Freund weit herumkamen.

Crit zuckte die Schulter und fuhr mit der Hand durch das weiche Haar. »Enkidu war tot, du aber lebst. Tempus ist nur vorausgeeilt, um den Weg für uns zu bahnen.«

Niko drehte den Kopf, den er an die weißgetünchte Wand gelehnt hatte, bis er Crit besser sehen konnte. »Er folgte einem Gotteszeichen. Ich kenne diesen Blick.«

»Oder einem Hexenzeichen.« Crit kniff die Augen leicht zusammen, wie um besser sehen zu können, dabei war das Licht gut, die Strahlen der Nachmittagssonne fielen durch drei große Fenster. »Geht es dir einigermaßen – ich meine, vom Offensichtlichen abgesehen?«

»Ich verlor zwei Partner in kurzer Zeit. Aber ich werde schon wieder auf die Beine kommen.«

Hoffen wir es, dachte Crit, sagte jedoch nichts, sondern beobachtete stumm Nikos ausdruckslose Augen. »Ich habe nach deiner Stute gesehen.«

»Danke. Auch für die Armbrust. Jannis Bestattung ist für morgen vormittag angesetzt. Helft Ihr mir dabei und sprecht die Worte?«

Crit erhob sich. Dem Geheimdienstmann in ihm fiel es immer noch schwer, sich in der Öffentlichkeit hervorzutun, tat er es aber nicht, würde er diese Männer nie führen können. »Es ist mir eine Ehre. Lebe, Stiefsohn.«

»Ihr ebenfalls, Kommandeur.«

Critias ging. Damit hatte er seine erste Probe erfolgreich hinter sich gebracht. Zwischen Niko und Tempus hatte eine besondere Verbindung bestanden.

An diesem Abend ließ er sie hinter der Kaserne antreten und lud sie zu einem Festschmaus auf dem Übungsplatz, einer Art hölzernem Amphitheater, ein. Inzwischen war auch Straton zur Kaserne gekommen, um sich ihm anzuschließen, und er hatte keine Hemmungen, die Köche und die Küchenhelfer auf Trab zu halten.

Vielleicht würden sie es schaffen, vielleicht würden sie

beide gemeinsam zumindest etwas wie einen halben Tempus ergeben, das war das wenigste, was erforderlich war. Trotzdem würde Crit sich nie wieder mit einem Partner näher verbinden ...

Nachdem sie alle durch reichliche Stücke von gebratenem Schwein und Lamm und einige Becher Wein in guter Stimmung waren, ließ er die Katze aus dem Sack. Er stand auf und sagte ihnen, daß Tempus fort war und ihn zu ihrem Befehlshaber ernannt hatte. Ein Schweigen setzte ein, währenddessen er sein Herz heftig pochen hörte. Als Tyseleute ihn umzingelt hatten, oder er, während sein Partner tot war, allein einem ganzen Trupp Rankaner gegenübergestanden hatte, war er weit ruhiger gewesen.

»Ich gehöre jetzt zu euch, und ihr gehört zu mir, zu unserem beiderseitigen Nutzen. Und ich sage euch, je schneller wir dieses Pestloch gegen die frische Luft der hohen Berge eintauschen können, desto glücklicher werde ich sein.«

Er konnte kaum ihre Gesichter in der Dunkelheit sehen, mit den lodernden Fackeln dicht vor ihm. Aber das war nicht so wichtig, sie mußten ihn sehen, nicht er sie. Crit hörte ein Brummen aus fünfzig Kehlen, das zu lautem Beifall wurde, dem Klatschen und Lachen folgten. Strat, der etwas seitwärts von ihm war, gab ihm ein Zeichen: Alles in bester Ordnung!

Er hob eine Hand, sofort verstummten alle achtungsvoll. Das war eine Macht, von der er nichts geahnt hatte. »Doch damit wir in Ehren aufbrechen können, müssen wir erst noch unseren Verpflichtungen hier gerecht werden.«

Sie murmelten. Er fuhr fort: »Der Geheimnisvolle hat noch die Einsatzbefehle ausgearbeitet – einige gefährliche Unternehmen nach Gildenregeln –, damit wir in einem Monat oder so alles für Kittycat getan haben, wozu er uns anwarb.«

Jemand protestierte dagegen. Ein anderer rief: »Laßt ihn ausreden, dann können wir uns immer noch entscheiden.«

»Mir persönlich ist es gleichgültig, wer desertiert, um Tempus zu folgen. Aber für uns, für unsere Truppenehre, wäre es ein Makel. Ich habe lange darüber nachgedacht, denn auch ich würde lieber jetzt als später aufbrechen, und so schlage ich vor, daß wir alle bleiben oder alle gehen. Ihr stimmt ab. Ich warte. Aber Tempus will keinen zu seiner Rechten am Hexenwall, der seine Pflichten verletzt und seinen guten Ruf in der Gilde verloren hat.«

Als sie abgestimmt hatten – Straton überwachte die Auszählung –, daß sie sich an die Bestimmungen halten würden, die zu schützen sie lebten, sagte Crit ehrlich, daß er sich darüber freute. »Jetzt werde ich euch in Einheiten aufteilen und jeder Einheit die Wahl geben, eine Person zu finden, einen Söldner, der noch nicht zu uns gehört, einen jungen Mann, der so weit ausgebildet ist, daß er ein Schwert führen kann, und der euer Bett füllt; einen, den ihr ›Bruder‹ nennen werdet – so lange, bis ihr ihn eingeführt habt, daß er euren Platz einnehmen kann. Dann werden wir die Stadt verlassen, die weiterhin von ›Stiefsöhnen‹ beschützt wird. Nach dem, was wir hier getan haben, genügt allein der Name, den Frieden zu erhalten. Die Gilde hat Mittel für Ersatzleute. Jeder von uns wird dazu beisteuern, daß wir genügend Männer anwerben können. Sie werden dann hier einquartiert werden. Und wir reiten schließlich allmählich, eine Einheit nach der anderen, gen Norden, treffen uns beim nächsten Vollmond in Tyse und überraschen den Geheimnisvollen.«

So schlug er es ihnen vor, und sie waren einverstanden.

Mradhon Vis

Totenbeschwörung

C. J. Cherryh

Der Nordwind pfiff aus kalten Weiten durch die Nacht. Sein Regen brachte ungewohnte Frische in die Straßen von Abwind, entlang dem Schimmelfohlenfluß mit seiner einzigen Brücke. Die Stiefsöhne hatten endlich getan, was lange schon nötig war und hier einen Postenstand errichtet. Frühere Machthaber in Freistatt hatten sich damit zufriedengegeben, die Augen offenzuhalten und Information zu sammeln. Jetzt (wenn es an Schlauheit mangelt, versucht man es mit der geballten Faust) beabsichtigten sie, auf jeden Schritt zwischen Abwind und dem Labyrinth zu achten.

An diesem Abend war wieder eine Wache getötet und an den Pfosten neben dem Wachhaus gespießt worden; wo der zweite Wachposten geblieben war, wußte niemand. Die Neuigkeit verbreitete sich rasch in den Kreisen, die sich dafür interessierten. So kam es, daß trotz des gar nicht mehr so fernen Gewittergrollens reger Betrieb auf der Brücke herrschte. Jene, die einen oder zwei Tage auf der falschen Uferseite festgesessen hatten, beeilten sich die Chancen zu nutzen und hasteten über den Fluß. Einige huschten entsetzt an dem toten Posten vorbei, andere bedachten ihn mit schadenfrohen Blicken und spotteten über seine stierenden Augen und den wie zum Reden geöffneten Mund.

In eingeweihten Kreisen war dieses Zurschaustellen des Toten wie eine Unterschrift: In Abwind wußte man Bescheid und hielt den Mund, selbst in der Sicherheit von Mama Bechos. Diese Schenke in einem heruntergekommenen Haus lag nicht sehr weit von der Brücke entfernt. Man berichtete dort nur die Tatsache, daß zum drittenmal in dieser Woche ein Brückenwächter den Tod gefunden hatte. Grimmiges Lachen war die einzige Antwort darauf.

Die Neuigkeit machte ihren Weg auch zum Labyrinth auf

der anderen Flußseite. Hier bewirkte sie nachdenkliche Blicke und bedeutend weniger Schadenfreude. Gewisse Gäste verließen das Wilde Einhorn, um diese Nachricht weiterzugeben; bestimmte andere bestellten sich nur noch ein Bier. Wenn es Gerüchte über diese Reihe von Morden gab, so beschäftigte man sich damit an ungestörten Orten und mit besorgter Miene. Jene, die die Schenke verließen, taten es mit der Geschicklichkeit der im Labyrinth Geborenen, und sie täuschten vor, bloß dahinzuschlendern. Allerdings erschraken sie insgeheim jedesmal, wenn sie Bettlern begegneten und Straßenjungen und alten Männern auf Posten, die sie aufgegeben hatten, solange die Brücke (kurz) bewacht worden war.

Noch hatte die Neuigkeit nicht die fremden Schiffe in Freistatts Hafen erreicht, nicht einmal Kadakithis, der sich in dieser Nacht in seinem Palast vergnügte. Ohne mehr zu verstehen, als er tat, hätte er ohnehin nicht erkannt, daß die Grundmauern seiner Sicherheit ins Wanken gerieten. Doch sehr bald erreichte die Nachricht das Hauptquartier der Stiefsöhne in Freistatt, woraufhin Unsicherheit einen gewissen Mann quälte. Dolon hieß er. Critias hatte ihm das hiesige Kommando übertragen, als die kampferprobten Stiefsöhne in den Krieg im Norden gezogen waren. »Du hast alles, was du brauchst«, hatte Critias gesagt. Nun saß Dolon da und lauschte den ersten Regentropfen an den Fensterscheiben. Er überlegte, ob er es bei der gegenwärtigen Moral seiner Untergebenen wagen konnte, einen Trupp zur Brücke zu schicken, um die Leiche des einen Postens holen zu lassen.

Weit mehr Gedanken machte er sich über die fehlende Wache. Er fragte sich, was Stilcho passiert war. War er im Fluß verschwunden? Oder davongelaufen? Oder hatte man ihn lebend verschleppt, um ihm unter Folterqualen Geheimnisse zu entlocken? Das Haus an der Brücke war niedergebrannt, nur rußige Mauern standen noch. Doch das Hauptquartier der Bettler zu zerstören und für ein paar Abwinderleichen zu sorgen, diese Maßnahme hatte das Problem nicht gelöst, sondern verteilt.

In Pfützen platschende Schritte erklangen vor dem Haus. Jemand klopfte an der Eingangstür. Er hörte, wie sie knarrend aufschwang, dann gedämpfte Stimmen, als seine Wachen jemanden einließen, schließlich ein Klopfen an seiner Tür.

»Mor-am, Sir.« Sein Wächter ließ dieses Wrack von Mann ein, nach dem er gesandt hatte. Man sagte, er habe früher gut ausgesehen. Nur die dunkelbraunen Augen mit langen Wimpern waren in diesem von Brandnarben verwüsteten Gesicht unversehrt geblieben. Doch Furcht und Grauen hausten schon lange in ihnen.

Der Kommandant deutete auf einen Stuhl, und die ehemalige Falkenmaske hinkte darauf zu. Mor-am setzte sich gehorsam und blickte ihn aus diesen dunklen Augen an. Die Nase war gebrochen und narbig, und der feingeschwungene Mund zuckte hin und wieder. Offenbar ein Tic, der der Angst entsprang. Wahrhaftig, Mor-ams Lage bei den neueren Stiefsöhnen war nicht erfreulich.

»An einen Pfosten der Brücke über den Schimmelfohlenfluß wurde heute nacht ein Mann gespießt. Warum? Soll ich raten?«

Der Tic wurde noch auffälliger und bemächtigte sich auch des linken, narbenumgebenen Auges. Die Hände zuckten ebenfalls, bis sie einander fanden und sich verschränkten. »Stiefsohn?« erkundigte sich Mor-am unnötigerweise. Seine Stimme war dünn und heiser, auch sie hatte unter dem Feuer gelitten.

Dolon nickte und wartete fordernd.

»Das war zu erwarten«, sagte Mor-am schulterzuckend, als wolle er jene entschuldigen, die sein Leben ruiniert und ihn zu dem gemacht hatten, was er nun war. »Die Brücke, wißt Ihr – sie – m-müssen kommen und gehen können ...«

»Also haben jetzt wir und die Falkenmasken etwas gemein.«

»Es ist das g-gleiche. Falkenmasken und Stiefsöhne. Für s-sie.«

Dolon dachte kurz darüber nach. Er fühlte sich nicht beleidigt, trotzdem zog er finster die Brauen zusammen. »Natürlich, für dich ist es dasselbe.«

»Ich b-bekomme k-kein Geld von Jubal.«

»Du bekommst dein Leben von uns«, zischte Dolon, der die Ellbogen auf den Schreibtisch stützte. »Jeden Tag deines Lebens.«

»Ihr s-seid nicht die g-gleichen Stiefsöhne.«

Nun war die finstere Miene echt, und der flüchtige Hohn schwand von den narbigen Zügen.

»Es gefällt mir nicht, Männer zu verlieren«, sagte Dolon. »Da kommt mir der Gedanke – Falkenmaske, daß wir *vielleicht* etwas für dich zu tun haben.« Er schwieg kurz, um die Angst zu genießen, die den anderen schwitzen ließ. »Weißt du«, bohrte er, »wir sprechen von deinem Leben. Da gibt es diese Frau, Falkenmaske, diese Frau – die wir kennen. Du kennst sie vielleicht auch. Wenn nicht, wirst du sie noch kennenlernen. Jubal bezahlte sie, um sie aus dem Spiel zu halten. Möglicherweise jetzt sogar für mehr. Aber eine Falkenmaske wie du – du könntest ihr sagen, was du gerade zu mir gesagt hast ... Eine gemeinsame Sache! Ja, das ist es. Du weißt, wie lange du noch am Leben bleiben würdest, wenn wir dich auf die Straße setzten? Du weißt, wer dich sucht? Ich bin sicher, daß du es weißt. Ja, ich bin sicher, daß du weißt, was diese Feinde tun können. Was wir tun könnten; wer weiß?«

Der Tic wurde regelmäßig wie Pulsschlag. Schweiß glitzerte auf Mor-ams Stirn.

»Nun gut«, fuhr Dolon fort. »Ich möchte, daß du dich mit einer Botschaft an einen bestimmten Ort begibst. Man wird dich beobachten – nur damit du heil und gesund ankommst. Darauf kannst du dich verlassen. Du wirst mit der Frau reden und ihr sagen, wieso die Stiefsöhne ihr als Boten eine Falkenmaske schicken; wie du gejagt wirst – ach, erzähl ihr, was du willst. Auch eine Lüge, wenn du möchtest. Es spielt keine Rolle. Hauptsache, du übergibst ihr die Botschaft.«

»Wie l-lautet sie?«

»Neugierig, Falkenmaske? Es ist ein Angebot, für uns zu

arbeiten. *Vertrau* uns, Falkenmaske. Die Frau heißt Ischade. Sag ihr folgendes: Wir wollen diesen Bettlerkönig. Und daß einer unserer Leute heute nacht von der Brücke verschwand. Lebendig, möglicherweise. Wir wollen ihn zurück. Bei dir ist es etwas anderes ... aber ich *rate* dir, zu uns zurückzukommen. Ich rate dir auch, ihr nicht in die Augen zu sehen, wenn du es vermeiden kannst. Ein gutgemeinter Rat, Falkengesicht. Es ist alles wahr.«

Mor-am war sehr bleich geworden. Also hatte er wahrscheinlich die Gerüchte über diese Frau gehört. Schweiß rann den narbenlosen Teil seines Gesichts hinab. Aus welchem Grund auch immer, der Tic hatte aufgehört.

Haught rannte durch die Nacht. Regen peitschte sein Gesicht, und der Wind schlug ihm den Umhangsaum um die Beine. Achtlos trat er in die Pfützen, als er sich im Labyrinth der Tür unter der Treppe näherte.

Er klopfte in einem bestimmten Takt und hörte, wie der Riegel zurückgezogen wurde. Die Tür schwang nach innen auf, zu Licht und Wärme und einem Mädchen Moria, das ihn rasch hineinzog und ihm den nassen Umhang abnahm. Er schlang die kalten Arme um sie, drückte sie, noch atemlos und fröstelnd, fest an sich.

»Sie haben einen Stiefsohn erwischt. Bei der Brücke. Wie zuvor. Mradhon – nimmt einen anderen Weg.«

»Wen?« Morias Finger krallten sich in seine Arme. »Wen haben sie erwischt?«

»Nicht ihn. Nicht deinen Bruder. Das weiß ich.« Er erinnerte sich an die verstohlenen Geräusche in der Gasse, an die huschenden Schritte, die ihn eine Weile verfolgt hatten. Er hatte sie abgeschüttelt. Er hoffte es jedenfalls. Er ließ Moria los und trat an den kleinen Herd, den er nicht sehr geschickt aus Ziegeln gebaut hatte. Dann drehte er sich zu Moria um, die bei der Tür stand. Er spürte, wie alle seine Narben schmerzten. »Sie hätten uns fast erwischt.«

»Sie?«

»Bettler.«

Sie schlang die Arme um sich und schaute zur Tür, als jemand in großer Eile durch den Regen herbeirannte. Ein Klopfen folgte – das richtige Zeichen. Sie riß die Tür ein zweites Mal auf. Mradhon Vis kam durchweicht und voll Schlamm auf der linken Seite herein.

Einen halben Herzschlag lang starrte Moria ihn nur an, dann schlug sie hastig die Tür zu und schob den Riegel vor. Eine Lache bildete sich auf dem alten Holzboden um Vis, noch ehe er sich aus dem Umhang befreien konnte. Die Augen in dem dunkelbärtigen Gesicht hatten den Schrekken der Verfolgung noch nicht ganz überwunden.

»Bin ausgerutscht«, erklärte er keuchend. »Eine Streife ist unterwegs. Beobachter … Hast du es?«

Haught langte in sein Wams und brachte einen kleinen Lederbeutel zum Vorschein. Mit einer Spur wiedergewonnenen Selbstvertrauens warf er ihn Mradhon Vis zu. Zumindest war ihnen das gelungen.

Morias Augen leuchteten auf. Hoffnung kehrte in sie zurück, als Mradhon die Münzen in ihre hohle Hand leerte: fünf gute Silberstücke und eine Menge Kupfermünzen.

Doch ihr Gesicht verdüsterte sich wieder, als sie aufschaute und ihr Blick von einem zum andern schweifte. »Woher habt ihr das? Wofür habt ihr es bekommen?«

»Wir haben es gestohlen«, antwortete Haught.

»Von wem?« Morias Augen funkelten. »Ihr Narren, bei Shalpa! Woher habt ihr es?

Haught zuckte die Schultern. »Von einem noch größeren Narren.«

Mit finsterem Gesicht betrachtete sie Münzen und Beutel. »Ein Kaufmann zu dieser Stunde im Labyrinth? Unwahrscheinlich. Sehr unwahrscheinlich. *Was habe ich euch beigebracht?* Woher habt ihr das? Von welchem Dieb?« Als keiner antwortete, warf sie die Diebesbeute auf den Tisch. Vier Silberstücke unter den Kupfermünzen.

»Langfinger teilen gerecht, gleich viel für jeden.«

»Oh, und teilen sie auch die Gefahr?« Sie hielt die fehlende Münze hoch und schob sie in ihr Mieder. Ihre dunklen Augen funkelten. »Teilen sie die Gefahr auch, wenn jemand es auf einen abgesehen hat? Das werde ich wohl müssen.« Sie drehte sich um, griff nach einem Becher Wein und hob ihn an die Lippen. Sie trank zuviel in letzter Zeit.

»Jemand muß es tun«, murmelte Haught.

»Narr!« sagt Moria aufs neue. »Ich sage es euch, es gibt so einige, die es gar nicht mögen, wenn Amateure sich in ihr Revier schleichen. Und schon gar nicht, wenn sie selbst beraubt werden. Habt ihr ihn umgebracht?«

»Nein«, antwortete Mradhon. »Wir haben es genauso gemacht, wie du es gesagt hast.«

»Was war das mit den Bettlern? Hat man euch entdeckt?«

»Es war einer in der Nähe«, erklärte Haught. »Dann – waren es drei. Ganz plötzlich.«

»Wie schön«, sagte Moria eisig. »Ihr taugt nichts. Mein Bruder und ich ...«

Doch das war ein Thema, das sie selten anschnitt. Sie nahm einen weiteren Schluck und setzte sich auf den einzigen Stuhl am Tisch.

»Wir haben das Geld«, versuchte Haught sie aufzuheitern.

»Und wir zählen«, warf Mradhon ein. »Behalt ruhig das Silberstück, Luder. Ich hole es mir nicht. Aber mehr kriegst du nicht, bis du wieder was taugst.«

»Sag du mir nicht, wer etwas taugt. Ihr seid unser Tod, wenn ihr den Falschen beraubt!«

»Bei den Göttern, dann unternimm du doch was! Möchtest du hier heraus? Willst du, daß man uns auf die Straße setzt? Willst du das?«

»Wer ist der Tote auf der Brücke?«

»Keine Ahnung.«

»Aber Bettler haben euch Angst eingejagt, daß ihr davongelaufen seid. Oder nicht?«

Mradhon zuckte die Schulter.

»Die haben uns gerade noch gefehlt! Erst Stiefsöhne und jetzt auch noch Bechos Gesindel. Diebe. Bettler, bei Shipri! *Bettler*, die hier herumschnüffeln!«

»Wir brauchen Jubal«, brummte Mradhon. »Wenn du Jubals Geld nicht ...«

»Er wird wieder nach uns schicken.« Moria preßte die Lippen zusammen. »Früher oder später. Wir müssen nur immer wieder bei den Verstecken nachsehen. Aber er wird sich ganz sicher nicht mit uns in Verbindung setzen, wenn jemand hinter uns her ist, wenn ihr auf eigene Faust arbeitet. Habt ihr das begriffen? Ihr seid nicht zum Stehlen geschaffen. Das steckt nicht in euch. Und ihr wollt doch nicht etwa ohne linke Hand durch den Rest eures Lebens gehen?«

»Warum bleibst du dann nicht nüchtern genug, daß du selbst was unternehmen kannst?« knurrte Mradhon.

Der Becher krachte auf den Tisch, und der Wein rann über die Platte. Moria stand auf.

In seiner Erregung stellte sich Haught in Mradhons Weg. Sein Magen verknotete sich. Er konnte nicht vergessen, daß er ein Sklave gewesen war. Die alten Reflexe. »Red nicht so mit ihr!«

Mradhon starrte ihn an. Er war breitschultrig, düster und aus dem Norden genau wie er. Und er war sein Freund – manchmal, vor Augenblicken noch, wenn nicht jetzt. Das Gefühl beschlich ihn, daß Mradhon Vis Mitleid mit ihm hatte, so wie er ihn anblickte. Und das war schlimmer als ein Schlag.

Mradhon Vis wandte ihm den Rücken zu und ging zur hinteren Ecke des Raums.

Haught legte eine Hand auf Morias Schulter, doch sie befreite sich unwirsch.

»Verteil nicht den ganzen Schmutz«, sagte Moria wütend zu Mradhons Rücken. »Sonst machst *du* sauber!«

Mradhon setzte sich auf das einzige Bett, auf die Decken, und zog die Stiefel aus, ohne darauf zu achten, daß sich auf dem Boden eine Lache bildete und ihr gemeinsames Bett naß und schmutzig wurde.

»Steh sofort auf!« knurrte Haught noch verärgerter.

Aber Mradhon starrte ihn nur an. *Komm und tu was dagegen*, sagte sein Blick. Und Haught blieb stehen.

»Jetzt hörst du mir zu!« Mradhons Stimme war tonlos. »Der Wein, den sie in sich hineingießt, kostet Geld. Und bis *sie* endlich mit ein bißchen Barem von Jubal ankommt, was bleibt uns da schon anderes übrig? Oder vielleicht ...« Der zweite Stiefel landete neben dem ersten. »Vielleicht sollten wir allein nach Jubal suchen. Oder uns an die Stiefsöhne wenden. Sie werden knapp an Leuten.«

»*Nein!*« schrie Moria.

»Sie bezahlen jedenfalls. *Jubal* hat Geschäfte mit ihnen gemacht, oder hast du das vergessen?«

»Aber jetzt macht er keine mit ihnen. Und ihr macht keine allein! *Nein!*«

»Also, wann gehst du wieder hinaus? Wann wirst du endlich die Verbindung aufnehmen, eh? Vielleicht ist Jubal tot. Oder nicht an dir interessiert. Vielleicht ist er aber auch genauso abgebrannt wie wir, eh?«

»Ich werde ihn finden!«

»Weißt du, was ich anfange zu glauben? Daß es mit Jubal aus ist! Jedenfalls sind die Bettler offenbar dieser Ansicht. Es genügt ihnen nicht mehr, sich über Falkenmasken herzumachen, sie legen sich jetzt auch mit Stiefsöhnen an. Es gibt nichts, womit sie nicht fertigwerden. Sie sind von der Leine gelassen. Verstehst du? Dieser Jubal – ich werde erst etwas von ihm halten, wenn er es mit ihnen aufnimmt. An dem Tag, an dem er einen Bettler an die Brücke spießt, glaube ich, daß wirklich was in Jubal steckt. Inzwischen – inzwischen haben wir ein Dach über dem Kopf, einen Riegel vor der Tür. Und wir haben Geld. Wir sind aus Bechos Reichweite, und um es zu bleiben, brauchen wir Geld.«

»Wir sind nie aus ihrer Reichweite«, murmelte Haught. Er dachte an die Bettler, an das Lumpenpack, das in der Dunkelheit lauerte wie eine Spinne in ihrem Netz und blitzschnell hervorsprang.

Die Kälte war von Haughts nassen Sachen tiefer gedrungen. Ihn fror entsetzlich. Er nieste, wischte sich die Nase am Ärmel ab und setzte sich bedrückt an den Herd. Unbemerkt versuchte er in den Flammen zu lesen. Früher einmal hatte er das gekonnt.

Aber diese Gabe hatte ihn verlassen, mit seinem Glück, mit seiner Freiheit.

»Ich gehe morgen hinaus«, versprach Moria und trat ebenfalls an das Feuer.

»Tu's nicht«, bat Haught. Er hatte ein ungutes Gefühl. Vielleicht war doch noch ein wenig von der Gabe in ihm. Jedenfalls empfand er die gleiche Panik wie beim Anblick der Bettler, die aus der Dunkelheit aufgetaucht waren. »Laß dich nicht von ihm dazu überreden. Es ist zu gefährlich. Wir haben genug für eine kurze Weile. Lassen wir uns lieber von diesem Jubal finden.«

»Ich werde ihn finden«, versicherte sie ihm. »Ich werde das Geld bekommen.« Aber das behauptete sie oft. Sie kehrte an den Tisch zurück, griff nach dem Becher und wischte den verschütteten Wein mit einem Lappen auf. Haught wandte ihr den Rücken zu und starrte wieder ins Feuer, auf die bewegten Flammen. Die Hitze, die ihm entgegenschlug, schmerzte ihn, aber er brauchte sie, um die Kälte aus seinen Knochen zu vertreiben. Es war besser, die Zukunft zu suchen, als sich mit der Vergangenheit zu beschäftigen, sich an den Hexerwall zu erinnern oder an Caronne oder an seine Sklavenzeit.

Dieser Jubal, der ihre Hoffnung war, hatte ihn einst verkauft. Aber auch das vergaß er lieber. Er hatte den Mut aufgebracht, durch die Straßen zu gehen, zumindest im Dunkeln, freien Männern in die Augen zu sehen und Dinge zu tun, die für einen Freien selbstverständlich waren. Mradhon Vis verdankte er das, Moria ebenfalls. Wenn sie auf Jubal hofften, mußte auch er es. Doch im Feuer sah er etwas, etwas nicht sehr Schönes. Ein Gesicht starrte ihm entgegen, und die Augen ...

Mradhon kam zu ihm herüber. Er stellte die Stiefel neben den Herd und breitete seine nassen Sachen auf den Steinen aus. Er hatte sich in eine Decke gehüllt.

»Was sagen dir die Flammen?« erkundigte sich Mradhon.

Haught zuckte die Schultern. »Die Zukunft ist mir verschlossen. Das weißt du doch.«

Eine Hand legte sich auf seine Schulter, drückte sie wie zur Entschuldigung.

»Du solltest nicht so zu ihr reden«, sagte Haught.

Wieder drückte die Hand die Schulter. Trotz der Hitze fröstelte Haught.

»Angst?« fragte Mradhon. Haught sah eine Herausforderung darin, und so blieb die Kälte in seinem Herzen. Ja, er hatte Angst. Außer Mradhon Vis hatte er keinen Freund gehabt. Mißtrauen nagte an ihm, seine Angewohnheit anderen gegenüber seinen Wert abzuschätzen. Die Erfahrung hatte ihn gelehrt, daß man ihn benutzte. Und wenn er nicht mehr von Nutzen war, was sollte dann an ihm sein, was andere schätzten? Moria brauchte ihn, wie zuvor noch keine Frau. Auch dieser Mann brauchte ihn – manchmal; für eine Weile. Aber ein scharfes Wort von ihm brachte ihn dazu, daß er sich innerlich krümmte, und erinnerte ihn daran, was er war, obgleich er ein Dokument besaß, das ihm das Gegenteil versicherte. Forderte man ihn heraus, würde er kämpfen – aus Angst, aus keinem anderen Grund. Und nie gegen Mradhon Vis.

»Ich rede so mit ihr«, sage Mradhon laut, »wenn sie es braucht. Immer an ihren Bruder zu denken ...«

»Halt's Maul!« fauchte Moria hinter ihnen.

»Mor-am ist tot«, sagte Mradhon. »Oder so gut wie. Vergiß deinen Bruder, hörst du? Ich denke nur an dein Wohl!«

»An mein Wohl.« Moria lachte verbittert. »Damit ich wieder stehlen kann, deshalb. Weil Jubal mich kennt, nicht dich.« Die Stuhlbeine scharrten. Haught drehte sich um, als zwei schlanke Beine in Stiefeln auf sie zukamen. Moria kauerte sich neben Mradhon und legte eine Hand auf seinen Arm. »Du haßt mich, nicht wahr? Du haßt Frauen! Warum? Wer ist daran schuld? Oder bist du schon so geboren?«

»Gebt Frieden!« sagte Haught. Nun griff er nach Mradhons Arm, der sich verkrampft hatte. »Moria, laß ihn in Ruhe!«

»Nein«, sagte Mradhon. Moria zog die Hand zurück und wirkte plötzlich nüchtern.

»Geh ins Bett«, bat Haught. »Jetzt.« Er spürte die Wut in dem andern, spürte, daß sie heftiger war als so manches

Mal zuvor. Er konnte sie beruhigen oder auf sich lenken, wenn es nicht anders ging. Davor hatte er keine Angst. Er nahm es mit fatalistischer Geduld. Doch Moria war so zerbrechlich und Mradhons Haß so gewaltig.

Sie blickte sie beide an. »Kommt auch«, bat sie mit verängstigter Stimme.

Mradhon antwortete nicht. Er starrte stumm ins Feuer. *Geh!* formten Haughts Lippen, und sein Kopf deutete aufs Bett. Moria ging, doch am Tisch blieb sie kurz stehen, griff nach dem Becher und leerte ihn in einem Zug.

»Säuferin!« sagte Mradhon abfällig.

»Sie fängt nur manchmal zu trinken an«, verteidigte Haught sie. »Wenn sie so allein ist – bei Gewitter ...«

Der Regen hämmerte gegen die Tür. Der Wind warf etwas um, das lautstark durch die Gasse rollte. Die Tür ratterte, zweimal. Dann nicht mehr.

Mradhon Vis' Blick ruhte auf ihr, scharf und eindringlich. Schweiß perlte auf seiner Stirn.

»Es ist bloß der Wind«, murmelte Haught.

Donner krachte, und die Schinden des kleinen Hauses am Fluß flatterten wie lebendig. Das Tor knarrte, nicht vom Wind, und löste einen Schutzzauber aus, der wie der Faden eines Spinnennetzes vibrierte, während die Spinne hier in einem Seidenbett die Augen öffnete und sich räkelte.

Der Besucher ließ sich Zeit. Sie las sein Zaudern aus den unregelmäßigen Schritten. Kein Menschenohr hätte durch den heftigen Regen ein Geräusch wahrnehmen können. Sie schlüpfte in der schier undurchdringlichen Dunkelheit in einen Morgenrock. Dann wünschte sie Licht, und da war es auch schon – in dem Kamin über den Scheiten, die nur Blickfang waren und nie von Feuer verzehrt wurden; an den Dochten von Kerzen, die alt und eigenartig rochen, denen ein Duft beigemengt war, der gleichermaßen süß und schrecklich war.

Ihr Puls beschleunigte sich, als der Besucher das Schnappschloß zu öffnen versuchte. Sie löste den Schutzzauber, der die Tür versiegelte, so daß sie nach innen aufschwang. Ein Luftzug drückte die Kerzenflamme nieder, und in diesem Luftzug duckte sich ein Mann, der nach Furcht roch. Sie errichtete den Schutzzauber wieder, und die Tür schlug krachend zu, worauf der Eindringling erschrocken zusammenzuckte.

Er kehrte nicht zur Tür zurück, sondern warf die Kapuze aus einem Gesicht zurück, dem Feuer übel mitgespielt hatte. Seine Augen waren wild und geweitet.

»Weshalb kommst du zu mir?« fragte sie gegen ihren Willen interessiert und obwohl das Leben ihr kaum noch Abwechslung bieten konnte. Er mußte wissen, daß er sich in tödlicher Gefahr begeben hatte. »Wer hat dich geschickt?« Er war der Typ, fand sie, der nicht selbst plante, sondern Befehle ausführte.

»Ich bin eine F-falkenmaske, M-mor-am mein Name.« Das Gesicht zuckte, der Mund war verzerrt, der Kopf nickte unter Mor-ams Anstrengung zu sprechen. »B-botschaft.« Er fingerte nach einem Papier, das er mit zitternder Hand entgegenstreckte.

»Aha.« Er war gar nicht so häßlich, von der rechten Seite gesehen. Sie ging zu dieser Seite herum, aber seine Augen folgten ihr. Es war ein Fehler, ihren Blick zu erwidern. Doch da sie guter Laune war, lächelte sie ihn an. *Mor-am.* Der Name weckte eine Erinnerung und Interesse. *Mor-am.* Der Name wurde im Untergrund genannt. Konnte es sein, daß dieser Mann wieder als Jubals Bote diente? So unwahrscheinlich wie Frost im Sommer. Sie legte den Kopf schräg und betrachtete dieses menschliche Wrack nachdenklich. »*Wessen* Botschaft?« erkundigte sie sich.

»N-nehmt es.« Das Papier bebte in seiner Hand.

Sie griff danach, spürte es. »Was steht darauf?« Sie nahm den Blick nicht von Mor-am.

»Die Stiefsöhne – w-wieder einer ermordet. S-sie haben mich gesch-schickt.«

»O wirklich?«

»G-gemeinsames Problem. M-moruth. Die B-bettler. Sie bringen uns b-beide um.«

»Stiefsöhne«, murmelte sie. »Kennst du meinen Namen? Er lautet Ischade.« Sie schritt weiter um ihn herum. Es entging ihr nicht, wie seine Panik wuchs. »Hast du diesen Namen schon gehört?«

Er biß die Zähne aufeinander und antwortete mit einem heftigen Kopfschütteln.

»Aber du bist berüchtigter als ich – in gewissen Kreisen. Jubal vermißt dich. Und du spielst den Boten für die Stiefsöhne – was haben sie dir aufgetragen, mir zu sagen?«

»A-alles, w-wonach Ihr fragt.«

»Mor-am.« Sie blieb vor ihm stehen und hielt ihn mit ihrem Blick. Die Hand, die kurz auf seiner Schulter geruht hatte, berührte nun eine Wange, stillte den Tic, das Muskelzucken, und half ihm zu wieder regelmäßigem Atmen. Langsam entspannte sich der verkrampfte Körper und richtete sich auf. Sie setzte sich erneut in Bewegung, und er folgte ihr. Sie wob einen Zauberbann und stellte sich vor den großen Bronzespiegel in seiner sorglos darüber geworfenen Seidenhülle. Manchmal wirkte sie Zauber in diesem Spiegel. Und sie tat es auch jetzt. Sie zeigte ihm lächelnd sein eigenes Selbst. »Du wirst mir jetzt alles sagen«, flüsterte sie.

»Was habt Ihr gemacht?« fragte er staunend. Sogar seine Stimme war verändert. Tränen glänzten in seinen Augen, sprachen aus seiner Stimme. »Was habt Ihr gemacht?«

»Dir den Schmerz genommen. Ein kleiner Zauber; nicht schwierig für mich.« Sie setzte wieder einen Fuß vor den andern, so daß er sich umdrehen mußte, um ihr zu folgen. Und er tat es – langsam, wie im Taum. »Sag mir, was du weißt. Sag mir, wer du bist. Alles. Jubal wird es wissen wollen.«

»Sie haben mich erwischt. Die Stiefsöhne haben mich erwischt, sie zwangen mich ...«

Sie spürte die Lüge. Sie schickte den Schmerz zurück und beobachtete, wie sein Körper sich wieder zur vorherigen Form krümmte.

»Ich – ich werde zum Verräter.« Mor-am weinte, schluchzte. »Ich – ich habe andere Falkenmasken verraten – an die Stiefsöhne. Meine Schwester und ich ... Wir mußten doch von etwas leben, nachdem Jubal nicht mehr da war. Aber wie? Wir brauchten doch Geld. Meine Schwester – wußte nichts davon.« Seine tränenschweren Worte kamen rasch, denn sie hatte ihm den Schmerz wieder genommen. Seine Augen schweiften zum Spiegel. »Ihr Götter ...«

»Red weiter«, forderte sie ihn sehr sanft auf, denn er sprach nun die Wahrheit, das wußte sie. »Was wollen die Stiefsöhne? Was willst du? Was seid ihr bereit zu bezahlen?«

»Kümmert Euch um Moruth, den Bettlerkönig! Das wollen sie. Und diesen Stiefsohn, von dem sie annehmen, daß die Bettler ihn haben – schafft ihn heil zurück.«

»Das sind keine Kleinigkeiten.«

»Sie werden bezahlen – ich bin sicher, daß sie gut bezahlen werden.«

Sie faltete das Papier auf, hielt es ans Licht und las sorgfältig. Es stimmte. Sie boten ihr Gold und versprachen ihr Immunität. Darüber lächelte sie ohne Humor. »Ah, auch du wirst erwähnt. Sie meinen, ich könnte dich Jubal zurückgeben. Glaubst du, er würde sich darüber amüsieren?«

»Nein.« Sie spürte seine nun noch wachsende Furcht, die ihre Nerven vibrieren ließ.

»Wenn du Botschaften für Halunken trägst, mußt du mit solchen – Späßen rechnen.« Sie faltete das Blatt wieder zusammen. Und weil es ihr gerade gefiel, öffnete sie die Hand, in der sie es gehalten hatte – und es war verschwunden.

Er beobachtete diesen billigen Magiertrick. Es bereitete ihr Spaß, ihn zu verblüffen. Sie ließ alles Licht noch heller leuchten, bis die Kerzen wie kleine Sonnen schimmerten – bis er zusammenzuckte und aussah, als wolle er zur Tür fliehen.

Er hätte sie nicht zu öffnen vermocht. Er versuchte es auch gar nicht, sondern blieb still stehen mit seinem letzten Rest Würde. Sein Körper verkrampfte sich wieder, der Tic kehrte zurück, als sie den Zauber schwinden ließ.

Vor ihr stand also ein Mann. Zumindest die Überbleibsel eines Mannes. Er war noch jung. Sie ging hinten um ihn herum zur narbigen linken Seite. Er drehte sich, um ihr ins Gesicht zu sehen. Der Tic wurde immer schlimmer.

»Und was ist, wenn ich nicht tun kann, was sie möchten? Ich habe nicht nur einmal das Anliegen Mächtigerer abgeschlagen. Du bringst ihre Botschaft – gibt es denn nichts Persönlicheres? Etwas, das du dir wünschst?«

»D-die Sch-schmerzen ...«

»Ja, ich kann sie für eine Weile lindern, wenn du zu mir zurückkommst und du dich an unsere Abmachungen hältst.« Sie trat näher heran und nahm das verunstaltete Gesicht in ihre Hände. »Jubal hätte dich aber lieber so, wie die Bettler dich zurichteten. Er würde dir die Haut Zoll um Zoll abziehen. Deine Schwester ...« Ihre Lippen streiften über seine, und sie blickte ihm tief in die Augen. »Sie leidet deinetwegen unter einer gewissen – Belastung. Weil du so gehandelt hast.«

»Wo ist sie? Verdammt, *wo?*«

»An einem mir bekannten Ort. Sieh mich an, ganz fest. Ja, so ist es richtig. So ist es gut. Kein Schmerz mehr, gar keiner. Verstehst du, was du tun mußt, Mor-am?«

»Die Stiefsöhne ...«

»Ich weiß. Jemand beobachtet das Haus.« Sie küßte ihn fest und lange, mit den Armen um seinen Hals, und sie lächelte. »Mein Freund, in dieser Zeit ist eine Falkenmaske wie eine Kerze im Wind. Eine Falkenmaske, die von anderen Falkenmasken gejagt wird, hat nicht die geringste Chance. Und es greift sogar auf deine Schwester über. *Ihr* Leben ist in Gefahr, weißt du? Die Stiefsöhne bemächtigen sich ihrer vielleicht. Falkenmasken benutzen sie nur, um zu Stiefsöhnen zu reden. Im Augenblick reden sie überhaupt nicht. Nicht zu ihnen. Nicht zu Männern, die in ihrer Dummheit alle Bündnisse lösten, die bessere Männer geschlossen haben. Moruth, ja auch Moruth der Bettler kennt deinen Namen und ihren. Er erinnert sich an das Feuer und an dich und an sie. Es ist leicht zu erraten, wem er die Schuld gibt – nicht, daß er je einen Grund braucht.

Was bezahlst du mir für meine Hilfe, Mor-am? Was hast du, das du mir geben kannst?«

»Was verlangt Ihr?«

»Was immer, wann immer. Das ändert sich. Wie du dich ändern kannst. Vergiß das nie, hörst du? Man schimpft mich Vampirin. Das stimmt nicht – nicht ganz. Das werden sie dir erzählen. Schreckt dich das, Mor-am? Oder gibt es Schlimmeres?«

Da faßte er Mut und küßte sie auf die Lippen.

»Oh, sei vorsichtig«, mahnte sie. »*Sehr* vorsichtig. Ich werde dich manchmal auffordern müssen zu gehen. Stell keine Fragen und tu es. Tu es, wenn dir dein Leben lieb ist, Mor-am, und deine Seele.« Sie küßte ihn wieder, sanfter als zuvor. »Wir werden den Stiefsöhnen einen Gefallen erweisen, du und ich. Wir werden einen Spaziergang machen – gleich. Ich brauche ein wenig Ablenkung.«

»Sie werden mich umbringen, sobald sie mich auf der Straße sehen!«

Lächelnd ließ sie ihn los. »Nicht mit mir, mein Freund. Nicht, solange du bei mir bist.« Sie drehte sich um, griff nach ihrem Umhang und sagte über die Schulter: »Es ist eine weitverbreitete Ansicht, daß ich irrsinnig bin. Sie schimpften mich eine Bestie, der es an Selbstbeherrschung fehlt. Doch so ist es nicht. Glaubst du mir?«

Sie lachte, als er schwieg. »Ihr Mann da draußen – sag diesem Spitzel Dolons, er soll sich heute nacht um seine eigenen Angelegenheiten kümmern. Sag ihm – sag ihm *vielleicht*.« Sie dämpfte die Lichter und öffnete die Tür. Heulender Wind und peitschender Regen schlug ihnen entgegen. Mor-ams Gesicht war angstverzerrt. Er rannte hinaus, wie befohlen. Er hinkte, doch nicht so stark wie zuvor. Sie zog den Zauber zurück: Er würde wieder wirklich hinken, wenn er den Beobachter erreichte. Er würde der Mor-am sein, wie man ihn kannte, schmerzgequält, um die Stiefsöhne zu überzeugen. Das amüsierte sie.

Sie schloß die Tür und ging durch das kleine, seltsame Haus, das gleichzeitig nur aus einem Raum zu bestehen schien und doch weitere offenbarte – hinter allem möglichen Kram, hinter Büchern, Gobelins, Umhängen, abgelegten Kleidungsstücken, Seiden- und Brokatzier, die einmal ihr Gefallen gefunden und wieder verloren hatten, denn sie trug nie Zierat; sie behielt ihn nur aus Freude an seinem Besitz. Die Umhänge – Herrenumhänge – bereiteten ihr ebenfalls Vergnügen, wenngleich anderer Art. Ihre nackten Füße schritten über kostbare Seide auf den alten, glattgetretenen Bodenbrettern und über dicke Teppiche aus feinsten, handgeknüpften Seidenfäden, schillernd gefärbt – eine Rarität. Sie waren Bezahlung für ihre Dienste, von wem, hatte sie längst vergessen. Hätte jemand hier etwas gestohlen, es wäre ihr vielleicht gar nicht aufgefallen, oder es wäre ihr egal gewesen – möglicherweise aber hätte es ihr sogar sehr viel ausgemacht, je nach ihrer Stimmung. Materielles bedeutete ihr wenig. Nur Befriedigung, wenn der Drang übermächtig wurde.

Und in letzter Zeit hatte dieses Bedürfnis sich auf eine andere Weise verstärkt.

Jemand hatte sie beleidigt. Anfangs hatte sie es als unbedeutend abgetan und an ihrer Trägheit festgehalten. Aber es nagte an ihr. Dann hatte sie darüber nachgedacht, wie man es bei Beleidigungen tut, die schon eine ganze Weile zurückliegen. Sie hatte sie von allen Seiten betrachtet, um das Motiv festzustellen. Sie hatte erkannt, daß es weder Bosheit noch Ärger gewesen war, sondern Unbekümmertheit, ja gar etwas wie Belustigung seitens dieser Hexe, dieser Halbgöttin aus dem Norden, was immer sie auch war. Die Kränkung nagte an ihrer wahrhaft beachtlichen Toleranz, der Grundlage für ihren Seelenfrieden – denn ohne diese Gelassenheit hungerte sie öfter. Und dieser Hunger führte zu Tragödien.

Dazu war sie gerade durch ihre Gelassenheit – oder sollte man es eher Faulheit nennen? – gekommen, denn Macht hatte ihren Preis, den sie nie bezahlen wollte. Jene Hexe schlachtete Kinder, nahm sie aus und legte, was sie nicht brauchte, vor ihre Tür. Nachdem sie derart ihr Nest beschmutzt hatte, machte sie sich gleichmütig daran, neue Ambitionen nachzugehen, in völliger Mißachtung des

Angerichteten. Nach einigem Nachdenken sagte sich Ischade, daß dies wohl einen gewissen Ärger wert war. So schaffte dieser Ärger sich Platz und wuchs. Eigentlich müßte sie der Nisibisihexe für diese Entdeckung danken, daß es noch andere Arten von Appetit gab, und einen ganz großen, der imstande war, diesen mondgetriebenen Hunger zu lindern, der sie so lange abhängig gemacht hatte.

Sie verstand sehr wohl, was auf den Straßen vorging. Sie war auf der Brücke gewesen, ja überall in Freistatt, schwarz vermummt, in mehr als einem Gewand, wenn ihr danach war. Die Welt wankte. Das Seevolk mischte sich ein, riß Macht an sich; Hexerwall und Stiefsöhne bekriegten sich, jeder aus eigenen Ambitionen; Jubal machte Pläne – welche auch immer; junge Hitzköpfe auf beiden Seiten schwangen Schwerter; Todestrupps trieben ihr Unwesen in der Oberstadt, während der Bettlerkönig auf der anderen Seite des Schimmelfohlenflusses seine eigenen Karten ausspielte. Und der Prinz saß in seinem Palast und verstrickte sich in Machenschaften mit Dieben, Invasoren und allen möglichen Leuten – er war vielleicht ein weiserer Narr als andere; Priester verschworen sich; Götter gingen in dieser und anderen Ebenen unter. Und in Ranke, dem Herzen des Reichs, waren die Dinge nicht weniger in Unordnung geraten. Dort schmiedete jeder Priester Komplotte, und jeder Lord intrigierte.

Ischade hörte den Regen auf dem Dach, den Donner, der an den Mauern der Welt rüttelte, und ihr höchst eigenes Werkzeug, das draußen zurückkehrte. Sie schlüpfte in Schuhe, warf sich ihren Umhang über und öffnete die Tür. Klatschnaß trat Mor-am ein. »Da, nimm einen trockenen Umhang.« Sie griff nach einem feinen, so schwarz wie ihrer. »Mann, du holst dir ja den Tod!« Er fand es nicht belustigend, aber sie nahm ihm die Schmerzen wieder, warf den nassen Umhang auf den Boden und legte ihm den vornehmen um die nun wieder geraden Schultern – so sanft wie eine Mutter ihrem Sohn – und blickte ihm in die Augen.

»Fort?« fragte sie.

»Sie werden versuchen, Euch hereinzulegen.«

»Daran habe ich nie gezweifelt.« Sie schloß die Vordertür und öffnete die hintere, ohne ihnen auch nur einen Blick zu gönnen. »Komm mit.« Sie zog die Kapuze über den Kopf. Der weite Umhang flatterte wie Flügel im Wind, der die bunten Vorhänge im Haus aufbauschte, daß sie wie farbiges Feuer wallten. Der heftige Luftzug warf sich gegen Kerzen und Kamin, ohne daß es ihm gelang, das Licht auszublasen, während irre Schatten über die Wände huschten, bis sie es löschte.

Etwas ratterte. Mradhon Vis öffnete ein Auge und starrte in die nur vom niederbrennenden Feuer durchdrungene Dunkelheit. Neben ihm schliefen Haught und Moria aneinandergekuschelt unter einer schäbigen Steppdecke. Mit dem Geräusch kam eisige Kälte, als hätte jemand die Tür geöffnet und den Winter eingelassen. Sein Herz hämmerte vor Angst, wie nur Träume sie verursachen können – oder Dinge, die so unwirklich wie Träume sind. Er hatte keine Ahnung, ob es die Tür gewesen war, die gerattert hatte. Der Wind, dachte er, der Wind, der etwas vor sich hertrieb. Doch warum diese nächtliche Panik, dieser kalte Schweiß, diese Ahnung von Unheil?

Da sah er den Mann in der Stube stehen. Nein, nicht stehen, sondern hier existieren, als wäre er Teil der Schatten. Licht von irgendwoher (nicht vom Feuer) fiel auf goldenes Lockenhaar; ein Gesicht mit verwirrter Miene. Dieser Mann war jung, sein Hemd offen, und von seinem Hals hing ein Talisman an einem Lederband. Seine Haut glitzerte in der Hitze von zuviel Wein und der Wärme des Sommers, wie in einer bestimmten Nacht. Mradhon dagegen rann unter der dünnen Decke kalter Schweiß den Rücken hinunter.

Sjekso. Aber der Mann war tot, in einer Gasse gar nicht so weit von hier gestorben. Er lag in irgendeinem unbekannten Grab und diente den Würmern als Fraß.*

* Siehe *ISCHADE* von C. J. Cherryh in *Die Rache der Wache*, Bastei-Lübbe 20095.

Mradhon beobachtete die Erscheinung, die immer wieder verschwamm wie ein Spiegelbild auf windbewegtem Wasser. Sie bewegte den Mund, sagte lautlos etwas – und schwebte plötzlich auf das Bett zu, immer näher. Die Luft wurde lähmend kalt. Ekelerfüllt schrie Mradhon auf, schlug mit den Armen nach der Erscheinung, doch sie durchdrangen nur eisige Luft. Seine Bettgefährten erwachten.

»Mradhon!« Haught griff nach seinem Arm und hielt ihn fest.

»Die Tür!« rief Moria und stemmte sich neben ihnen hoch. »Ihr Götter, die Tür ...«

Mradhon rollte herum. Er sah, wie der Riegel sich scheinbar von selbst zurückzog und die Tür erbebte und krachend aufschwang. Schon tastete er sich an der Bettseite entlang zu dem Pfosten, an dem sein Schwert hing. Nasse Luft schlug ihm von draußen entgegen. Auch Haught und Moria beeilten sich, zu ihren Waffen zu kommen. Nun wirbelte er herum, mit dem Rücken zur Wand. Doch da war niemand, nichts als die Blitze, welche die Pfützen auf dem Kopfsteinpflaster aufglühen ließen, und die Tür, die der Wind hin und her schlug.

Entsetzen drang in seine Knochen, so daß er am ganzen Körper zitterte, doch der Instinkt ließ ihn nach seinem Umhang greifen und lenkte seine Schritte zur Tür, während er sich den Umhang umwarf. Ohne zu überlegen, sprang er hinaus auf die regenüberspülte Gasse. Er vertraute seinen Blicken aus den Augenwinkeln und wirbelte sofort zu der Seite herum, auf die sie ihn gewiesen hatten. Eine hochgewachsene, vermummte Gestalt stand im Regen.

Nun war er leichte Beute für alles, denn diese Gestalt, ihre Größe, ihr Benehmen weckte Erinnerungen. Er hörte Haught oder Moria hinter sich, vielleicht auch beide, aber er hätte sich nicht bewegen können, von Anfang an nicht. Diese Gestalt paßte zu Geistern, zu Hexerei, zu Alpträumen, aus denen man schweißgebadet aufwachte. Wieder zuckte ein Blitz und zeigte ihm ein bleiches Gesicht unter der Kapuze.

»Um Ils' willen, komm wieder rein!« Es war Morias Stimme. Eine Hand zog an seiner bloßen Schulter. Aber die Stube war eine mögliche Falle mit nur dieser einen Tür. Doch in seinen geheimsten Alpträumen wußte er, hatte er stets gewußt, daß Ischade ihn finden konnte, wann immer sie wollte.

»Was wollt Ihr?« fragte er.

»Kommt zur Brücke«, entgegnete die Hexe. »Wir treffen uns dort.«

Er hatte einmal tief in diese Augen geblickt. Das konnte er nicht vergessen. Reglos stand er im strömenden Regen. Seine nackten Füße waren fast taub in dem eisigen Wasser. »Warum?« fragte er. »Warum, Hexe?«

Die Gestalt war nun im Dunkeln kaum zu erkennen. »Ich mehme Euch wieder in meine Dienste, Mradhon Vis. Bringt die anderen ebenfalls mit. Haught kennt mich, sogar sehr gut. Schließlich war ich es, die ihm das Sklavenjoch abnahm. Dafür ist er sicher dankbar, oder? Für Moria – es ist doch Moria, nicht wahr? – habe ich etwas; etwas, das sie verlegt hat. Also, trefft mich unter der Brücke.«

»Den Zorn der Götter auf Euch!«

»Tauscht keine Verwünschungen mit *mir* aus, Mradhon Vis. Ihr würdet den kürzeren ziehen!«

Die Hexe drehte sich um und verschmolz mit der Nacht. Wie zu Eis erstarrt und betäubt blieb Mradhon stehen. Das Schwert zog seine Hand nach unten. Abwesend spürte er die neuerliche Berührung, eine Hand, die sich auf seinen Arm legte.

»Um Ils' willen, geh hinein!« drängte Moria. »Geh schon!«

Benommen gehorchte er. Moria schloß hastig die Tür und verriegelte sie. Dann warf sie einen Stock ins Feuer, so daß es neu aufflammte und tanzende Schatten an die Wände warf. Sie führten ihn zu dem offenen Herd, wickelten die Decke um ihn, doch selbst frösteln konnte er erst, als seine Kraft zurückzukehren begann.

»Bringt mir meine Sachen«, bat er.

»Wir müssen nicht dorthin gehen.« Moria kauerte sich

neben ihn. Sie blickte Haught entgegen, der die Kleidung holte. »*Wir müssen nicht!*«

Aber Haught wußte es besser. Mradhon nahm seine Kleidung, warf die Decke ab und zog sich an, während Haught ebenfalls in seine Sachen schlüpfte.

»Ils behüte uns«, murmelte Moria und hüllte sich fester in ihren Umhang. Ihr Haar klebte naß um das Gesicht, und Qual sprach aus ihren Augen. »Was ist los mit euch? Seid ihr beide wahnsinnig?«

Mradhon schnallte seinen Gürtel um und griff nach seinen Stiefeln. Er hatte keine passende Antwort. Irgendwo in ihm steckte noch Panik – und Haß, aber es war ein distanzierterer und kühlerer Haß, und er enthielt etwas wie Frieden. Er fragte Haught nicht nach seinen Gründen, nicht einmal, ob er wußte, was er tat und warum. Er wollte es nicht wissen, aus demselben Grund, weshalb er seine Hand aus dem Feuer zöge: Es würde zu sehr schmerzen, täte er es nicht.

Moria bedachte beide mit ätzenden Verwünschungen, aber sie zog sich ebenfalls an und forderte sie auf, auf sie zu warten. Trotzdem fluchte sie weiter, wie sie es in Abwind gelernt hatte, mit Worten, die selbst die Garnisonssoldaten nicht in den Mund nähmen.

»Bleib hier«, knurrte Mradhon. »Wenn du deinen Hals retten willst, dann halt dich hier heraus!«

Tief in seinem Innern erkannte er den Unterschied zwischen dieser Frau und der anderen, die er nie ganz gesehen hatte. Moria mit ihrem schmalen scharfen Messer war auf seiner und Haughts Seite, denn sie waren Narren wie sie selbst. Und drei Narren richteten gemeinsam mehr aus als einer allein.

»Du hast mir nichts zu sagen!« fauchte sie. Als er seinen schlammbefleckten Umhang nahm und zur Tür ging und als Haught ihn in der Gasse einholte, hörte er, wie sie keuchend und pausenlos fluchend folgte.

Er wartete nicht und ließ sich nicht anmerken, daß er sie überhaupt hörte. Der Regen hatte ein wenig nachgelassen, doch die Dachrinnen quollen über, und die Gasse war wie ein Bachbett. Das Wasser spülte den Schmutz von den Kopfsteinen und trug ihn in die Kanalisation, und von dort in die Bucht, wo die fremden Schiffe vor Anker lagen.

Wenn ich zu lieben imstande wäre, wenn ich ein tiefes Gefühl empfinden könnte, für Moria, für Haught, dachte er, wenn ich einen Freund hätte,würde es mir Schutz bieten gegen das, was mich jetzt anzieht. Aber solcher Gefühle war er nicht mehr fähig. Es gab nur noch Ischades kaltes Gesicht, ihre kalten Bedürfnisse, ihre Absichten. Er konnte nicht einmal bedauern, daß Moria und Haught ihn begleiteten. Er fühlte sich jetzt nur sicher, weil Ischade sie gemeinsam und nicht ihn allein gerufen hatte, weil er nicht allein in jenem Haus sein mußte. Und er schämte sich.

Moria eilte nun links und Haught rechts von ihm dahin, und sie bogen in die Straße ein, unter dem überhängenden Dach des Einhorns, vorbei an seinem Licht, vorbei an der Sicherheit, die es bot und die sich nicht darum scherte, wer sich auf den Straßen herumtrieb.

»*Wohin?*« fragte Dolon an seinem Schreibtisch und blickte den durchnäßten Beobachter vor sich an. »Wohin ist er verschwunden?«

»Ich weiß nicht«, antwortete der Stiefsohn Erato; sein Partner war noch draußen. Mit den Händen auf dem Rükken verschränkt und gesenktem Kopf stand er da. »Er – er sagte nur, daß er eine Nachricht von ihr überbringen mußte. Er sagte, ihre Antwort sei *vielleicht*. Ich nehme an, daß sie nicht sicher war, ob sie etwas tun könne.«

»Du nimmst es an. *Du* nimmst es an. Und wohin sind sie verschwunden? Wo ist dein Partner? Wo ist Stilcho? Wo ist unser Spitzel?«

»Ich ...« Der Stiefsohn blickte mit angespanntem Gesicht in die Ferne, als bemühe er sich, etwas zu fassen, das sich ihm entzog.

»Warum habt ihr nichts getan?«

»Ich weiß es nicht«, antwortete Erato verwirrt. »Ich weiß es nicht.«

Dolon starrte den Mann an und spürte ein Prickeln in seinem Nacken. »Man benutzt uns«, murmelte er. »Etwas stimmt nicht. Wach auf, Mann! Hörst du mich? Nimm dir zwölf Mann und geht hinaus auf die Straßen. Sofort! Ich brauche einen Beobachter auf der Brücke – keine Wache! Ich will, daß diese Frau gefinden wird! Mor-am muß beobachtet werden! Seid vorsichtig, hörst du? Das ist nichts Gewöhnliches, womit wir es hier zu tun haben. *Und ich will Stilcho zurück! Egal, wie ihr es schafft!*«

Der Stiefsohn beeilte sich, seine Aufträge auszuführen. Dolon stützte den Kopf auf die Hände. Er starrte auf die Karte des Labyrinths, auf die Straßen, die zur Brücke führten. Sie war nicht das einzige auf seinem Schreibtisch, die Berichte häuften sich: Todestrupps – ein Mord in der Oberstadt – bewaffnete Faktionen – Bettler auf den Straßen. Und irgendwie war jeder Kontakt zu den Verbindungsmännern gerissen.

Er sah, wie die Dinge aus den Händen glitten. Er rief andere zu sich, erteilte ihnen Befehle und schickte sie aus, um Gewalt anzuwenden, wo sie Zungen lockern mochte.

»Statuiert Exempel!«

Die Straßen machten dem kahlen Ufer des Schimmelfohlenflusses Platz, der gewaltig angeschwollen war. Nur wenige Lichter brannten gegenüber im Abwind. Das schwarze Wasser war bis hoch zu den Brückenpfeilern angestiegen und warf sich gegen die steinerne Uferböschung. Der normalerweise so träge Fluß wollte aus seinem Bett ausbrechen, um die Hütten davonzuspülen. Ja, heute nacht hatte der sonst so sanfte Fluß sich verändert, war gewalttätig und lärmend geworden. Vorsichtig ging Mradhon Vis in seinem Brüllen, das keinen anderen Laut neben sich duldete, an seinem Ufer entlang. Weil er die beiden anderen führte, war er am verwegensten, und vielleicht hatte er auch am meisten Angst.

So gelangten sie zum Treffpunkt: den Brückenpfeilern auf der Labyrinthseite. Die Nacht hätte kaum dunkler sein können, doch hier schimmerte etwas, einem Irrlicht gleich, und darüber befand sich ein blasses, kapuzenumgebenes Gesicht. Er spürte flüchtig eine warnende Hand am Ärmel. Trotzdem ging er weiter, aber er achtete auf den trügerischen Boden. Er konnte wegblicken von diesem Gesicht und es wieder anschauen. Ein eigenartiger Frieden befiel ihn, nun, da er dieser ungewöhnlichen Frau gegenüberstand, die der Ursprung all seiner Ängste war. Kein Davonlaufen mehr – kein Ausweichen. Im Verlust war eine gewisse Sicherheit. Er blieb stehen und entspannte sich hier, oberhalb des tosenden Wassers.

»Was habt Ihr für einen Auftrag?« erkundigte er sich, als wäre keine Zeit vergangen.

Das Licht in der ausgestreckten Hand der Hexe wurde flackernd heller. »Mor-am!« rief sie. Ein Schatten kam aus der Dunkelheit zwischen den Pfeilern zu ihr. Das Licht fiel auf ein trotz der Verunstaltung vertrautes Gesicht.

»Ihr Götter!« hörte Mradhon neben sich. Als Moria an ihm vorbei wollte, hielt er sie am Arm fest. Sie wand sich wie eine Katze, doch er ließ sie nicht los.

»Moria«, bat ihr Bruder, nun nicht mehr ihr Zwilling, »hör mir um Ils' willen zu ...«

Da wehrte sie sich nicht mehr. Vielleicht lag es an dem Gesicht, das auf entsetzliche Weise verändert war. Vielleicht lag es an Haught, der sich vor ihre Messerhand stellte, sich achtlos zur Barriere machte. Haught mußte wahnsinnig sein! Aber er erreichte, was andere nicht fertigbrächten. Moria rang nach Atem und verhielt sich ruhig. Mor-am blieb an Ischades Seite.

»Seht, was Liebe wert ist.« Ischade lächelte düster. »Und Loyalität.« Sie kam auf den schrägen Steinen einen Schritt näher. »Mor-ams Loyalität gilt nun ihm selbst, seinen eigenen Interessen. Er weiß Bescheid.«

»Tut es nicht!« sagte Mor-am ernster, als Mradhon diesen Verkäufer seiner Freunde je gehört hatte. Einen Moment wirkte Mor-ams Gesicht verzerrt, der Körper zusammengesunken. Eine Täuschung des Lichtes wahrscheinlich. Aber im selben Moment war Morias Arm schlaff geworden.

»Ihr würdet ein gutes Leben führen können.« Ischades Stimme war einschmeichelnd, leise, trotzdem erhob sie sich über das Tosen des Flusses. »Ich belohne – Loyalität.«

»*Womit?*« fragte Mradhon.

Belustigt bedachte sie ihn mit einem langen Schlangenblick.

»Mit Gold, edlen Weinen, eurem Leben und Luxus. Folgt mir – über die Brücke. Ich brauche vier mutige Seelen.«

»Wozu? Was sollen wir für Euch tun?«

»Nun, ein Leben retten«, antwortete sie. »Vielleicht. Ihr kennt das niedergebrannte Haus. Trefft mich dort.«

Das Licht erlosch. Zwischen Brückenpfeilern und Uferböschung setzte sich ein Schatten in Bewegung. Ein zweiter machte sich daran, ihm zu folgen. »*Die Streifen* ...«, sagte Mradhon in die Dunkelheit. Doch Ischade war bereits verschwunden. Mor-am blieb verlassen stehen, dann drehte er sich hastig zu den anderen um.

»Moria – ich hatte einen guten Grund.«

»Wo warst du?« Das Messer war noch in ihrer Hand. Mradhon erinnerte sich und griff nach ihrem Ärmel.

»Tu's nicht«, warnte er. Nicht aus Freundschaft zu Moram, aber eine tiefe Unruhe hatte ihn erfaßt, und er wollte nicht, daß etwas ins rollen gebracht wurde.

»Worum geht es?« fragte Moria. »Antworte, Mor-am!«

»Stiefsöhne ... Sie – sie haben ihr einen Auftrag gegeben. Sie ... Moria, um Ils' willen, sie hatten mich eingesperrt. Sie benutzten mich, um mit ihr zu verhandeln.«

»Was bist du wert?« fragte Moria.

»Sie arbeitet für Jubal.«

Die Ungläubigkeit, die darauf folgte, war fast mit den Händen zu greifen.

»Es ist wahr!« versicherte Mor-am.

»Und du arbeitest für sie.«

»Ich muß.« Mor-am drehte sich um und verschwand zwischen den Pfeilern.

»Mor-am ...« Moria wollte ihm folgen, doch Mradhon hielt sie zurück.

»Laß ihn gehen.« Vage bewegte ihn der Gedanke, etwas

Unüberlegtes zu tun, gegen die Vernunft zu handeln und irgendwo hinzueilen, wo er sicher war. Zu den Stiefsöhnen, vielleicht. Aber auch da gab es in letzter Zeit keine Aussicht auf ein langes Leben.

Haught ging bereits weiter – ob vor Verzweiflung oder unter Zauberbann wußte er nicht. »Warte!« rief er ihm nach. Er verlor die Kontrolle über die Dinge. Aber das hatte er bereits, als er willenlos, wie Moria in ihrem schlimmsten Suff, hierhergekommen war. Nun folgte er ihr, rannte zwischen den Pfeilern hinter Haught her, bis er ihn im Freien einholte, wo jeder sie sehen mochte.

Da war der verlassene Wachstand mit dem jetzt leeren Pfosten.

»Sie haben ihn weggeschafft«, sagte Haught.

»Ja, irgend jemand«, murmelte Mradhon und schaute sich um. Er fühlte sich entbößt, allen Blicken ausgesetzt. Der Regen trommelte auf den Bretterboden der Brücke, die durch die Dunkelheit nach Abwind führte, zu Ischade. Eine ferne, einsame Gestalt huschte wie ein Schatten am Brückenende und verschwand zwischen den Häusern von Abwind. Sie aber standen hier im Niemandsland, an einem Ort, der weder zum Labyrinth noch zum Abwind gehörte.

Und hier gab es keine Deckung.

Haught machte sich daran, die Brücke zu überqueren. Mradhon folgte ihm, mit Moria an der Seite. Er konnte nun nichts anderes denken, als wie lange es dauern würde, bis sie auf der anderen Seite wieder Deckung fanden. Jemand kam ihnen entgegen, eine schlurfende, zerlumpte Gestalt. Mradhon umklammerte sein Schwert unter dem Umhang, während dieser Bettler an ihnen vorbeiging. Er wagte es nicht, sich nach ihm umzudrehen, Moria jedoch schwang an seinem Arm herum und täuschte eine betrunkene Dirne vor.

»'sch ischt nur ein Bettler.« Sie erschreckte ihn mit ihrer lauten Stimme. Haught wirbelte halb herum, doch dann ging er weiter wie ein ehrenwerter Mann mit verrufener Begleitung – aber kein ehrenwerter Mann überquerte diese Brücke.

»Bettler«, greinte Moria und lehnte sich an Mradhons Arm. Er schüttelte sie und fluchte. Er kannte diese Mentalität, diesen verfluchten Humor von Kameraden im Feld. Helden waren sie gewesen – und bald darauf tot. »Kein Getue mehr«, brummte er. Er kannte sie, kannte ihren Bruder, wußte, daß dies ein Spiel war, das sie beide liebten. Er verdrehte ihr den Arm. »Hast du dir deinen Bruder angesehen? Hast du gesehen, was ihm solche Spielchen einbrachten?«

Da wurde sie ruhig, bedrückt. Neben ihm ging sie hinter Haught her, vorbei an den Endpfeilern, die ebenfalls Nagellöcher aufwiesen, aus der Zeit, da Falkenmasken die Opfer gewesen waren, nicht Stiefsöhne.

Rechts waren die Überreste des niedergebrannten Hauses zu sehen, die Grundmauer aus rußigen Ziegeln und ein paar verkohlte Balken. Darauf ging Haught zu, und sie folgten ihm.

Erato huschte in die tiefere Dunkelheit zurück. Sein Herz hämmerte, denn eine beunruhigende Schattengestalt war vorübergekommen. Er fühlte jemanden neben sich, wie es auch sein sollte, aber er traute jetzt niemandem. Heimlich musterte er, scheinbar ruhig – während sein Herz jedoch noch heftig pochte – diesen Mann, bis er überzeugt war, daß es wirklich sein Kamerad war und kein Gestaltwandler oder sonst eine Bedrohung. Ihm war gar nicht wohl bei dieser Hexenauflauerei. »Sie haben sie überquert«, flüsterte sein Partner.

»Ja, sie sind drüben. Wir sind nicht die einzigen, die unterwegs sind. Kehr zum Ufer zurück. Bring den Trupp in Stellung, und benachrichtige den Stützpunkt.« Erato kehrte durch die Gasse zum Haus am Fluß zurück.

Das Ganze roch nach Doppelspiel. Sein Partner rannte los. Er hatte den Umhang eng um sich gewickelt, um zu verhindern, daß seine Rüstung klirrte. Sie hielten sich den Grundstücken fern, um nicht in eine Falle zu geraten.

Hier war der richtige Ort zum Beobachten, dessen war er sicher.

Er entspannte sich so gut es ging und beobachtete die Sturmwolken entlang dem Fluß, der den Abwind von Freistatt trennte, die Armen von den Reichen – diese Abtrennung, über die es keine Brücke gab. Erato war einmal sehr selbstgefällig gewesen, schließlich wurde er gut bezahlt, hatte erstklassige Waffen und war von seiner eigenen Geschicklichkeit und seinem Ruf, der ihm Herausforderer vom Hals halten würde, überzeugt gewesen. Doch für den Abwind hatte sein Bluff nicht genügt. Sie wagten nicht, es zu betreten, wagten nur bei hellem Tageslicht an den Straßen vorbeizugehen – sie hatten des Nachts so gut wie keinen Zugang zu ihrem eigenen Stützpunkt, dem ehemaligen Landhaus des Sklavenhändlers, das sich auf derselben Flußseite wie Abwind befand; so mußten sie sich immer mehr auf das Stadtkommando verlassen.

Und das wußten ihre Gegner.

Es würde eine lange, kalte Wartezeit werden. Dieser Anblick der Brücke, des Flusses, von Abwind zersetzte die Moral. Ihm wurde plötzlich bewußt, daß er jetzt, so allein hier, in der gleichen Lage wie der Brückenposten war. Vereinzelte Geräusche waren von den Straßen zu hören und aus den Büschen entlang dem Ufer. Unsinnige Ängste ergriffen ihn. Er machte sich Gedanken, ob die anderen auch wirklich da waren; ob diese Geräusche etwa Mord tarnten, ob jemand daherschlich und Hälse durchschnitt; oder schlimmer noch, ob seine Kameraden davongeschleppt wurden wie Stilcho.

Am liebsten hätte er laut nach den anderen gerufen, um sich zu vergewissern, daß sie noch da waren, daß sie lebten. Aber das wäre Wahnsinn! Jetzt hörte er Rascheln ganz in seiner Nähe. Irgendein Tier, beruhigte er sich. Hier am Fluß gab es riesige Ratten. Sie lebten gut von all dem Abfall in den Gossen und der Kanalisation und von den Leckerbissen aus den Häusern der Reichen, mit denen sie Nager und Schlangen locken wollten. Eratos Furcht wurde immer größer. Schließlich zog er sein Schwert aus der Scheide, drückte den Rücken gegen die Steine und spähte durch die Dunkelheit vor sich.

Nichts war zu hören außer dem Trommeln des Regens und dem gleichmäßigen Tropfen aus den Dachrinnen der Häuser, die noch welche hatten. Um sie waren die Grundmauern, die verkohlten Balken und herumliegende Ziegel.

Jemand bewegte sich mit dumpfem Klicken. Mradhon wirbelte herum und sah eine Gestalt dicht an der Wand bei der Ecke.

»Kommt!« forderte Ischade sie auf.

»Wo ist mein Bruder?« fragte Moria.

Doch die Hexe war bereits um die Ecke verschwunden. Mradhon fluchte leise vor sich hin, genau wie Haught, doch alle drei gehorchten. Es gab nun keinen Rückzug mehr, die Dinge ließen sich nicht aufhalten. Der Bettler auf der Brücke – jemand behielt sie im Auge. Die Leiche war verschwunden. Bestimmt waren Stiefsöhne unterwegs. Mradhon bog um die Ecke zu der Gasse, wo er einmal auf der Lauer gelegen hatte, nicht nur er, alle drei, ehe die Stiefsöhne das Haus in Brand gesteckt hatten.

Er kannte sich hier aus, weil er hier gewohnt hatte, genau wie die beiden anderen. Und er kannte auch das ungeschriebene Gesetz hier, das anders lautete als die Gesetze Kadakithis, Molin Fackelhalters oder irgendeiner Regierung Rankes. Das Gesetz wurde hier in Mama Bechos Schenke gemacht. Es hatte mit dem Handel von allem möglichen zu tun, das teuer auf der anderen Seite war, mit Dingen, mit denen die meisten gar nicht daran dächten, Handel zu treiben. Er erinnerte sich an den Gestank hier, der an den Kleidern haftete, an den ekligen Geruch von Mama Bechos Gebräu.

Haught hielt an, denn die Hexe war stehengeblieben, und eine zweite, schattenhafte Gestalt hatte sich ihr angeschlossen.

»Jetzt könnt ihr euch eure Belohnung verdienen«, erklärte Ischade, als sie nähergekommen waren. Dunkelheit umgab sie, die Häuser lehnten sich aneinander, ihre Bewohner könnten ihnen zuhören, sie taten es vielleicht auch, doch das scherte Ischade offenbar nicht. »Es gibt etwas zu besprechen. Es handelt sich um einen Mann, den gewisse Leute auf jeden Fall zurückhaben möchten. Mor-am weiß Bescheid. Ich spreche von dem zweiten Stiefsohn. Stilcho heißt er.«

»Moruth!« murmelte Mradhon.

»O ja, Moruth hat ihn, da bin ich ganz sicher. Aber mir gegenüber wird er vernünftig sein.«

»Wartet!« Mradhon hielt sie zurück, als sie sich daran machte, sie wieder zu verlassen. Diesmal drehte sie sich um und blickte ihn, in der Dunkelheit scheinbar gesichtslos, an.

»Was ist?« fragte sie.

»Was sollen wir tun – das Ihr nicht könnt?«

»Mitleid mit ihm haben. Der Mann muß befreit werden. Das ist eure Sache«, antwortete Ischade.

Schon ging sie weiter und war nur noch ein Schatten.

»Bechos«, sagte Mor-am heiser und hielt sicheren Abstand von ihnen. »Folgt mir.«

Doch sie alle kannten die Straßen hier, jeden Weg, der zu jenem Ort führte, dieser Nabe der Hölle.

»Kein Glück«, gestand der Mann an der Tür zur Stube des Kommandanten. »Alle haben sich in den Untergrund zurückgezogen. Zu dieser nächtlichen Stunde ...«

Schritte waren zu hören. Die Außentür schwang auf, und der Luftstoß wirbelte die losen Seiten auf dem Schreibtisch auf. Hastig griff Dolon danach und legte die Hand darauf. »Find irgend jemanden«, befahl er. »Es ist mir egal ...«

Sein Adjutant tauchte hinter dem Mann auf und machte mit einem Kopfnicken auf sich aufmerksam. »Was gibt es?« fragte Dolon.

»Erato läßt ausrichten«, meldete der Adjutant, »daß die Frau nach Abwind gegangen ist. Den Spitzel hat sie mitgenommen.«

Dolon stand auf. »Wen hat er geschickt? Er soll hereinkommen!«

»Entschuldigt Ihr mich?« Der andere versuchte sich zurückzuziehen.

»Du bleibst!« Dolon ging um seinen Schreibtisch herum, dem Neuankömmling entgegen. Es war Eratos Partner. »Wo ist Erato jetzt?«

»Er beobachtet das Uferstück, denn früher oder später wird sie heimkommen, was immer sie auch erreicht hat.«

Dolon atmete zum erstenmal seit Stunden auf. Wenigstens etwas Positives. Jemand war, wo er sein sollte, und nutzte die Gelegenheit. »Gut. Kehr sofort zurück ... Tassi.«

»Sir?« Der andere blickte ihn an.

»Nimm zehn Mann. Postier sie unten am Ufer. Ich möchte, daß jeder Zugang aus beiden Richtungen beobachtet wird. Ich will keine Überraschungen erleben. Kümmere dich darum. Sperr die Straßen dort. Wenn die Hexe auftaucht, erwarte ich einen Bericht von ihr. Ich will Namen, genaue Ortsangaben. Es ist mir gleichgültig, wie ihr sie bekommt. Wenn sie mit uns zusammenarbeitet, schön. Wenn nicht, müßt ihr sie aufhalten. Tötet sie! Verstanden?«

Er erhielt keine Antwort.

»Sir«, warf Eratos Partner ein.

»Verstanden?«

»Jawohl, Sir.«

»Man sagt, Feuer wirkt bei ihresgleichen. Tut, was ihr könnt.«

»Sie ist ...«

Dolon lief rot an. Die Adern am Kopf quollen hervor. »Wenn sie unzuverlässig geworden ist – falls sie je verläßlich war! – bestraft ihr sie. Habt ihr gehört? Holt aus ihr heraus, was ihr könnt, dann macht Schluß mit ihr! Ich will Stilcho ohne Aufsehen zu erregen zurück, kapiert? Ich ziehe es vor, ihn wieder hierzuhaben, aber wenn etwas nicht stimmt mit ihm, braucht ihr ihn gar nicht zu bringen. Ihr kennt die Regeln. Und jetzt los!«

Hastig verschwanden die beiden Männer. Aus dem Korridor war noch eine unvorsichtige Verwünschung zu hören. Dolon holte tief Atem, um sich wieder zu sammeln. Critias Liste von zuverlässigen Leuten war das Problem: beeinflußbare Spitzel; Doppelagenten; eine Hexe, bei den Göttern; ein ehemaliger Sklavenhändler; ein bestechlicher Richter.

Es waren einige Änderungen auf der Liste fällig. Er mußte etwas unternehmen. Er sollte es nach seinem Gutdünken tun, hatte Critias gesagt. Critias hatte zu lange gewartet, bis er das Kommando übergeben hatte. Unsicherheit setzte ein. Den Opportunisten mußte wieder einmal eine Lektion erteilt werden.

Sie näherten sich Mama Bechos Schenke, das spürte Mradhon Vis in jeder Nevenfaser. Tygoth patrouillierte jetzt zweifellos in seiner Gasse und schlug mit seinem Stock an die Hauswände, um alle wissen zu lassen, daß Mamas Besitz gut bewacht wurde. Die letzten Besoffenen, die nicht mehr heimgefunden hatten, schliefen ihren Rausch auf den Straßen aus. Wer wohl jetzt in seiner früheren Kammer in der Gasse hauste? Aber er wollte es gar nicht wirklich wissen. Er wollte nur fort von hier. Er hatte eigentlich nie wieder hierherkommen wollen, und nun war er doch da und folgte Mor-am durch dieses Labyrinth von Gassen, mit Haught hinter sich – und Moria zwischen ihnen. Hin und wieder, wenn es zu still wurde, schaute er über die Schulter, um sich zu vergewissern, daß sie noch hinter ihm waren.

Jetzt blieb Mor-am an der Abbiegung zu einer Straße stehen, deren Häuser mit behelfsmäßigen Anbauten fast versperrt war. Er drückte Schweigen gebietend einen Finger an die Lippen. Ein Bettlerreich war dies. Mradhon faßte eine Falte von Mor-ams Umhang und zog daran, um ihn zur Umkehr zu bewegen.

Abwehrend schüttelte der Verunstaltete den Kopf und deutete geradeaus, wo plötzlich eine Gestalt, noch dunkler als die Nacht, zu erkennen war. Sie bahnte sich einen Weg durch die armseligen Unterschlüpfe, bis sie stehenblieb und ihnen winkte, ihr zu folgen.

Mor-am tat es, auch Mradhon; er hatte sich damit abgefunden mitzumachen, obgleich er sich von Herzen wünschte, ihre bestimmt nicht sehr große Hilfe würde nicht benötigt. Fester umklammerte er sein Schwert. Er beabsichtigte, sein Leben teuer zu verkaufen, wenn sie angegriffen würden. Aber Ischade ging ruhig weiter, vorbei an den heimlichen Beobachtern innerhalb dieser Unterschlüpfe aus Kisten, Brettern, Segeltuch, Rupfen und was sonst Wind und Regen abhalten mochte. Ein ekliger Gestank herrschte hier, von menschlichen Exkrementen, von irgend etwas Verwesendem. Er hörte Schritte hinter sich, doch er wagte nicht, den Kopf zu drehen. Er schickte ein Stoßgebet zu den Ilsiger Göttern, daß es Haught war. Seinen Blick nahm er nicht von Mor-am und Ischade, die vor ihnen durch diese Gasse des Elends schritten.

Doch niemand stellte sich ihnen in den Weg, niemand drohte mit Gewalt. Ein Haus in ihrem Ende machte diese Straße zur Sackgasse; ein heruntergekommenes Haus mit Brettern verschlagen, doch aus Türritzen schimmerte Licht.

Geräusche drangen heraus: ein mitleiderregendes Wimmern, Stimmen, Gelächter. Mor-am blieb stehen. Mradhon stieß ihn, damit er weiterging, nicht weil er auf das Weitere erpicht war, sondern weil jetzt nicht der richtige Augenblick zum Stehenbleiben war, schon gar nicht hier, wo es keine Möglichkeit zum Rückzug gab. In der Schlacht gab es einen Punkt, nach dem es Schlag auf Schlag gehen mußte. Den hatten sie jetzt erreicht. Gerade als sie sich wappneten, schwang die Tür auf, ohne daß jemand sie berührt hatte. Licht fiel auf die Straße, und im Haus sprangen dunkle Gestalten auf die Füße, doch keine dunkler als Ischade, die nun den Eingang versperrte.

Nach einem erschrockenen Aufschrei herrschte Stille, unheilvolle Stille, als hielte jeder im Haus den Atem an. Mor-am blieb wie angewurzelt stehen, doch Mradhon stieg die eine Stufe hoch und stellte sich hinter Ischade.

»Bring ihn mir«, sagte Ischade ganz leise, als schliefe jemand. »Mradhon Vis ...« Sie hatte sich nicht umgedreht und wußte trotzdem – auf eine Weise, die ihm die Härchen am Nacken aufstellte –, daß er es war. Auch daß sie seinen Namen hier nannte, sandte ihm Schauder über den Rükken. »Hol mir den Mann heraus, den sie da haben. Heb ihn hoch, tu, was du kannst. Mor-am kennt den Weg.«

Er blickte an ihr vorbei auf das Häufchen Elend am

Boden, auf das, was dieses Lumpenpack von einem Mann übriggelassen hatte. Er hatte auf vielerlei Art zugerichtete Leichen gesehen. Die hier sah schlimmer aus als jede davor. Doch möglicherweise war es gar keine Leiche. Daß der Mann noch leben könnte, erschreckte ihn mehr als der Tod. Aber er mußte handeln. Er ging hinein, durch die Bettlerhorde, zwischen zerlumpten Männern und Frauen. Ihr Götter! Da war ein Kind mit starrem, grausamem Grinsen. Er beugte sich über die mutmaßliche Leiche und hob sie auf. Er dachte nicht an gebrochene Knochen, plagte sich nur mit dem schlaffen Gewicht. Der Kopf hing hinunter. Er hatte nur noch ein Auge. Überall war Blut.

Haught kam ihm, an Ischade vorbei, entgegen. Er nahm den anderen Arm dieses vielleicht noch lebendigen Mannes, und sie schleppten ihn zur Tür. Moria stand dort. Moram lehnte an der Wand.

»*Mor-am*«, sagte Ischade, ohne den Kopf zu drehen. »Denk daran!« Leiser fügte sie hinzu: »Schafft ihn jetzt weg. Ich habe hier noch zu tun.«

Der Alptraum hielt an, das Schweigen, die lastende Stille, die in der ganzen Straße mit ihren Elendsquartieren herrschte. Nicht Ischades Blick hatte diese Stille bewirkt, nein, ein Zauber nahm Mradhon an. Oder Furcht. Vielleicht kannte man sie hier. Möglicherweise verstand man im Abwind besser als auf der anderen Flußseite, wer sie war und was ihr Erscheinen bedeutete.

»Kommt«, brummte Mradhon. Er hob den schlaffen Arm besser über seine Schulter. »Verdammt, lauf endlich!« sagte er zu Moria. Mor-am hinkte bereits eilig zwischen den provisorischen Zelten und Hütten hindurch und verschwand in der Dunkelheit.

Es würde nur anhalten, solange Ischade da war, solange sie sich mit Moruth beschäftigte, der irgendwo in der Stube hinter ihnen war. Was war das Reich eines Bettlerkönigs? fragte er sich flüchtig, während sie keuchend dahinhasteten und er sich mit Haught plagte, die Halbleiche an all den Hindernissen, den Kisten und Abfallhaufen von des Bettlerkönigs Hof vorbeizuschleppen. Er wünschte sich, er hätte das Gesicht erkannt, aber er hatte den Blick auf keinen von ihnen gerichtet, und nur soweit es nötig war, auf den Mann, den sie trugen. Ihn quälten bereits mehr als genügend Alpträume. Am Ende der Straße bogen sie um die Ecke. Er verdrehte den Hals nach Moria.

»Närrin!« keuchte er. »Lauf endlich voraus!«

»Wo ist mein Bruder?« Ihre Stimme verriet, daß sie der Panik nahe war. Er sah etwas schimmern. Sie hielt ihr Messer in der Hand. »Wohin ist er verschwunden?«

»Auf der Straße irgendwo«, krächzte Haught. Sie schleppten die schlaffe Last weiter, den Weg entlang, den sie gekommen waren. Mor-am war nicht zu sehen.

»Brücke«, quetschte Mradhon hervor, während er und Haught so schnell liefen, wie es ihre Last zuließ. »Die Stiefsöhne wollen diesen Mann. Sie sind bestimmt irgendwo da draußen und bewachen die verfluchte Brücke.«

Es war ein langer Weg durch die Straßen, und sie hörten ihre Schritte und ihren keuchenden Atem überlaut. Moria rannte voraus und spähte um die Ecken. Plötzlich verschwand sie um eine Ecke und kam nicht gleich zurück. Haught wollte weiter, doch Mradhon hielt ihn zurück.

Da tauchte Moria schattengleich wieder auf, die Hand erhoben, als hielte sie drohend das Messer, und ein zweiter Schatten kam in sicherem Abstand mit ihr und blieb stehen. Mor-am war zurück. »B-b-boot.« Sein Atem kam rasselnd. »S-sie s-sagt, k-kommt! K-kommt sch-schon!«

»Der Fluß hat Hochwasser«, zischte Mradhon. Das schlaffe Gewicht sackte gegen ihn. »Der Fluß steht bis zum Brückenboden, hörst du? Kein Boot kommt gegen die Strömung an.«

»S-sie s-sagt. K-kommt!«

Einen Fuß nachziehend, hastete Mor-am weiter. Moria blieb wie angewurzelt stehen. *Falsch,* sagte eine Stimme in Mradhon Vis. Er traute Morias Zwillingsbruder nicht. Doch eine andere Stimme entgegnete: *Sie! Der Fluß!* Ischade.

»Kommt!« Er hatte sich entschieden. Haught schlang den schlaffen Arm wieder um seine Schulter, und sie folgten Mor-am.

Fluchend folgte auch Moria und rannte mit ihnen durch die Dunkelheit unter den tropfenden Dachrinnen. Dann überholte sie die Männer, um sie wieder zu führen und für sie Ausschau zu halten.

Geräusche wurden laut. Sehr viele.

»Hinter uns«, keuchte Haught. Mradhon war nicht sicher, doch sie klangen, als kämen sie von hinter ihnen. Er rannte, was er konnte, und seine Lungen schmerzten, als Haught stolperte und sich wieder aufrichtete. Und jetzt war Moria erneut um eine Ecke verschwunden.

Sie wankten durch die letzte Gasse und die Schräge zum Fluß hinunter, platschten durch die Fluten, die sich hier von den Abwinderstraßen ergossen, vorbei an einer niedrigen Mauer und weiter hinunter. »Hierher!« zischte Moria über das Brausen des Flusses hinweg, der wie ein finsterer Abgrund hangab lag. Mradhon suchte Haughts wegen festen Halt für seine Füße beim Hinuntersteigen. Der Blutgeruch von ihrer Last klebte nun auf Mradhons Lippen, seine Lunge stach. Immer tiefer ging es hinunter zu dem Hochwasser führenden Fluß, zu dem strudelnden Wasser, das sie mit sich und in den Tod reißen konnte. Schweiß rann in Mradhons Augen, er schnappte nach Luft und rutschte fast aus, als sie die regenglatten Steine des Ufers erreichten.

Er sah das Boot, das zwischen dem dunklen Gestrüpp kaum zu erkennen war. Mor-am plagte sich damit, und Moria rannte darauf zu. Es gab eine schlammige Rutsche: Von hier wurden bei besserem Wetter und wenn der Fluß ruhig war Abwinderboote ins Wasser gelassen. Das hier glitt ins Wasser und blieb ruhig an der Stelle, als gäbe es keine Strömung, die an ihm zerrte – als gehorche es und der Fluß zwei völlig verschiedenen Gesetzen.

»Sch-schafft ihn hinein«, bat Mor-am. Mradhon nahm das schlaffe Gewicht nun ganz allein und watete im Wasser bis zu den Knien ans Boot, dann hob er die Halbleiche hinein. Das Boot schaukelte kaum. Er faßte die Seite, um es, unnötigerweise, festzuhalten. Haught kauerte am schlammigen Ufer. Er hatte den Kopf gesenkt und schnappte keuchend nach Atem.

»S-sie s-sagte, w-warten«, stammelte Mor-am.

Mradhon blieb stehen. Er lehnte sich immer noch an die Bootseite. Seine Füße wurden taub, und Schweiß rann ihm erneut in die Augen. Mit dieser Nußschale den Fluß überqueren? Durch aufgebrochene Wolken spitzten Sterne. In ihrem schwachen Schein sah er Moria zusammengekauert am Boden, mit Kopf und Armen zwischen den Knien. Mor-am stand etwas weiter oben und hielt das Tau fest. Über dem Fluß in Freistatt brannten zu dieser späten Stunde nur noch wenige Lichter. Die Brücke konnte er ebenfalls sehen – den besten und vernünftigsten Weg, den Fluß zu überqueren.

Kein Laut kam von dem Mann, den sie den ganzen weiten Weg getragen hatten, und er rührte sich nicht. Er ist tot, dachte Mradhon. Sie hatten Moruth eine Leiche weggenommen, und alle waren beraubt.

Steine knirschten zwischen dem Gestrüpp. Köpfe hoben sich – *sie* war da. »So«, sagte sie, als sie die Gruppe erreichte. Sie streckte eine Hand aus und berührte Mor-am ganz leicht. »Du hast manches wiedergutgemacht.«

Er schwieg und hinkte stumm zum Wasser hinunter. Haught und Moria standen auf.

»Steigt ein«, forderte Ischade sie auf. »Es trägt uns alle.«

Mradhon kletterte ins Boot. Er stieg über die Leiche, die sich plötzlich bewegte und stöhnte. Seine Nerven prickelten bei diesem unerwarteten Lebenszeichen. Barmherziger wäre ein Schwertstreich, fand er. Er war Zeuge des entsetzlichen Todes vonVerletzten wie diesem gewesen, wenn der Wundbrand eingesetzt hatte. Die klaffende Augenhöhle, so dicht am Gehirn, würde schlimm werden, dachte er, während das Boot schaukelte, als die anderen hereinkletterten. Er langte aus dem Boot, schöpfte eine Handvoll Wasser und ließ es auf die Lippen des Stiefsohns tropfen und sah, wie sie sich bewegten.

Ischades Umhang streifte ihn, als sie ihren Platz einnahm. Allzu nah kniete sie da. Sie beugte sich über den Gemarterten, hob die Hände zu seinem Gesicht. Er schrie auf, schlug um sich. »Bei den Göttern!« fluchte Mradhon.

Zorn stieg in ihm auf. Er schob Ischade zurück. Doch er erstarrte, als sie ihren Basiliskenblick auf ihn richtete.

»Schmerz ist Leben«, sagte sie.

Das Boot setzte sich in Bewegung, ganz langsam wie in einem Traum, während der Wind um sie tobte und der Fluß unter ihnen toste. Mradhon sah seine Gefährten wie Schatten um Ischade. Der Verwundete stöhnte. Wenn er heftiger um sich schlug, bestand die Gefahr, daß das Boot kenterte. Er beugte sich zu ihm hinunter und hielt ihn sanft fest. Auch die Hexe berührte ihn. Seine Bewegungen wurden weniger heftig, aber sein Stöhnen war mitleiderregend.

»Er wird am Leben bleiben«, erklärte Ischade. *»Stilcho.* Ich rufe dich. Komm zurück!«

Der Stiefsohn krümmte sich und schrie noch einmal schrill auf, doch der Fluß verschluckte den Schrei.

Ein Boot schwamm auf dem Fluß. Erato sah es. Sein erster Gedanke war, daß sich ein Fischerkahn losgerissen hatte.

Doch das Boot trieb langsam wie eine Wolke im Wind *über* den Fluß, in einer geraden Linie, wie ein Boot es in keinem Fluß fertigbrächte. Die Härchen am Nacken stellten sich ihm auf. Er kletterte aus seinem Versteck ins höherliegende Gestrüpp zu einem seiner Männer.

»Sag es weiter«, befahl er. »Etwas kommt!«

»Wo?«

»Auf dem Fluß.«

Der andere starrte ihn im Dunkeln nur an.

»Hol die anderen!« zischte Erato und versetzte dem Mann einen Stoß. »Sie werden ans Ufer kommen. Hörst du mich? Sag ihnen, sie sollen es weitergeben. Sie werden zur Hinterseite des Hauses kommen.«

Der Mann ging. Erato schlich die Böschung in gleicher Höhe weiter zu den Dornbüschen, die als recht wirkungsvolle Barriere dienten. Sie versuchten gar nicht, sich Eintritt ins Haus zu verschaffen, das sie bewachten, ja, sie näherten sich nicht einmal dem niedrigen Eisentor oder den

Hecken. Versuch es mit Vernunft, mahnte er sich. Er hatte hier den Befehl. An ihm lag es, es bei der Hexe mit Vernunft zu versuchen. Und das mußte die Hexe sein da draußen auf dem Fluß, denn ein gewöhnliches Boot benahm sich nicht so. Er war ganz leise, während er da und dort Männer um sich scharte und das Boot näherkam.

Der Bug knirschte über Stein und schob sich noch höher ans Ufer. Der Stiefsohn stöhnte aufs neue und lehnte sich an die Bootseite.

»Tragt ihn hinein«, befahl Ischade. Mradhon blickte auf, als die Hexe aus dem Boot auf den Landesteg trat, von dem aus Stufen die Böschung zu den Dornbüschen hochführten. Er legte einen Arm unter die Achseln des Stiefsohns und nahm Haughts Hilfe an, um den Verwundeten zu stützen, der sich plagte, auf die Füße zu kommen. Das Boot schaukelte, als Mor-am sich an ihnen vorbeizwängte und hinter Ischade ausstieg. Sie folgte als nächste, über den Bug auf festen, allerdings wasserüberspülten Boden. Moria stieg neben Haught heraus, während Ischade vor ihnen in die Dunkelheit blickte.

Männer warteten auf sie, sechs bewaffnete, gerüstete Stiefsöhne.

Der vorderste kam ein paar Schritte heran. »Ihr überrascht uns«, sagte er. »Ihr habt es geschafft.«

»Ja«, bestätigte Ischade. »Geht jetzt. Seid klug.«

»Unser Mann ...«

»Nicht eurer«, entgegnete sie.

»Da sind noch mehr«, flüsterte Mradhon ihr zu. Durch die Büsche oben leuchtete es rot. Fackelschein. »Übergebt ihn ihnen«, riet er ihr. Er hielt den Verwundeten immer noch, doch er stand nun schon fast ohne Hilfe zwischen ihm und Haught, aber vielleicht fehlte ihm die Kraft, selbst für sich zu sprechen. Oder er wollte es nicht, denn den Stiefsöhnen ihnen gegenüber mangelte es offenbar auf merkwürdige Weise an Entschlußkraft.

»Geht weg«, sagte Ischade. Sie ging an ihnen vorüber zu

dem Eisentor, das die Dornenhecke hinter ihrem Haus schloß. Dort drehte sie sich um und hob die Hand.

Kommt! Mradhon spürte es als Zittern seiner Nerven. Der Verwundete versuchte allein einen Schritt, doch es fiel ihm zu schwer. So trugen sie ihn die Stufen hoch und halfen ihm zu dem Tor, das Ischade für sie offenhielt, in einen mit Büschen und Unkraut überwucherten Garten. Die hintere Haustür schwang plötzlich zum dunklen Innern auf. Sie gingen darauf zu und die paar Stufen hoch. Hastige Schritte folgten ihnen, Morias gleichmäßige, Mor-ams hinkende.

»Bringt ihn hinein«, zischte Ischade hinter ihnen. Sie hatten im Augenblick auch gar keine andere Wahl.

Licht flammte auf: das Feuer im Kamin und Kerzen überall gleichzeitig. Mradhon schaute sich erschrocken um. Es gab zu viele Fenster. Das Haus war zu offen für eine Verteidigung. Der Stiefsohn stützte sich schwer auf ihn. Mradhon schaute sich um und legte ihn mit Haughts Hilfe auf das Bett mit dem orangen Seidenüberwurf. Ihn schauderte. Er wandte den Blick von dem Verwundeten ab, ließ ihn zu Moria wandern, die dicht an der Wand mit den überfüllten Regalen stand – und er sah Feuerschein durch die Spalten der Fensterläden.

»Kommt heraus«, rief eine dünne Stimme. »Oder verbrennt!«

»Die Hecken!« flüsterte Haught. Ischades Gesicht war hart und kalt. Sie hob die Hand und winkte ab, als wäre es unbedeutend. Im ganzen Zimmer brannten die Lichter nun taghell.

»Die Hecken«, sagte jetzt auch Mor-am. »Sie brennen leicht!«

»Sie sind ganz nah!« Moria hatte einen schnellen Blick gewagt und kehrte nun an die sichere Wand zurück.

Ischade ignorierte sie alle. Sie brachte eine Schüssel herbei, tauchte einen Lappen in das Wasser und legte ihn auf das geschundene Gesicht des Stiefsohns. Sanft strich sie über sein Haar. »Bleib ganz ruhig liegen, Stilcho«, sagte sie. »Sie kommen nicht herein.«

»Das brauchen sie auch nicht«, knirschte Mradhon. »Es

ist ihnen gleichgültig, ob er mit uns brät. Wenn Ihr einen Trick auf Lager habt, dann setzt ihn ein!«

»Eine letzte Warnung!« erklang die Stimme draußen erneut. »Kommt heraus oder verbrennt!«

Ischade richtete sich auf.

Draußen vor den Fenstern flammte ein Feuer auf. Sonnenhell loderte es. Schreie schrillten, Wind pfiff. Mradhon wirbelte herum. Er sah den blendenden Schein an jedem Fenster, und Ischade stand schwarz und still in der Mitte. Ihre Augen …

Hastig wandte er sich ab und blickte in Haughts bleiches Gesicht. Die gellenden Schreie draußen hörten nicht auf. Feuer toste wie in einem Schmelzofen rund um das Haus, färbte sich von Weiß zu Rot und wieder zu Weiß, und schnell erstarben die Schreie. Danach herrschte Schweigen. Das Feuer schwand. Selbst das Licht der Kerzen und das Feuer im Kamin wurden dunkler. Mradhon wandte sich Ischade zu. Er sah ihr Gesicht und stieß den Atem aus. Nie hatte er es verärgert gesehen, doch jetzt …

Sie trat an den Tisch, goß Wein ein, Wein von tiefem, tiefem Rot. Weitere Becher stellte sie auf, zwei, vier, den sechsten. Doch nur den einen füllte sie. »Macht es euch bequem«, sagte sie. »Nehmt euch zu essen, zu trinken, wenn ihr wollt. Ihr habt davon nichts zu befürchten.«

Niemand rührte sich. Ischade leerte ihren Becher und atmete tief. »Es ist noch Nacht«, sagte sie. »Noch eine Stunde zum Morgen oder auch zwei. Setzt euch. Setzt euch, wohin ihr wollt.« Sie stellte ihren Becher auf den Tisch. Dann nahm sie ihren Umhang ab, warf ihn über einen Stuhl, beugte sich und zog erst einen, dann den anderen Stiefel aus. Als sie barfuß auf den Seidenbahnen auf dem Boden stand, nahm sie die Ringe von den Fingern, ließ sich auf den Tisch fallen und blickte sich um, denn niemand hatte sich von der Stelle gerührt. »Wie ihr wollt.« In ihrer Gleichmut verbargen ihre Augen etwas sehr Finsteres.

Mradhon wich kaum merklich zurück.

»Ich würde nicht zur Tür gehen«, sagte sie. »Nicht jetzt.«

Sie trat in die Mitte des seidenbedeckten Bodens. »Stilcho!« Der Mann, der fast tot gewesen war, versuchte, sich aufzusetzen.

»Nein!« rief Moria würgend – doch nicht, weil sie Stiefsöhne mochte. Mradhon erging es wie ihr: Er spürte einen übelkeiterregenden Knoten im Hals.

Ischade streckte die Arme aus. Der Stiefsohn stand auf, ging wankend auf sie zu. Sie nahm seine Hände, zog ihn zu sich auf den Boden. Er kniete sich vorsichtig neben sie.

»Nein!« sagte nun auch Haught mit schwacher Stimme. *»Nein!* Nicht!«

Doch Ischade achtete nicht auf ihn. Sie öffnete die Lippen, wisperte, als vertraue sie dem Mann Geheimnisse an. Seine Lippen bewegten sich, sie echoten die Worte, die sie sprach.

Mradhon griff nach Haughts Arm, der am nächsten stand, und zog ihn weg. Und Haught wich zur Wand zurück. Moria trat dicht zu ihnen. Auch Mor-am flüchtete in ihre Ecke, denn sie war am weitesten entfernt.

»Was tut sie?« fragte Mradhon, versuchte es zu fragen, denn das Zimmer schluckte jeden Laut, und niemand konnte ihn hören.

Sie träumte, träumte tief. Der Mann, der sie berührte – *Stilcho.* Er war tief im Reich der Träume gewesen, so tief es nur möglich war, wenn man zurückkehren wollte. Das wollte er jetzt: Sein Geist wollte forteilen aus diesen dunklen und hellen Korridoren … *Sjekso,* rief sie immer wieder. Er war von ihren vielen Geistern am leichtesten zu rufen. *Sjekso.* Jetzt hörte er sie. *Sjekso, das hier ist Stilcho. Folge ihm. Komm zu mir hoch!*

Der junge Gauner war da, unmittelbar am Rand des Lichtes. Er bemühte sich um seine alte Nonchalance, doch er fröstelte von der Kälte einer Gasse, an die er sich nur zu gut erinnerte, genau wie an die Heftigkeit ihres Zorns.

Andere Namen rief sie ebenfalls. Sie schickte sie tief, tief in die Tiefen. An alle ihre Männer erinnerte sie sich. Die meisten davon waren Rohlinge gewesen, doch ein paar zärtlich und manche von Haß verzehrt. Einer war Wegelagerer gewesen, der, nachdem er ihnen das Gesicht zerschnitten, seine Opfer in den Hafen geworfen hatte. Ein Höllenhund gehörte auch dazu: Rynner hieß er. Er hatte seine Spielchen, von denen sein Kommandant nichts wußte, mit Freudenmädchen getrieben. Haß strömten sie aus, unbezwingbaren Haß. Es gab gewisse Seelen, die auf diese Kerle am ehesten reagierten. Ein Junge kam mit Tränen auf den Wangen; einer von Moruths Bettlern; einer von Kadakithis Hof mit süßer Zunge, honigfarbenem Haar und einem Herzen, wie es schwärzer nicht sein konnte. Hoch kamen sie, immer mehr, und schwebten, einer furchterregenden Wolke gleich, in der Nähe.

Durch Stilchos Lippen flüsterte sie Worte, die Stilcho nicht hätte verstehen können – eine Sprache, die nur wenige Sterbliche kannten. »Bis zum Morgengrauen – zum Morgengrauen – zum Morgengrauen ...«

Der Traum breitete sich aus, entglitt in einem Augenblick der Panik ihrer Kontrolle. Sie versuchte, ihre Gestalten zurückzurufen, doch das wäre gefährlich gewesen.

Bis zum Morgengrauen hatte sie gesagt.

So viele drängten sich an das Tor, so unendlich viele. *Freistatt,* flüsterten sie einander zu. *Freistatt ist offen.* Manche gingen aus Sehnsucht nach Hause, nach Weib, Mann, Kindern; andere aus Zorn, viele, viele aus Zorn – die Stadt rief in jenen, die ihr in die Falle gegangen waren, Haß hervor.

Eine wohlhabende Witwe drehte sich im Bett ihres Sklaven um, den sie sich hielt, und starrte in die anklagenden Augen ihres dahingeschiedenen Mannes: Ein Schrei gellte durch die marmornen Hallen hoch oben auf der Anhöhe.

Lähmende Kälte weckte einen Richter. Er riß die Augen auf und sah all die Geister, die guten Grund hatten, sich an ihn zu erinnern. Er schrie nicht; er schloß sich ihnen an, denn sein Herz versagte im selben Moment.

Im Labyrinth wurden die Stimmen von Kindern laut, die verzweifelt durch die Straßen rannten – *O Mama! Papa! Hier bin ich!* Ein Kind wanderte allein zwischen vornehmen

Kaufmannshäusern hindurch und klopfte an eine Tür. *Ich bin daheim – o Mama, laß mich ein!*

Ein Dieb wälzte sich in seinem Bett herum. Er rieb sich die Augen, blinzelte, rieb sie erneut. »Klauer!« rief er. Er wußte, daß er träumte und doch spürte er die Grabeskälte, die von dem alten Mann ausging. »Klauer?« Der Alte verwünschte ihn, wie er es immer getan hatte, und Hanse Nachtschatten setzte sich in seinem Bett auf und starrte wie versteinert auf seinen alten Lehrer, der auf seinem Fuß saß.

Auf den Straßen wurde es laut von den vielen Toten. Einer hämmerte kraftlos an eine Tür. *Wo ist mein Geld?* wimmerte er. *Eindaumen, wo ist mein Geld?*

In den Nischen und an den Tischen im Wilden Einhorn erhob sich ein Flüstern, und die letzten Gäste flohen aus der Gaststube.

Bruder, sagte ein Geist zu dem fetten Mann in einem Bett in der Oberstadt, dann wandte er sich an die Frau neben ihn – *ist er es wert, Thea?*

Schreie gellten, ihre Echos über den Straßen trug der Wind mit sich.

Eine Beysiberin spürte, wie die Schlange, ihre Bettgenossin, sich rührte. Sie öffnete die dunklen seltsamen Augen und blickte staunend auf die bleiche Gestalt im Nachthemd, die mitten im Gemach stand. *Eindringling,* sagte sie. *Raus aus meinem Bett! Raus aus meinem Haus! Du hast hier nichts verloren!*

So etwas hatte noch nie jemand zu ihr gesagt. Sie blinzelte verwirrt und hörte die schrillen Schreie. Wurde etwa die Stadt gebrandschatzt?

Auf der anderen Flußseite hastete Moruth durch die Nacht, auf der Suche nach einem sichereren Ort in dieser Stunde des Wahnsinns, auf diesen Straßen, wo die Hölle ausgebrochen war.

Da wurde ihm der Weg versperrt. Vier Falkenmasken kamen auf ihn zu. Er wirbelte herum. Vom anderen Straßenende näherten sich ihm Stiefsöhne mit Schwertern.

In der Wachstube riß ein Höllenhund schlaftrunken die von zu vielem Wein geröteten Augen auf. Da waren Schritte.

Vertraute Schritte, die auf ihre Art unverkennbar waren – die Schritte eines wahrhaft guten Freundes. Doch plötzlich erinnerte er sich bedrückt. Nein, es war unmöglich. Trotzdem stand er auf, und der Stuhl kippte krachend um.

Raskuli stand da, unversehrt, mit dem Kopf fest auf den Schultern. *Ich kann nicht lange bleiben,* sagte er.

Höher oben im Palast schrie Kadakithis auf und brüllte nach den Wachen, denn Fremde waren in sein Schlafgemach eingedrungen: eine Horde Geister, einige mit dem Henkerseil um den Hals, andere Soldaten in staubiger, vielfach beschädigter Rüstung. Und sein Großvater, der gar nicht nach Freistatt gehörte, er trug eine Schattenkrone.

Schäm dich! sagte er.

In der Kaserne unten an der Mauer setzte Walegrin sich auf seiner Pritsche auf – unheildrohend und ganz deutlich hörte er das Klimpern von Armreifen. Er zog sein Messer unter dem Kopfkissen hervor, doch da verstummte dieses allzu bekannte Klingeln, und nun vernahm er Schreie außerhalb der Mauer. Mit dem Messer in der Hand sprang er hoch und riß das Fenster auf.

Jubal, den ehemaligen Sklavenhändler, weckte das Murmeln der See – und doch keiner See. Um sein Bett stand eine Schar Sklaven, viele verstümmelt, mit gräßlichen Narben oder offenen Wunden. Er spuckte sie an und spürte die Eiseskälte, die von ihnen ausging.

Es ist deine Schuld, sagte Kurd. Vor diesem Geist flohen die anderen und ließen nur den bleichen alten Mann zurück, den Besucher mit den hohlen Augen. *Wir sollten uns zusammensetzen und darüber reden.*

Herr? sagte ein fahler, verirrter Geist zu einem Betrunkenen, der aus dem Einhorn torkelte. *Sir? In welcher Straße bin ich hier? Ich muß heim, sonst bringt meine Frau mich um, ganz sicher.*

In der Tempelallee schrillte eine Priesterin, als sie aufwachte und an ihrer Brust einen winzigen nassen Geist fand, von dem triefender Tang hing; ein Baby war es mit dunklen anklagenden Augen.

Auf dem Kasernenhof der Stiefsöhne klapperten Hufe, Rüstungen rasselten, und Kälte breitete sich aus.

Im Hauptquartier in der Stadt erteilte Dolon Befehle und schickte die Trupps dahin und dorthin. Ein Schauder durchzog ihn, als er sich, nach ihrem Verlassen, plötzlich bewußt wurde, daß andere Männer gekommen waren, mit verkohlter Haut und verbranntem Fleisch, das von ihren Knochen hing.

Wir haben verloren, sagte Erato.

Tor! Eine andere Erscheinung tauchte auf. Ihre Rüstung glänzte. Von Gold- und Bronzeton war dieser Held. Aus der Wand trat er, und die anderen flohen. Die Luft roch plötzlich nach Staub und Hitze. *O du Tor! Was hast du getan!*

Dolon wich zurück. Er erkannte eine Sagengestalt, als er sie ansah.

Die Erscheinung schwand und ließ eisige Kälte zurück.

Ischade rührte sich. Sie spürte den Schmerz in Armen und Beinen, als das Blut wieder zirkulierte. Ein schweres Gewicht sank auf sie – Stilcho, der zusammensackte. Ohne zu überlegen, tat sie noch ein letztes, während sie den Stiefsohn in den Armen hielt. »Komm zurück!« befahl sie, denn der Morgen graute.

»Nein«, wimmerte der Halbgeist, doch sie zwang ihn. Der Körper erwärmte sich wieder. Stilcho stöhnte vor Schmerzen.

»Helft mir«, bat sie und blickte zu den anderen, die in der Ecke kauerten.

Es war Haught, der kam. Selbst Mor-am hatte zuviel Angst. Doch Haught berührte sie, mit den Händen und auf andere Weise, wie flackerndes Feuer. Er hob Stilcho hoch. Nun halfen auch Mor-am und Vis und als letzte Moria.

Ischade erhob sich ohne Hilfe. Sie trat ans Fenster und öffnete die Läden mit der Hand, aus Rücksicht auf ihre Gäste. Es gab manches, das sie im Dunkel der Nacht ertragen mochten, doch am Tag – nein, es erschien ihr herzlos; sie fühlte sich reingewaschen an diesem Morgen. Ein Vogel saß auf der unbeschädigten Hecke, eine Aaskrähe. Flügelflatternd hüpfte sie außer Sicht.

Mradhon Vis schritt in der morgendlichen Stille frei durch die Straße. Tief atmete er die Luft ein, die trotz ihres Gestanks gesünder war als die im Haus am Fluß.

Haught, Moria, Mor-am, alle hatten sie Angst. Der Stiefsohn schlief unversehrt in Ischades Seidenbett, während die Hexe Ils wer weiß wo war.

»Kommt mit«, hatte er Haught, ja sogar Moria fast angefleht, Mor-am nicht. Selbst den Stiefsohn hätte er herausgeschafft, wenn er es gekonnt hätte. Doch vielleicht wäre er bereits eine Leiche, ehe er noch die Straße erreichte.

»Nein«, hatte Moria gesagt und sich sichtlich geschämt. Haught hatte geschwiegen, doch mit Qual in den Augen; es hatte ihn also schlimm erwischt. »Berühre sie nicht!« hatte Mradhon ihn da gewarnt und ihn an den Schultern geschüttelt. Doch Haught hatte sich mit gesenktem Kopf abgewandt und mit der Hand über eine erloschene Kerze gestrichen. Ein bißchen Rauch war von ganz allein aufgestiegen. So wußte Mradhon, welche Macht Ischade über Haught hatte. Er ging und trat durch die Tür, ohne daß jemand ihn aufgehalten hätte.

Sie würde ihn finden, wenn sie es wollte. Daran zweifelte er nicht. Es gab viele, die daran interessiert sein mochten, ihn zu finden – aber er ging am hellichten Tag die Straße entlang, vorbei an der Brücke, zur Stadt. Der Verkehr setzte heute spät ein. Einige Fußgänger waren bereits unterwegs. Sie wirkten verstört, als hätten sie Geister gesehen.

»Vis!« rief jemand. Er hörte schnelle Schritte hinter sich. Sein Herz setzte einen Schlag aus, als er sich umdrehte und einen Soldaten der Garnison sah. »Ihr seid doch Vis?«

Mradhon dachte an sein Schwert, aber bei Tag auf offener Straße wäre das selbst in Freistatt Wahnsinn. Er täuschte Ungeduld vor, ging etwas langsamer und nickte.

»Ich soll Euch nur ausrichten, daß der Hauptmann gern mit Euch sprechen würde«, sagte der Soldat. »Wenn es Euch recht ist.«

Jubal

Wissen ist Macht

Robert Lynn Asprin

Eine große Amsel landete auf dem Vordach des kleinen Juwelierladens. Mit scharfem Blick beobachtete sie die drei Männer, die sich dem Laden näherten, als wüßte sie von den Geschehnissen, die sich hier abspielen sollten.

»Hier ist es, Bantu, wie ich dir gesagt habe. Ich bin sicher, daß es letzte Woche noch nicht da war.«

Der Anführer der Gruppe nickte kurz, seine Augen ruhten auf dem kleinen Symbol, das in einen der Pfosten geritzt war, die das Vordach trugen. Es war ein einfaches Zeichen: eine horizontale Linie, die sich an ihrer linken Seite nach unten bog, mit einem kleinen Kreis an ihrem unteren rechten Ende. Es ähnelte keiner Rune und keinem bekannten Zeichen irgendeines Alphabets, aber für die, welche es kannten, sprach es Bände.

»Es war letzte Woche nicht da«, sagte Bantu entschieden. »Und es wird auch nächste Woche nicht mehr da sein. Kommt!«

Die drei waren so beschäftigt mit sich selbst, daß sie den Tagedieb auf der anderen Straßenseite gar nicht bemerkten. Dieser musterte sie mit der gleichen Aufmerksamkeit, die sie dem Symbol gewidmet hatten. Als sie im Geschäft verschwanden, schloß er die Augen, um sich jedes Detail seiner Beobachtungen einzuprägen.

Drei junge Männer – wohlhabend, nach dem Schnitt ihrer neuen Gewänder zu schließen – nur Schwerter und Dolche – keine Rüstungen –, ihnen fehlte die natürliche Wachsamkeit von Kriegern.

Zufrieden damit, alle Einzelheiten genau in seinem Gedächtnis aufgenommen zu haben, öffnete der Beobachter die Augen, wandte sich ab und ging rasch die Straße hinunter. Er erkannte plötzlich, daß er sich keine Zeit mehr lassen durfte für die Erfüllung seiner Pflichten.

Im Laden hielt sich ein Paar mittleren Alters auf, aber die jungen Männer kümmerten sich ebensowenig um sie, wie um die ausgestellte Ware. Sie gingen direkt auf den Juwelenhändler zu.

»Kann – darf ich den Herren etwas zeigen?« erkundigte der Mann sich zögernd.

»Wir wollen etwas über das Zeichen erfahren, das in den Pfosten draußen geritzt ist«, erklärte Bantu barsch.

»Zeichen?« Der Händler runzelte die Stirn. »An den Pfosten ist kein Zeichen. Vielleicht haben die Kinder ...«

»Erspare uns deine Heuchelei, du alter Narr«, schnitt ihm der junge Mann das Wort ab. »Als nächstes behauptest du, daß du Jubals Zeichen nicht kennst.«

Bei der Erwähnung des Exverbrecherkönigs wurde der Händler blaß, er warf einen flüchtigen Blick auf seine Kunden. Das Paar hatte sich ein wenig zurückgezogen und schien nicht zu bemerken, daß etwas nicht in Ordnung war.

»Sag uns, was das Zeichen bedeutet«, forderte Bantu. »Bist du einer seiner Mörder oder nur ein Spion? Ist die Ware, die du anbietest, gestohlen oder nur geschmuggelt? Wieviel Blut wurde für diese Waren vergossen?«

Die beiden Kunden tauschten nur ein paar gemurmelte Worte aus und zogen sich langsam in Richtung Türe zurück.

»Bitte«, flehte der Kaufmann. »Ich ...«

»Die Macht dieses schwarzen Bastards wurde schon einmal gebrochen«, wütete Bantu. »Denkst du, daß ehrbare Bürger ruhig zusehen werden, wie er erneut seine Fäden zieht? Dieses Zeichen ...«

Die Tür zum Geschäft flog krachend auf und schnitt den beiden Kunden den Fluchtweg ab. Ein halbes Dutzend Gestalten, kampfbereit mit gezogenen Schwertern, drängte in den kleinen Raum.

Ehe Bantu sich umgedreht hatte, waren seine Begleiter von den Neuankömmlingen an die Wand gedrückt worden, wo diese sie mit blanken Klingen an ihren Kehlen festhielten. Der junge Mann wollte nach seiner eigenen Waffe greifen, besann sich aber eines Besseren und ließ die Hand sinken, weg vom Schwertgriff.

Diesen Männern war die kalte, überlegene Sicherheit jener eigen, die ihr Leben mit dem Schwert in der Hand bestreiten. Ihre Bewegungen waren fast militärisch exakt, kein Söldner jedoch arbeitete so still und wirkungsvoll. So sicher er sich ja gefühlt hatte, als er den Juwelenhändler einschüchterte, so genau wußte Bantu jetzt, daß er keine Chance hatte. Er machte sich keine Illusionen darüber, was geschähe, wenn er oder seine Begleiter Widerstand leisteten.

Ein kleinwüchsiger, dunkelhäutiger Mann kam mehr gleitend als gehend näher. Er lehnte sich lässig auf den Tresen vor dem Kaufmann, behielt aber Bantu im Auge. »Belästigen dich diese Knaben, Bürger?«

»Nein, diese – Männer fragen nur nach dem Zeichen draußen am Pfosten. Sie – waren der Meinung, es wäre Jubals Zeichen.«

»Jubal?« wiederholte der dunkle Mann und hob die Brauen, seine Miene verhöhnte die Überraschung in seiner Stimme. »Weißt du es noch nicht, Bürschchen? Der schwarze Teufel von Freistatt ist jetzt tot, zumindest sagt man das. Das ist auch ein Glück für dich.«

Ein Messer blitzte plötzlich in der Hand des Mannes auf, als er sich Bantu näherte, ein Blitzen, das sich in den zu Schlitzen verengten Augen widerspiegelte.

»... denn, *wenn* er lebte, *wenn* dieses Geschäft unter seinem Schutz stünde und *wenn* seine Männer dich erwischten, wie du zwischen ihn und seine zahlende Kundschaft kämst, dann würde er an dir und deinen Freunden ein Exempel statuieren müssen!«

Der Mann war nun sehr nahe gekommen, und Bantu fühlte, wie sich seine Kehle zusammenschnürte, als das Messer die Luft zwischen ihnen durchschnitt, um den Worten des Sprechers noch mehr Nachdruck zu verleihen.

»Vielleicht würden deine Ohren abgeschnitten, dann könntest du keine lästigen Gerüchte mehr hören – oder die Zunge, dann könntest du sie nicht mehr weitererzählen ...

Am besten jedoch die Nase – ja, wer keine Nase mehr hat, kann sie auch nicht in anderer Leute Angelegenheiten stekken.«

Bantu begann sich sehr schwach und unbehaglich zu fühlen. So etwas konnte doch nicht geschehen. Solche Dinge mochten im Labyrinth vorkommen, aber nicht hier! Nicht mit ihm! Nicht am hellichten Tag im Ostviertel!

»Bitte, Sir«, unterbrach der Kaufmann. »Wenn in meinem Geschäft etwas geschieht ...«

»Natürlich«, fuhr der dunkle Mann fort, als hätte er nichts gehört. »Das sind alles Vermutungen. Jubal ist tot. Also braucht nichts getan werden – oder *gesagt*. Richtig?«

Er wandte sich abrupt um, und mit einer Bewegung seines Kopfes bedeutete er seinen Männern, zur Tür zu gehen.

»Ja, Jubal ist tot«, wiederholte er. »Und seine Falkenmasken. Also braucht sich niemand mit dummen Symbolen befassen, die an Geschäftseingängen eingeritzt sind. Ich hoffe, daß wir eure Geschäfte nicht unterbrochen haben, Bürger, denn sicher seid ihr alle hier, um von der ausgezeichneten Ware dieses Geschäftsmannes zu kaufen – und jeder von euch *wird* etwas kaufen, ehe er geht.«

Jubal, der ziemlich lebendige Exverbrecherkönig von Freistatt, stapfte in dem kleinen Raum auf und ab wie ein eingesperrtes Tier. Die Zeit, in der seine schrecklichen Wunden heilten, die er davongetragen hatte, als sein Landhaus überfallen wurde, hatte ihn körperlich altern lassen. Geistig jedoch war er noch äußerst rege. Eben diese geistige Beweglichkeit ließ ihn gegen die Einschränkung seiner körperlichen Bewegungsfreiheit rebellieren. Das war jedoch nur ein geringer Preis für die Wiedererrichtung seiner verlorenen Macht.

»Ist das Bündnis nun geschlossen?« fragte er. »Wir werden die Stiefsöhne warnen und schützen, wann immer es möglich ist, dafür stellen sie die Jagd auf die noch übrigen Falkenmasken ein.«

»Wie Ihr befohlen habt«, bestätigte sein Gehilfe.

Jubal war der Tonfall in dessen Stimme aufgefallen, und er blieb einen Augenblick stehen.

»Du schätzt diesen Vertrag nicht, Saliman. Habe ich recht?«

»Tempus und seine Hurensöhne haben unsere Besitztümer überfallen, Euch fast umgebracht, unsere Macht zerschlagen, und seitdem verbringen sie ihre Zeit damit, unsere alten Kameraden umzubringen. Warum sollte ich mehr dagegen haben, mich mit ihnen einzulassen, als mit einem wahnsinnigen Hund ins Bett zu gehen, der mich nicht nur einmal, sondern mehrmals gebissen hat.«

»Aber du hast selbst geraten, nicht an ihm Rache zu nehmen!«

»Einer Konfrontation aus dem Weg zu gehen ist eine Sache, einem Feind Hilfe zuzusagen ist etwas anderes. Die Allianz war Eure Idee, Jubal, nicht meine.«

Jubal lächelte, und einen Moment lang sah Saliman den alten Verbrecherkönig vor sich, der vormals Freistatt nahezu allein beherrscht hatte.

»Alter Freund, die Allianz ist zur Zeit das Beste«, murmelte der Exgladiator. »Vielleicht wird es irgendwann eine Abrechnung geben. In der Zwischenzeit werden wir unseren Feind studieren, und wo ginge das besser, als in seinem eigenen Lager?«

»Tempus ist nicht dumm«, entgegnete sein Gehilfe. »Meint Ihr, er vertraut Euch so sehr, daß er unvorsichtig wird?«

»Natürlich nicht«, erwiderte Jubal. »Aber Tempus ist in den Norden gezogen, um am Hexerwall zu kämpfen. Und vor denen, die er zurückgelassen hat, habe ich weniger Respekt. Ich kann es mir jedoch zur Zeit nicht leisten, daß sie die alten Falkenmasken ausfindig machen.«

»Die Reorganisation geht gut voran. Wir stoßen kaum auf Widerstand, und ...«

»Ich spreche nicht von Reorganisation, das weißt du!« unterbrach ihn Jubal aufgebracht. »Es sind diese Beysib, die mir Sorgen machen.«

»Niemand sonst in der Stadt ist über sie beunruhigt.«

»Das sind allesamt Narren! Nicht einer von ihnen denkt über seinen unmittelbaren Profit hinaus. Kaufleute verstehen nichts von Macht. Ich kenne dieses Fischvolk besser als die meisten, weil ich mich selbst kenne. Sie sind nicht nach Freistatt gekommen, um der Stadt zu helfen. Oh, sie werden natürlich großspurig behaupten, daß die Bürger durch ihr Hiersein nur Vorteile hätten, aber eines Tages werden sich die Wege trennen. Es kommt der Tag, wo sie sich entscheiden müssen, was gut für sie ist und was ihren neuen Nachbarn nützt; und ich habe keine Zweifel darüber, wie sie sich entscheiden werden. Laß sie stark genug werden, dann ist Freistatt verloren, wenn ihre Wahl gegen die Stadt fällt.«

»Sie sind auch jetzt nicht gerade schwach«, meinte Saliman und kaute gedankenverloren an seinem Schnurrbart.

»Das ist richtig«, knurrte Jubal, »und deshalb gehen sie mich etwas an. Was wir tun müssen – was die Stadt tun muß, ist, Kraft zu schöpfen durch unser Zusammenleben mit den Fischleuten und gleichzeitig ihr Wachstum zu hemmen und sie zu schwächen, wo wir nur können. Glücklicherweise ist Freistatt für diese Rolle sehr geeignet.«

»In der Stadt sind viele, die Eure Ziele für eigennützig halten und nicht glauben, daß Ihr nur an den Schutz der Stadt denkt«, bemerkte Saliman vorsichtig. »Die Beysib *sind* Euch ein Hindernis auf dem Weg, Eure Macht erneut aufzubauen.«

»Natürlich«, der Falkenmeister lächelte. »Wie die Eindringlinge bin auch ich auf meinen eigenen Profit bedacht – das ist jeder, nur die wenigsten geben es zu. Der Unterschied ist, daß ich Freistatt für meine Zwecke brauche, wie es bisher war. Die Beysib haben andere Absichten.«

»Der Erfolg wird sich natürlich nicht von alleine einstellen«, erinnerte ihn sein Gehilfe.

»Ja, ja, ich weiß. Geschäfte. Vergib mir meine Abschweifungen Saliman, du weißt, Details sind mir lästig, jetzt, da ich alt geworden bin.«

»Sie waren Euch schon immer lästig«, lautete die trokkene Antwort.

» ... deshalb bist du für mich so wertvoll. Genug gestichelt. Welche dringenden Angelegenheiten liegen an, mit denen wir uns befassen *müssen?*«

»Erinnert Ihr Euch an das Geschäft, das Euer Zeichen trug, ohne für Eure Dienste zu zahlen?«

»Der Juwelier? Ja, ich erinnere mich. Ich glaube nicht, daß Synab die Nerven dazu hätte.«

Trotz seines Murrens und seiner Proteste, wenn es um Details ging, hatte Jubal ein unfehlbares Gedächtnis für Geld und Leute.

»Nun?« fuhr der Sklavenhändler fort. »Was ist damit? Sind die Untersuchungen abgeschlossen oder steht der Laden noch?«

»Beides«, Saliman lächelte. »Synab beteuerte seine Unschuld. Er behauptete, er *hätte* für unseren Schutz bezahlt.«

»Und du hast ihm geglaubt? Es sieht dir gar nicht ähnlich, daß du dich so leicht bluffen läßt.«

»Ich glaubte ihm, weil wir den Kerl ausfindig gemacht haben, der in deinem Namen kassiert hat.«

»Ein Wilderer?« Jubal blickte finster. »Wir haben doch schon genug Probleme. Alles was uns noch fehlt, ist, daß jeder kleine Ganove in Freistatt sich unseren Namen für seine Erpressereien ausleiht. Ich möchte, daß der Kerl gefangen und so schnell wie möglich hierhergebracht wird.«

»Er wartet draußen«, sagte sein Gehilfe lächelnd. »Ich dachte mir, daß Ihr ihn gerne sehen wolltet.«

»Sehr gut, Saliman. Du wirst von Tag zu Tag tüchtiger. Laß mir Zeit, daß ich in diese elende Maske schlüpfen kann, dann bring ihn rein.«

Jubal trug stets eine der blauen Falkenmasken der Geächteten und einen Umhang mit Kapuze, wenn er mit Untergebenen und Fremden sprach. Es wäre nicht gut, wenn sich herumspräche, daß er alt geworden war. Außerdem machte er sich den Schrecken zunutze, den ein Führer verbreitete, dessen Gesicht stets verborgen blieb. Um letzteren Effekt noch zu verstärken, löschte der Exverbrecherkönig alle Kerzen bis auf eine und legte sein Schwert vor sich auf den Tisch, ehe er das Zeichen gab, dem Gefangenen die Binde von den Augen zu nehmen.

Ihr Gefangener war ein ungewaschener Bengel von weniger als fünfzehn Jahren. Von seiner Sorte gab es in Freistatt so viele wie Ratten. Sie waren eine Plage für die Kaufleute, deren Kunden sie mit arroganten Blicken und gewagten Überfällen belästigten. Dieser hier machte jedoch keinen herausfordernden Eindruck. Eingeschüchtert stand er da und blinzelte mit den Augen, zitternd wie eine angepflockte Ziege, die dem Blick eines Raubtiers zu entgehen versucht.

»Weißt du, wer ich bin, Junge?«

»J – Jubal, Herr.«

»Lauter! Du hattest keine Schwierigkeiten mit dem Namen, als du dich bei Synab als einer meiner Abgesandten ausgabst.«

»Ich – man sagte, Ihr wärt tot, Herr. Ich hielt die Symbole für neue Erpresserzeichen und dachte, es wäre nichts dabei, wenn ich selbst davon Gebrauch machte.«

»Es ist gefährlich, meinen Namen zu benutzen, selbst wenn ich tot *wäre*. Hattest du keine Angst vor den Wachen? Oder den Stiefsöhnen? Du weißt sicher, daß sie die Falkenmasken jagen.«

»Die Stiefsöhne«, höhnte der Junge. »Die jagen mir keine Angst ein. Gestern erwischte mich einer, als ich ihm seinen Geldbeutel aus der Tasche ziehen wollte. Ich schlug ihn nieder und war auf und davon, ehe er wieder auf die Beine kam und sein Schwert ziehen konnte.«

»Jeder kann einmal überrascht werden. Denk daran. Diese Männer sind erfahrene Veteranen, die ihren Ruf ebenso verdienen wie ihren Sold.«

»Mir jagen sie keine Angst ein«, erwiderte der Junge herausfordernd.

»Fürchtest du mich?«

»J – ja, Herr«, war die Antwort, als sich der Junge seiner schlimmen Lage wieder bewußt wurde.

»... aber offensichtlich nicht genug, dich davon abzuhalten, meinen Namen zu mißbrauchen«, fuhr Jubal für ihn fort. »Wieviel hast du von Synab überhaupt bekommen?«

»Ich weiß nicht, Herr.«

Der Exverbrecherkönig hob spottend die Augenbrauen.

»Wirklich!« verteidigte sich der Junge. »Anstelle einer festen Summe verlangte ich einen Teil seiner wöchentlichen Einnahmen. Ich sagte ihm, wir – Ihr würdet das Geschäft überwachen und wüßtet Bescheid, wenn er versuchte, uns zu betrügen.«

»Interessant«, murmelte Jubal. »Wie bist du auf diese Idee gekommen?«

»Nun, als ich merkte, daß er genug Angst hatte und zahlen würde, stellte ich fest, daß ich keine Ahnung hatte, wieviel ich verlangen sollte. Hätte ich zu wenig verlangt, wäre er mißtrauisch geworden, eine zu hohe Summe hätte entweder sein Geschäft ruiniert, oder er hätte sich schlicht geweigert zu zahlen – und dann wäre ich gezwungen gewesen, meine Drohungen wahrzumachen.«

»Welchen Anteil hast du verlangt?«

»Den fünften Teil. Aber ich habe die Höhe der Zahlungen von seinem Umsatz abhängig gemacht. Der Betrag würde sich also erhöhen, wenn die Geschäfte gutgingen, und sinken in schlechten Zeiten.«

Der Falkenmeister grübelte eine Weile darüber nach.

»Wie heißt du, Junge?«

»Cidin, Herr.«

»Nun, Cidin, wenn du an meiner Stelle wärst, und jemanden gefangennähmst, der ohne Erlaubnis deinen Namen benützte, was würdest du mit ihm machen?«

»Ich – ich würde ihn töten, Herr«, gab der Junge zu. »Als Abschreckung für andere, es ihm nicht gleich zu tun.«

»Richtig«, Jubal nickte und stand auf. »Ich bin froh, daß du verstehst, was geschehen müßte.«

Cidin machte sich bereit, als der Exverbrecherkönig nach seinem Schwert auf dem Tisch griff, dann blinzelte er erstaunt, als die Waffe wieder in der Scheide verschwand, anstatt zum tödlichen Hieb geführt zu werden.

»Glücklicherweise können wir beide uns das ersparen.

Du hast meine Erlaubnis, in meinem Namen als mein Beauftragter zu handeln. Natürlich wirst du zwei Drittel deiner Einnahmen für die Benutzung des Namens an mich bezahlen. Einverstanden?«

»Ja, Herr.«

»Vielleicht wirbst du auch einige deiner Freunde, dir zu helfen – solche, die mit dem Verstand ebenso schnell sind wie mit den Füßen.«

»Ich will es versuchen, Herr.«

»Nun wartest du einen Augenblick hier, bis ich meinen Berater geholt habe, dann erzählst du auch ihm, was du mir über Anteile anstelle von festen Beträgen gesagt hast. Das scheint mir eine brauchbare Idee zu sein.«

Er begab sich zur Tür, hielt aber noch einmal kurz inne und betrachtete nachdenklich den Jungen.

»Du siehst nicht einmal wie eine Falkenmaske aus ... Aber vielleicht brauchen wir das für unsere Reorganisation. Die Tage der stolzen Schwertkämpfer in Freistatt sind gezählt, scheint mir.«

»Habt Ihr über Mor-am und Moria schon eine Entscheidung getroffen?«

Jubal schüttelte den Kopf. »Da ist keine Eile«, sagte er. »Mor-am entkommt uns nicht. Ich habe nicht die Absicht, ihn aus dem Weg zu schaffen, ehe ich entschieden habe, was mit Moria geschehen soll. Sie standen sich einst sehr nahe, und ich bin nicht sicher, ob sie ihre Gefühle für ihren Bruder völlig unterdrückt hat.«

»Sie hat Gefallen am Wein gefunden. Wenn wir zu lange warten, wird nicht mehr viel von ihr übrig sein, was wir rekrutieren können.«

»Das ist um so mehr ein Grund, zu warten. Entweder ist sie stark genug, auf ihren eigenen Beinen zu stehen, ohne Bruder und ohne Wein, oder sie ist es nicht. Für Leute, die einen Aufpasser brauchen, ist bei uns kein Platz.«

»Sie waren gute Leute«, sagte Saliman ruhig.

»Ja, das *waren sie*. Aber wir können uns in diesen Zeiten

keine Großzügigkeiten leisten. Was ist mit den anderen? Besteht Gefahr, daß unsere Leute in Walegrins Truppe entdeckt werden?«

»Nicht, daß ich wüßte. Sie haben gegenüber dem Rest von uns natürlich einen Vorteil.«

»Was soll das heißen?«

»Nur, daß sie von dem Befehl, den Stiefsöhnen zu helfen, wann immer diese Schwierigkeiten haben, ausgenommen sind. Ich habe Euch bereits gesagt, daß es unsinnig ist, diesen Söldnern bei jeder Prügelei zur Hilfe zu kommen. Keiner in der Stadt kann sie leiden, außer den Huren. Man wird mißtrauisch werden, wenn unsere Leute bei Streitigkeiten auf ihrer Seite stehen.«

»Halten sie ihr Versprechen, die alten Falkenmasken nicht mehr zu jagen?«

»Ja«, gab Saliman widerwillig zu. »Sie gehen wohl immer noch ihren Aufgaben nach, aber sie sind seit der Allianz merklich erfolgloser geworden.«

»Dann werden auch wir unseren Teil des Handels einhalten. Wenn unsere Truppen unerwünschte Aufmerksamkeit auf sich ziehen, weise sie an, ihre Hilfe etwas umsichtiger zu leisten. Man kann auch eingreifen, ohne gleich an einer Prügelei teilzunehmen.«

»Das haben wir schon versucht, aber die Stiefsöhne erwiesen sich im Kampf als untauglich. Eure Anweisungen lauteten, wir sollten alles in unserer Macht Stehende tun, um die Stiefsöhne am Leben zu erhalten.«

»Dann macht weiter so!« Jubal hatte die Streiterei plötzlich satt. »Saliman, ich fürchte, deine Abneigung dieser Allianz gegenüber hat deine Berichte beeinflußt. Diese ›unfähigen‹ Stiefsöhne haben unsere gesamte Streitmacht aus unserem Landhaus getrieben. Und es fällt mir schwer, zu glauben, daß sie plötzlich nicht mehr in der Lage sind, ein einfaches Straßenscharmützel zu überleben.«

Die kleine Schlange hob den Kopf und betrachtete ihre Bezwinger. Dann zog sie sich mit dem Gleichmut der Reptilien in die Enge des Gefäßes zurück.

»Das ist also eine der gefürchteten Beynit«, sann Jubal. Sein Kinn ruhte auf seiner Hand, und er betrachtete das Tier. »Die Geheimwaffe der Beysib.«

»Ganz und gar nicht geheim«, beeilte sich sein Gehilfe anzufügen. »Ich habe Euch von den Leichen berichtet, an denen man Schlangenbisse entdeckt hatte. Die Fischleute sind nicht immer sehr diskret, wenn sie ihre Geheimwaffe anwenden.«

»Laß uns doch nicht auf unsere eigenen Tricks hereinfallen, Saliman. Auch wir haben stets gern ein paar Leichen mehr liegengelassen, um Verwirrung zu stiften. Man kann auch nicht mit Sicherheit sagen, daß jeder Tote mit Schlangenbissen auf das Konto der Beysib geht. Bist du sicher, daß diese Schlange nicht vermißt wird?«

»Es hat einer ihrer Frauen das Leben gekostet, aber das ist nicht wichtig. Ihr Leben ist nicht das einzige, das sie in letzter Zeit zu beklagen haben. Sie sind wohl sehr starrköpfig, denn sie passen sich dem Nachtleben in Freistatt nicht an. Wo immer sie auch herkommen, sie sind es gewöhnt, nachts allein durch die Straßen zu gehen.«

»Ihre Sorglosigkeit spielt uns vielleicht den Vorfall in die Hände, den wir brauchen«, sagte Jubal und klopfte an das Gefäß, damit die Schlange nochmals ihren Kopf hebe. »Wenn wir hinter das Geheimnis des Giftes kommen, sind wir einen guten Schritt voraus, falls es jemals zu einer Auseinandersetzung mit den Fischleuten kommen sollte.«

Er richtete sich auf und schob das Gefäß über den Tisch zu seinem Berater.

»Gib das jemandem, der sich auf Toxine versteht, und vergiß nicht, genug Geld für Testsklaven beizufügen. Es ist schon ein Pech, daß sich Tempus an Kurd gerächt hat. Die Dienste des Vivisektionisten wären uns sehr nützlich.«

»Tempus hat ein besonderes Geschick, uns das Leben schwerzumachen«, stimmte Saliman trocken zu.

»Gut, daß du davon sprichst. Wie kommt ihr jetzt mit

den Stiefsöhnen zurecht? Du hast in letzter Zeit nichts über sie berichtet, so kann ich wohl annehmen, daß ihr die Situation im Griff habt?«

»Nein. Ihr habt mir jedoch zu verstehen gegeben, daß Ihr keine Beschwerden über die Allianz mehr hören wollt.«

»Keine Beschwerden mehr, ja. Aber das heißt nicht, daß ich *nichts* mehr darüber hören will.«

»Doch, denn alles, was man mir zuträgt, sind Beschwerden über diese Hurensöhne, die nicht einmal fähig sind, sich bei den kleinsten Konflikten selbst zu helfen.«

»Ich habe schon verstanden, Saliman«, seufzte Jubal. »Vielleicht habe ich deinen Berichten wirklich zu ungern zugehört. Kannst du mir jetzt kurz und unvoreingenommen berichten, was geschehen ist?«

Saliman dachte eine Weile nach, und dann begann er. »Die Stiefsöhne, wie wir sie kennenlernten, als sie in die Stadt kamen, waren hartgesottene Krieger, die den Kampf mit der Waffe nicht nur überlebten, sondern meist sogar siegreich zu Ende brachten. Sie wurden von den Leuten in Freistatt gefürchtet, aber auch respektiert. Das hat sich seit unserer Allianz mit ihnen gewaltig geändert. Sie sind streitsüchtig geworden, aber ihre Fähigkeit, sich selbst zu verteidigen, scheinen sie völlig verloren zu haben. Die Hauptaufgabe unserer Leute ist es nun, die Stiefsöhne vor Schwierigkeiten zu bewahren oder sie zu retten, wenn unsere vorbeugenden Maßnahmen vergeblich waren.«

Der Exverbrecherkönig dachte darüber nach. »Wir wissen beide, daß Frontsoldaten, die zu lange in der Stadt sind, streitsüchtig werden, während ihre Gefechtsbereitschaft und Disziplin nachlassen. Trifft das auf die Stiefsöhne zu?«

Saliman schüttelte verneinend den Kopf. »So ein Zerfall würde nicht so rasch und vollständig vor sich gehen. Diese Leute könnten nicht unfähiger sein, wenn sie es darauf anlegten, zu verlieren.«

»Vielleicht ist das die Antwort. Die Stiefsöhne sind bekanntlich furchtlos und befolgen Tempus' Befehle, auch wenn es ihr Leben kostet. Es könnte sein, daß sie sich absichtlich selbst Gefahren ausliefern, um unsere Fähigkeiten, unsere Pflichten innerhalb der Allianz zu erfüllen, auf die Probe zu stellen. Oder aber es steckt mehr hinter Tempus' Führerschaft, als wir wissen. Es hat sich herumgesprochen, daß er von wenigstens einem Gott unterstützt wird. Vielleicht fand er einen Weg, diese Kraft seinen Truppen zu übermitteln – und über diese lange Distanz hinweg ist diese Verbindung etwas dürftig geworden.«

»So oder so verschwenden wir zuviel Zeit, um diese schlechte Allianz aufrechtzuerhalten.«

»Ehe wir etwas Genaues wissen, können wir nicht abschätzen, ob es für uns besser ist, unser Abkommen aufrechtzuerhalten oder zu lösen. Bring mir die Antworten, und ich werde alles neu erwägen. Bis dahin bleibt alles wie gehabt.«

»Wie Ihr wünscht.«

Jubal lächelte, als Hakiem mit verbundenen Augen in den Raum geführt wurde. Für *dieses* Gespräch brauchte er seine Falkenmaske nicht. Es war ihm recht so, denn er wollte seinen Gast ungehindert in Augenschein nehmen. Man hatte ihn bereits vorbereitet, anderenfalls hätte er den alten Geschichtenerzähler wohl nicht wiedererkannt. Er wartete, bis die Augenbinde entfernt war, dann schritt er langsam um den Erzähler und begutachtete ihn, während Hakiem ins Licht blinzelte. Neue Gewänder, Haar und Bart geschnitten und – ja, ein zarter Hauch duftender Essenzen. Hakiem hatte gebadet!

»Ich habe einen Posten«, brach der Geschichtenerzähler die Stille. Es wirkte, als entschuldige er sich für seinen neuerworbenen Reichtum.

»Ich weiß«, sagte Jubal. »Am neuen Hof als Berater der Beysa.«

»Wenn Ihr das schon wußtet, warum ließet Ihr mich dann mit verbundenen Augen hierher schleppen?« brauste Hakiem in einem Anflug seiner alten Gassenmanieren auf.

»Weil ich auch weiß, daß du daran denkst, deinen Job wieder aufzugeben.«

Einige Herzschläge lang war es still im Raum, dann entfuhr dem Geschichtenerzähler ein Seufzer. »So, anstatt zu fragen, warum ich hier bin, werde ich Euch erklären müssen, warum ich meinen Posten aufzugeben gedenke. Ist das richtig?«

»Nun, ich hätte es wohl weniger plump gesagt, aber du bist der Sache auf den Grund gekommen.«

Jubal sank auf einen Stuhl und bedeutete Hakiem, ihm gegenüber Platz zu nehmen. »Hier ist Wein, bediene dich selbst. Wir kennen uns schon zu lange, um uns mit Förmlichkeiten aufzuhalten.«

»Förmlichkeiten«, schnaubte der alte Erzähler, setzte sich und goß seinen Becher voll Wein. »Vielleicht ist es das, was mich stört. Wie Ihr komme ich auch von der Straße und aus der Gosse. All der Pomp und die Schikanen des höfischen Lebens langweilen mich, und mein Leben in Freistatt hat mich gelehrt, Langeweile nicht zu dulden.«

»Geduld kann man mit Geld kaufen, Hakiem«, stellte Jubal fest. »*Das* habe ich in dieser Stadt gelernt. Abgesehen davon weiß ich, daß du gar nicht so ärmlich angefangen hast, wie du gerne den Anschein erweckst. Also, nun zu den wahren Gründen deiner Unzufriedenheit.«

»Was geht Euch das an. Seit wann interessiert Ihr Euch für meine Gedanken oder dafür, wie ich mir meinen Lebensunterhalt verdiene?«

»Mein Geschäft sind Informationen«, gab der Exgladiator zurück. »Vor allem, wenn sie die Machtstruktur dieser Stadt betreffen. Das weißt du. Oft genug hast du mir Gerüchte verkauft. Abgesehen davon ...« Der Ton in Jubals Stimme wurde weicher; Schärfe und Autorität, die eben noch seine Ausführungen beherrschten, verschwanden.

»... vor noch gar nicht so langer Zeit wollte ich meinen Beruf wechseln. Zwei Männer, ein alter Freund und ein mittelloser Geschichtenerzähler, haben sich um meine Laune nicht geschert und mich überzeugt, meine eigenen Motive noch einmal zu überdenken. Ich habe nicht alle meine Schulden im Leben bezahlt, aber vergessen habe ich sie auch nicht. Darf ich dir den Gefallen, den du mir erwiesen hast, zurückzahlen? Jetzt, da du dich wohl ein wenig einsam fühlst, brauchst du jemanden, bei dem du dich aussprechen kannst.«

Hakiem starrte eine Weile in seinen Wein. »Ich liebe diese Stadt«, sagte er schließlich. »Ebenso wie Ihr, auch wenn wir sie jeder anders lieben und aus anderen Motiven. Wenn die Fremden mich nach der Vertrauenswürdigkeit und den Schwächen der Bürger der Stadt fragen, fühle ich, daß ich meine Freunde betrüge. Das Gold ist schon in Ordnung, aber es hinterläßt einen Schmutz an meinen Händen, den alle parfümierten Wasser dieser Welt nicht abwaschen können.«

»Sie verlangen auch nicht mehr als ich, damals, als du für mich arbeitetest«, gab Jubal zu bedenken.

»Das ist nicht dasselbe«, widersprach Hakiem. »Ihr seid ein Teil der Stadt, wie der Basar und das Labyrinth. Jetzt habe ich es mit Fremden zu tun, und ich werde nicht für Gold meine eigenen Leute ausliefern.«

Der Exverbrecherkönig wog das in Gedanken ab, dann schenkte er sich und Hakiem Wein nach.

»Hör zu, Hakiem«, sagte er schließlich. »Und denke gut über das, was ich sage, nach. Dein altes Leben ist nun vorbei. Du weißt, daß du nicht zurückkehren und der unschuldige Geschichtenerzähler sein kannst. Ebensowenig könnte ich wieder ein Sklave sein. Das Leben geht vorwärts und nicht zurück. Ich muß mich mit meinem plötzlichen Altern abfinden, du dich mit deiner neuen Stellung im Leben zurechtfinden. Nein – laß mich ausreden.

Was du den Eindringlingen berichtest, würden sie ohnehin erfahren, ob gerade du es ihnen erzähltest oder nicht. Da ich ebenfalls Informationen sammle, kann ich dir versichern, daß es so ist. Es gibt stets mehrere Wege, etwas zu erfahren. Wärst du jedoch nicht dort, suchten sie sich einen anderen Berater, dann stünden die Dinge anders. Ein anderer nähme sich selbst viel zu wichtig und liebte den Klang seiner Stimme zu sehr, um zu erkennen, was um ihn herum vor sich geht. Und das, Geschichtenerzähler, ist eine Schwäche, die du niemals hattest.

Was an diesem Hof vor sich geht und die Logik, die die Neuankömmlinge anwenden, um ihre Entscheidungen zu treffen, kann für die Zukunft der Stadt von größter Bedeutung sein. Es beunruhigt mich, aber nicht so sehr, als wenn ein anderer als du ihre Aktivitäten überwachte. Informationen, die uns bekannt sind, gegen solche einzutauschen, die wir haben wollen, ist ein fairer Handel, vor allem, wenn das, was wir erhalten, so wertvoll ist.«

»Das kommt Euch alles sehr leicht über die Lippen, Sklaventreiber.« Der Reimeschmied blickte düster. »Vielleicht habe ich Euch schon wieder unterschätzt. Ihr habt mich nicht hierhergebracht, um mich danach zu fragen, warum ich aufhören will, für die Beysib zu arbeiten. Mir scheint, daß Ihr meine Gedanken schon kanntet. Ihr hattet die Absicht, mich als Euren Spion anzuwerben.«

»Ich vermutete deine Beweggründe«, gab Jubal zu. »Aber *Spion* ist ein häßliches Wort. Jedoch, das Leben eines Spions ist gefährlich und erfordert ein hohes Entgelt – sagen wir fünfzig in Gold jede Woche? Und für jede wichtige Information einen Bonus.«

»Um die anderen Mächte in Freitstatt zu betrügen und Eure Macht zu nähren.« Hakiem lachte. »Und wenn die Beysib nach Euch fragen? Sie würden argwöhnisch, gäbe es in meinen Berichten einen wunden Punkt.«

»Beantworte ihre Fragen so wahrheitsgetreu wie über jeden anderen.« Der Exgladiator zuckte mit den Schultern. »Ich bezahle dich für Informationen, und nicht, daß du mich auf eigene Kosten beschützt. Gib alles zu, auch daß du die Möglichkeit hast, mit mir Kontakt aufzunehmen, wenn es nötig sein soll. Sag die Wahrheit, so oft es nur geht. Sie werden dir dann eher glauben, als wenn du einmal lügen müßtest.«

»Ich werde darüber nachdenken«, sagte der Erzähler. »Aber der wahre Grund, daß ich überhaupt über so einen Punkt nachdenke, ist der, daß Ihr und Eure Geister eine der letzten handlungsfähigen Gruppen in Freistatt bildet, nachdem die Stiefsöhne die Stadt verlassen haben.«

Etwas zuckte über Jubals Gesicht und war gleich darauf wieder verschwunden.

»Die Stiefsöhne?« fragte er. »Die letzte Meldung von ihnen lautete, daß sie noch immer die Straßen beherrschen. Warum denkst du, daß sie weg sind?«

»Treibt nicht Euer Spiel mit mir, Falkenmeister«, schimpfte Hakiem und griff nach der Weinflasche, nur um festzustellen, daß sie leer war. »Ihr wißt ja sogar, was in meinem Kopf vor sich geht, also muß Euch auch klar sein, daß diese bewaffneten Clowns, die sich in den Straßen breitmachen, ebensowenig die Stiefsöhne sind, wie ich ein Höllenhund bin. Ja, sie haben dieselbe Größe und dasselbe Haar wie jene, die sie ersetzen, aber sie sind ein magerer Ersatz für die Söldner, die Tempus damals in die nördlichen Kriege gefolgt sind.«

»Natürlich.« Jubal lächelte.

Er zog eine kleine Börse aus seinem Gewand und schob sie über den Tisch.

»Hier, damit kannst du dir einen Zauber kaufen, einen guten, gegen Gift. Die Gewalttätigkeiten bei Hof sind anders als im Labyrinth, aber nicht weniger rauh, und auf die Vorkoster kann man sich nicht immer verlassen.«

»Was ich wirklich brauchte, wäre ein Mittel gegen ihre Schlangen.« Hakiem schnitt eine Grimasse und ließ die Börse mit einer Handbewegung verschwinden. »Ich kann mich nicht daran gewöhnen, so viele Reptilien um mich zu haben.«

»Schau nächste Woche vorbei«, erwiderte Jubal abwesend. »Meine Leute arbeiten an einem Antidot gegen dieses spezielle Gift. Vorausgesetzt natürlich, du behältst deine gegenwärtige Stellung bei Hof, ein Erzähler hat so einen Schutz nämlich nicht nötig.«

»Ihr habt eine der Beynit?« fragte der Erzähler beeindruckt.

»Sie sind nicht schwer zu beschaffen«, erwiderte der Exverbrecherkönig beiläufig. »Das erinnert mich an etwas.

Falls du etwas brauchen solltest, um deine Patronin bei Laune zu halten, sag ihr, daß nicht alle Opfer von Schlangenbissen das Werk ihrer Leute waren. Es gibt Gruppen, die ihren Hof in Mißkredit bringen wollen, indem sie ihre Methoden nachahmen.«

Hakiem hob fragend eine Augenbraue, aber Jubal schüttelte den Kopf.

»Nicht meine Leute«, erklärte er. »Obwohl die Idee durchaus brauchbar wäre. Bitte entschuldige mich jetzt. Ich habe noch andere wichtige Angelegenheiten, die meiner bedürfen, und sage deinem Begleiter, er solle dafür sorgen, daß du sicher an deinem nächsten Ziel ankommst.«

Saliman stürzte in den Raum, als er Jubals Gelächter vernahm.

»Was ist los?« fragte er halb verwundert und halb beunruhigt von diesem ersten Heiterkeitsausbruch Jubals seit vielen Monaten. »Wußte der alte Quatschkopf eine amüsante Geschichte? Erzähle sie mir, ich würde auch gerne einmal wieder lachen.«

»Es ist ganz einfach«, erklärte der Falkenmeister, der sich fast wieder unter Kontrolle hatte. »Wir wurden betrogen, aufs Kreuz gelegt.«

»Und darüber lacht Ihr?«

»Es ist weniger die Tatsache als die Methode, die mich amüsiert. Obwohl ich es nicht sehr schätze, überlistet zu werden, muß ich zugeben, daß dieser jüngste Versuch Stil hat.«

Mit wenigen Sätzen erklärte er, was er von Hakiem erfahren hatte.

»Ersatzleute?« Saliman blickte finster.

»Denk nach«, forderte Jubal ihn auf. »Du hast doch wenigstens *ein paar* der Stiefsöhne schon einmal gesehen. Hast du in letzter Zeit Gesichter erkannt, in diesen Uniformen? Vielleicht den einen, der mit uns die Allianz abschloß? Das erklärt, warum die sogenannten Stiefsöhne plötzlich nicht mehr wissen, an welchem Ende sie ein

Schwert anfassen müssen. Wenn ich daran denke, daß ich mir von dieser zweiten Garnitur einen Vorteil erhofft hatte.«

»Und was werden wir jetzt tun?«

»*Das* habe ich sofort beschlossen, als ich von dem Betrug hörte.«

Alle Fröhlichkeit in Jubals Augen verschwand und machte einem gefährlichen Glitzern Platz.

»Ich schließe Allianzen mit Männern, nicht mit Uniformen. Nun sind die Männer, die Stiefsöhne, mit denen wir alliiert sind, irgendwo im Norden und wagen ihr Leben und ihren Ruf für das liebe alte Kaiserreich. Ihre Bemühungen, an zwei Orten gleichzeitig zu sein, macht sie verwundbar. Sie überließen ihren Namen einem völlig unfähigen Haufen in der Hoffnung, ihr Ruf wäre stark genug, jeder Krise standzuhalten.

Wir haben eine Allianz mit den Stiefsöhnen, aber gegenüber den Narren, die ihre Plätze einnahmen, haben wir keine Verpflichtungen. Mehr noch, wir wissen durch unsere eigenen Schwierigkeiten bei der Reorganisation, wie zerbrechlich so ein Ruf sein kann.«

Seine Augen waren nur noch schmale Schlitze.

»Deshalb höre meine Befehle für jeden unserer Anhänger. Jede Unterstützung für alle sogenannten Stiefsöhne in der Stadt sofort einstellen. Mehr noch, jede Gelegenheit, diese Leute aufzureiben, sie in Bedrängnis zu bringen oder zu vernichten, hat Vorrang vor allen anderen Anweisungen, ausgenommen solche, die die Beysib betreffen. Ich möchte, daß die Stiefsöhne in Freistatt möglichst bald geringer geachtet werden als die Abwinder.«

»Aber was wird geschehen, wenn die *echten* Stiefsöhne davon erfahren?« fragte Saliman.

»Sie wären vor die Wahl gestellt. Sie könnten entweder bleiben und ihren Namen im übelsten Höllenloch des rankanischen Kaiserreiches verleumdet wissen, oder aber sie kehren zurück so schnell sie können und riskieren es, Deserteure vom Zaubererwall genannt zu werden. Mit ein wenig Glück wird beides geschehen. Sie werden ihre

Posten verlassen *und* feststellen, daß sie hier ihr Ansehen nicht wiederherstellen können.«

Jubal blickte seinem Helfer fest in die Augen und zwinkerte dann. »Und *das*, Saliman, alter Freund, ist der Grund, warum ich lache.«

Cythen

Aus den Augen der Erinnerung

Lynn Abbey

1

Eine Tür im Dunkeln öffnete sich für eine bucklige Gestalt in schwarzem, weitem Übergewand. Das schwere Keuchen des Eindringlings erklang laut in der fast kahlen Kammer, als er flink das Linnentuch aufschlug, in das der nackte Leichnam gewickelt war. Von einem kleinen, vergitterten Fenster hoch oben an einer Wand fiel Licht auf das Gesicht einer jungen Frau auf dem schmalen Holztisch. Es verlieh der wächsernen Blässe einen Hauch von Farbe, so daß man glauben mochte, sie schlummere den gesunden Schlaf der Jugend und nicht den tieferen der Ewigkeit.

Aus dem Schutz unförmiger Ärmel lösten sich schwärige Finger. Morbider, abstoßender waren sie als die Leiche, die sie untersuchten. Ein Laut wie ein Lachen – oder ein Schluchzen – erklang aus der Kapuze, die das Gesicht fast verbarg, und die abscheuerregenden Hände streiften das Haar der Toten vom Hals zurück. Das Gewand des Verkrüppelten verbarg ihr Antlitz, als er sich schnuppernd über ihre Kehle beugte. Dann trat er zurück und betrachtete in dem dämmrigen Licht ein Glasröhrchen mit But.

Immer noch schweigend und asthmatisch atmend, schlurfte der Vermummte in eine düstere Ecke der Kammer, wo er ein grelles blaues Licht herbeibeschwor. Tropfen für Tropfen des Blutes ließ er in dieses Licht sickern. Er atmete die aufsteigenden Dämpfe ein, dann löschte er das Licht mit einer Handbewegung und wandte sich wieder der Leiche zu. Noch einmal untersuchten seine Finger sie von Kopf bis Fuß, ohne etwas Verräterisches außer dem Mal an ihrem Hals zu finden, dem er das Röhrchen Blut entnommen hatte.

Er hüllte sie wieder in das Linnen, doch ehe er es widerstrebend über das Gesicht zog, strich er das hellbraune Haar über das blutunterlaufene Mal am Hals zurück. Diesmal bestand kein Zweifel, daß es ein Schluchzen war, das aus der Tiefe der Kapuze drang. Er hatte viele Frauen gut gekannt, als er noch jung gewesen war und von wohlgefälligem Äußeren. Sie hatten ihm nachgestellt, und er hatte seine Liebe an sie verschwendet. Nun konnte er sich an kein Gesicht mehr so deutlich erinnern wie an das, das er soeben zugedeckt hatte.

Der Zauberer Enas Yorl schlurfte zurück in die Düsternis. Er zündete eine ganz gewöhnliche Kerze an, setzte sich an einen einfachen Schreibtisch und vergrub das Gesicht in den ekligen Händen. Sie war ein Mädchen aus der Straße der Roten Laternen gewesen, aus dem Aphrodisiahaus, in dem Lythande mit dem blauen Stern verkehrte. Trotzdem hatten sie die Leiche zur Untersuchung zu Enas gebracht. Er verstand jetzt, wieso.

Er tauchte die Feder in das Tintenfaß. In einer Schrift, die schon in seiner Jugend antiquiert gewesen war, schrieb er seinen Bericht nieder.

Euer Verdacht hat sich bestätigt. Ihr Tod ist auf das konzentrierte Gift der Beynitschlange zurückzuführen.

Lythande hatte das wahrscheinlich vermutet, doch der Orden des blauen Sterns wußte weder alles, noch lehrte er alles. Solchen wie ihm, mehr gemieden, denn gefürchtet, fiel es zu, die geheimen Merkmale der Ewigkeit zu erforschen; in diesem Fall das Gift als das zu erkennen, was es war oder nicht war. Enas Yorl fuhr fort:

Das Mal an ihrem Hals verbarg zwei Einstiche – wie von den Zähnen der Beynitschlange. Trotzdem, werter Kollege, bin ich nicht überzeugt, daß eine Schlange ihren Arm hochglitt, um zuzubeißen. Unsere neue Herrscherin, die Beysa Shupansea, trägt das Gift in sich – wie sie bei den Hinrichtungen selbst bewiesen hat. Das Blut der Bey, welches das

Gift enthält, soll nur in den Adern der wahren Herrscher der Beysiber fließen. Doch Ihr und ich, die Zauber und Götter kennen, wissen daß dies wahrscheinlich unwahr ist. Möglicherweise weiß nicht einmal Shupansea, wie weit das Gift verbreitet ist, doch gewiß ist ihr bekannt, daß sie nicht die einzige ist …

Ein Geschwür auf Enas Yorls Hand platzte mit abscheulichem Gestank, und ekliger Eiter spritzte auf das Pergament. Der alte, verfluchte Magier stöhnte und wischte es weg. Ein ausgezacktes Loch blieb auf dem Pergament zurück, und graugrüner Knochen war durch das offene Fleisch seiner Hand zu sehen. Die Bewegung und der Schmerz hatten seine Kapuze gelockert. Sie fiel zurück und entblößte dichtes kastanienbraunes Haar, das im Kerzenschein rot und gold schimmerte. Es war sein eigenes Haar, doch das würden nur jene erkennen, wenn sie noch lebten, die ihn gekannt hatten, ehe er verwünscht worden war.

Es kam nicht oft vor, daß er den Schmerz seiner jeweiligen gewöhnlich schnell wechselnden Körper spürte. Der Fluch, der ihm immer wieder ein anderes Aussehen verlieh, hatte keine eigentliche Wirkung auf *ihn. Er* fühlte sich immer noch so wie damals, ehe der Fluch ihn getroffen hatte. Außer – außer in den seltenen Fällen, wenn er in höhnischer Erfüllung des Wunsches, den er nie ganz unterdrücken konnte, wieder er selbst war: Enas Yorl, doppelt, ja dreimal so alt wie jeder andere, ein hinfälliges Wrack, dem der Tod verwehrt war und dessen Gebeine nie von der Erde aufgenommen werden würden. Er verbarg das glänzende, nicht lebende und deshalb nicht verfluchte Haar.

Das Geschwür verkrustete mit schwach bläulichem Schillern. Yorl betete, soweit man es beten nennen konnte, zu Göttern, die kein Sterblicher anzuflehen wagte, daß es auch einmal für ihn ein Ende gäbe, wie für die Frau auf seinem Tisch. Schon lange hatte er es als hoffnungslos aufgegeben, sich zu wünschen, der Fluch würde von ihm genommen.

Das bläuliche Schillern breitete sich auf ihm aus und brachte Benommenheit und Übelkeit mit sich. Er würde nicht imstande sein, seine Botschaft an Lythande zu beenden. Mit zitternder Hand hielt er die Feder fest und kritzelte schnell noch:

> *Geht oder schickt jemanden, dem Ihr vertraut, zum Anlegeplatz der Beysiber-Schiffe. Flüstert, dem Wasser zugewandt, »Harka Bey«, und zieht Euch dann schnell zurück, ohne Euch umzudrehen ...*

Die Verwandlung ging rasch voran. Sie beeinträchtigte sein Sehvermögen und schwächte seine Knochen. Unbeholfen faltete er das Blatt und legte es auf die Tote. Bis er mühsam die Tür geöffnet hatte, waren seine Beine wie gelähmt, und er mußte auf Händen und Knien kriechen, um in seine Wohngemächer zurückkehren zu können.
Soviel mehr hätte er Lythande noch über das legendäre Beynitgift mitteilen können und über die ebenso legendären und mächtigen Harka Bey. Noch vor ein paar Monaten hatte er geglaubt, die Assassinengilde sei nur einer von Ilsigs Mythen; doch dann waren die Fischäugigen von jenseits des Horizonts gekommen, und nun hatte es ganz den Anschein, als wären noch andere Mythen Wahrheit. Jemand hatte sich beachtliche Mühe gemacht, die Wunde mit konzentriertem Gift und einem Messer so aussehen zu lassen, als hätten die Harka Bey das Freudenmädchen getötet. Er persönlich glaubte nicht, daß die Harka Bey sich mit einer Frau aus der Straße der Roten Laternen befassen würden. Es interessierte ihn auch nicht wirklich, weshalb man sie getötet hatte oder wer die Täter waren. Seine Gedanken beschäftigten sich mit den Methoden der Harka Bey, die sich vielleicht benutzen ließen, sein Elend zu beenden.

2

In letzter Zeit ging es jener Frau besser, die in der Stadt einfach als Cythen bekannt war. Ihre hohen Lederstiefel waren nicht nur neu, sondern für sie maßgefertigt. Auch ihren feinen pelzgefütterten Umhang hatte sie erst vor kurzem erstanden. Eine alte Abwinderin hatte seit dem Eintreffen der Beysiber und ihres Goldes festgestellt, daß man mit einer streunenden Katze mehr tun konnte, als sie nur zu essen. Ja, seit der Ankuft der Beysiber war das Leben hier besser …

Cythen zögerte. Rasch unterdrückte sie die erwachende Erinnerung und mahnte sich, daß es eine gefährliche Torheit sei, die Vergangenheit herbeizubeschwören. Vielleicht ging es der Abwinderin jetzt besser, und ihr selbst ging es ebenfalls besser als vor einem Jahr, doch nicht uneingeschränkt.

Die junge Frau eilte leichtfüßig durch die Schatten, die das letzte Tageslicht in das Labyrinth warf, und wich den schmutzigen Pfützen auf dem Kopfsteinpflaster aus. Winzige Augenpaare richteten sich auf sie und verschwanden, ehe sie nahe genug war. Die größeren, zweibeinigen Raubtiere dieses Höllenlochs beobachteten sie aus der tieferen Dunkelheit von Eingängen und Sackgassen. Sie schritt an ihnen vorüber, ohne nach links oder rechts zu blicken, trotzdem entging ihr nicht die kleinste Bewegung.

An der Abbiegung zu einer Gasse, die nicht anders war als die Dutzende, an denen sie vorbeigekommen war, vergewisserte sie sich, daß keine Augen vernunftbegabter Kreaturen auf ihr ruhten, und betrat diese Gasse. Hier war es völlig dunkel. Mit Hilfe der Fingerspitzen mußte sie sich zurechtfinden. Sie tastete an den schmutzigen Hauswänden entlang und zählte die Haustüren: eins, zwei, drei, vier. Die Tür war verschlossen, wie angekündigt, doch sie fand schnell die Vertiefungen für die Hände, die in die Außenwand geschlagen waren. Ihr Umhang fiel über die Schultern zurück, als sie hochkletterte. Wäre hier Licht gewesen, hätte man die Herrenhose unter dem Damenkittel sehen können und das mittellange Schwert, das von ihrer linken Hüfte hing. Sie schwang sich über die Mauerkrone und sprang in den schmutzigen Hof eines längst aufgegebenen Tempels.

Ausgerechnet hier im Labyrinth, wo er äußerst unwillkommen war, schien der Mond auf die Steintrümmer eines ehemaligen Altars. Sie hielt ihren Umhang zusammen, als wäre er aller Ursprung von Mut und Tapferkeit, und kniete sich zwischen die Steine. »Mein Leben für Harka Bey!« flüsterte sie. Dann, da niemand es ihr verbot, zog sie ihr Schwert und legte es auf ihre Schenkel.

Lythande hatte gesagt – oder es vielmehr angedeutet, denn Magier und ihresgleichen sagten selten etwas eindeutig –, daß die Harka Bey sie erst auf die Probe stellen würden, ehe sie ihr Gehör schenkten. Um Bekins willen und ihres eigenen Rachebedürfnisses, schwor Cythen, daß sie nichts an ihr auszusetzen finden würden. Das unruhige Mondlicht nährte ihre Ängste, trotzdem verhielt sie sich ganz still.

Die Dunkelheit, beruhigend, solange sie sie eingehüllt hatte, war nun nur aus den Augenwinkeln zu sehen, genau wie ihre Erinnerungen an bessere Zeiten immer am Rand ihrer Gedanken lauerten. Einen Herzschlag lang war sie wieder das junge Mädchen von früher, und die Dunkelheit sprang sie an. Fast wäre ihr ein Schreckensschrei entquollen, ehe sie sowohl Erinnerung, wie alte Ängste verdrängte.

Bekin war ihre ältere Schwester gewesen. Als das Unglück sie heimsuchte, war sie verlobt gewesen. Sie hatte den blutigen Tod ihres Liebsten mit ansehen müssen und war danach zum Opfer der Lüste der Mörder geworden. Keiner der Banditen hatte Cythen bemerkt: die zierliche, drahtige Cythen in Burschenkleidung. Der jüngeren Schwester war die Flucht in die Dunkelheit geglückt, wo sie wartete, bis die Wirkung des Saufens, Mordens und Schändens sich bei sämtlichen Halunken bemerkbar machte und sie ihre bewußtlose Schwester in die verhältnismäßige Sicherheit des Waldes zerren konnte.

Unter Cythens Pflege waren Bekins Wunden geheilt, doch ihr Verstand gesundete nicht mehr. Sie lebte nun in ihrer eigenen Welt und sah ihr Elend und ihre Armut nicht. Auch glaubte sie, das Kind, das in ihrem Schoß wuchs, sei von ihrem Verlobten. Die Geburt, in einer Frühlingsnacht ähnlich dieser, war für beide langwierig und schwer, und keine Hebamme leistete Hilfe. Obgleich Cythen schon mehrmals gesehen hatte, wie man ein Neugeborenes durch einen Klaps zum Atmen anregte, hielt sie dieses ganz still, während Bekin in den Schlaf der Erschöpfung versank, bis sie überzeugt war, daß dieses Baby nicht leben würde. Dann, weil sie sich nur an die halbnackten Halunken im Feuerschein erinnerte, legte sie die kleine Leiche auf die Steine, wo Aasfresser sie bald finden würden.

Wieder kehrten Bekins Kräfte zurück, doch nicht ihr Verstand. Nie mußte sie die grausamen Lektionen lernen, die Cythen hart machten, und nie verlor sie den Wahn, daß jeder Fremde ihr Verlobter sei, der zu ihr zurückgekehrt war. Anfangs versuchte Cythen mit allen Mitteln, ihre Schwester davon abzuhalten, sich diesen Fremden an den Hals zu werfen, und litt jedesmal, wenn es ihr nicht gelang, unter schrecklichem Schuldgefühl. Doch sie fand keine Arbeit, von deren Lohn sie hätten leben können, und die Männer ließen oft irgendwelchen Tand zurück, der in einer der umliegenden Ortschaften versetzt oder verkauft werden konnte – und Bekin war bereit, mit jedem Mann zu gehen. So verdiente die ältere Schwester nach einer Weile ihren gemeinsamen Unterhalt, während die jüngere, die das Schwert schon immer der Nadel vorgezogen hatte, die Kunst des Tötens lernte und die Kleidung der toten Männer trug.

Als die ungewöhnlichen Schwestern nach Freistatt kamen, ergab es sich wie von selbst, daß Cythen unter Jubals Söldnern, den Falkenmasken, aufgenommen wurde. Bekin schlief sicher in des Sklavenhändlers Bett, wann immer er sie begehrte, und so fand die jüngere Schwester zumindest ein gewisses Maß an innerer Ruhe. Als die von der Hölle gesandten Hurensöhne Jubals Landhaus stürmten, kam Cythen ihrer Schwester erneut zu Hilfe. Diesmal brachte sie sie in die Straße der Roten Laternen, ins Aphrodisiahaus. Myrtis, die Besitzerin, versprach, daß sie nur ausgesuchte, vertrauenswürdige Kunden zu der ewig unschuldigen Bekin lassen würde. Doch jetzt war Bekin, trotz Myrtis' Versprechen, seit vier Tagen tot – an einem Schlangengift gestorben.

Der Mondschein verharrte, während die Nacht voranschritt und Cythen wartete. Sie war in sein Silberlicht gehüllt, und ihr Blick vermochte die Dunkelheit jenseits davon nicht zu durchdringen. Zweifellos hatten die Harka Bey diesen Treffpunkt sorgfältig gewählt. Sie hielt ihr Schwert fest und erduldete den Krampf, den der kalte Stein in ihren Beinen verursachte. Um den Schmerz zu überwinden, suchte sie die Gedankenleere, die sie das erste Mal an jenem Tag gefunden hatte, da ihre Welt zusammenbrach und die Zukunft sich ihr verschloß. Es war nicht die phantasievolle Vergessenheit, die Bekins Verstand übernommen hatte, sondern eher eine wachsame Leere, die gefüllt werden wollte.

Trotzdem entging ihr die erste Bewegung in der Dunkelheit am Rand des Mondlichts. Die Harka Bey befanden sich innerhalb der Ruine, ehe sie das schwache Knirschen eines Schuhs auf zerbröckelndem Mauerwerk vernahm.

»Seid gegrüßt«, flüsterte sie, als eine Gestalt sich vom Rest löste und ein kurzes, stabähnliches Schwert aus seiner Scheide zog, die sie wie einen Bogen auf den Rücken geschlungen hatte. Cythen war froh über das Schwert unter ihren Handflächen und über ihre festen Stiefel, die ihr gestatteten, auf die Füße zu springen, während die herankommende Frau ein zweites Schwert, ihrem ersten gleich, zog. Sie erinnerte sich an alles, was Lythande ihr über die Harka Bey hatte sagen können: daß es Frauen waren – Söldnerinnen, Assassinen, Magierinnen –, Frauen ohne jegliche Skrupel.

Cythen wich zurück und verbarg ihre Besorgnis, als die

Frau das Klingenpaar mit atemberaubender, tödlicher Flinkheit um sie herumwirbelte. Jetzt, fünf Monate nach ihrer Ankunft, hatte fast jeder in Freistatt von der unvergleichlichen Fechtkunst der Beysiber Aristokratie gehört, aber wenige hatten auch bloß bei einem Übungskampf mit Holzschwertern zusehen dürfen, geschweige denn bei einer Demonstration so gefährlicher Kunstfertigkeit wie die dieser Frau hier.

Cythen nahm die Fechtstellung eines rankanischen Offiziers ein – die vor dem Erscheinen der Beysiber die besten Fechter des Landes gewesen waren – und kämpfte gegen die lähmende Macht des wirbelnden Stahls an. Die nahezu unsichtbare Kugel, welche die Beysiberin mit den schnellen Klingen schuf, war sowohl Angriff wie Verteidigung. Cythen sah sich schon niedergemäht wie Getreide von der Sense.

Sie würde sterben.

Diese Erkenntnis brachte Seelenfrieden. Übelkeit und Angst schwanden. Noch immer konnte sie die Klingen nicht einzeln sehen, aber sie hatte das Gefühl, daß sie nun langsamer wirbelten. Und niemand konnte den schweren Stahl endlos schwingen, selbst die Harka Bey nicht, außer, sie waren Dämonen. War nicht ihre eigene Klinge von Dämonen geschmiedet und sprühte grüne Funken, wenn sie auf andere schlug? Ja, sie zerschmetterten sogar minderwertiges Metall! Plötzlich erinnerte sie sich an die Stimme ihres Vaters, die sie vergessen geglaubt hatte. »Paß nicht auf, was ich tue«, hatte er wohlwollend gesagt, nachdem er ihr das Übungsschwert aus der Hand geschlagen hatte. »Paß auf, was ich nicht tue, und nutze diese Schwäche.«

Cythen kauerte sich hinter ihr Schwert und wich nicht mehr zurück. So schnell diese Klingen auch wirbelten, sie konnten die Harka Bey nicht überall gleichzeitig schützen. Obgleich sie immer noch dachte, daß sie bei dem Versuch das Leben lassen würde, verlagerte sie ihr Gewicht und brachte die Schwertspitze in die Höhe des Halses ihrer Gegnerin. Dieser Hals würde, auch wenn sie es nicht sehen konnte, den Bruchteil eines Herzschlags lang entblößt sein.

Sie griff an, denn sie war entschlossen, nicht duldsam wie Weizen zu fallen.

Grüne Funken sprühten, als Cythen die Wucht von zwei Klingen abfing, die schwer auf ihr Schwert schmetterten. Der Beysiber Stahl brach nicht – doch das war weniger wichtig als die Tatsache, daß alle drei Klingen voneinander festgehalten wurden und die Spitze von Cythens Schwert sich nur eine Fingerbreite von dem schwarzen Tuch um den Hals der Beysiberin entfernt befand. Cythen hatte den Vorteil, daß ihre beiden Hände fest um den Schwertgriff lagen, während die Harka Bey noch ihre beiden Schwerter hielt und ihre Kraft auf beide verteilen mußte. Cythen hörte den unverkennbaren Laut von blankem Stahl in der Dunkelheit um sich.

»Verdammte fischäugige Luder!« fluchte Cythen. Die Invasoren waren noch nicht sehr mit der hiesigen Mundart vertraut, aber der mörderische Abscheu in Cythens Augen, als sie ihr Schwert mit heftiger Bewegung befreite und sich flüchtig einen Schritt außer Reichweite zurückzog, war unverkennbar.

»Feiglinge!« fügte sie hinzu.

»Wollten wir dich töten, Kind, hätten wir es tun können, ohne uns zu zeigen. Du siehst also, daß es nur eine Mutprobe war, die du bestanden hast«, versicherte ihre Gegnerin ihr leicht atemlos. Sie steckte ihre Schwerter wieder ein, und ihre Gefährtinnen taten es ihr im Dunkel ungesehen nach.

»Lügendes Luder!«

Die Harka Bey ignorierte Cythens Bemerkung. Sie nahm den schwarzen Schal ab, der auch ihr Gesicht verborgen hatte. Nun sah Cythen, daß sie einer jungen Frau gegenüberstand, die kaum älter war als sie. Die unverkennbaren Rassenmerkmale der Beysiberin erschreckten Cythen genauso oder vielleicht noch mehr als die wirbelnden Klingen. Es lag nicht nur daran, daß die Augen ein bißchen zu rund und hervorstehend für den Geschmack der Festlandbürger waren, sondern daß diese Augen in Sekundenschnelle unlesbar, ja glasig werden konnten. Cythen kam es vor, als würde sie von einer Toten beobachtet, und da sie die Leiche ihrer Schwester nicht vergessen konnte, war dieser Vergleich alles andere als beruhigend.

»Kommen wir dir wirklich so fremdartig vor?« fragte die Beysiberin und erinnerte so Cythen, daß auch sie beobachtet wurde.

»Ich hatte eine – Ältere erwartet, nach allem, was der Zauberer sagte.«

Die Harka Bey zog die Schultern nach vorn, und die glasige Membrane über ihren Augen öffnete sich blitzschnell, dann schloß sie sich wieder, ohne daß die Augen von ihr wichen. »Wir nahmen auf unseren Schiffen keine alten Leute mit. Sie hätten die Reise nicht überlebt. Ich bin eine Harka Bey, seit meine Augen sich der Sonne öffneten und IHR Blut sich mit meinem vermischte. Mein Name ist Prism. Sag mir nun, was du von den Harka Bey möchtest.«

»Eine Frau aus der Straße der Roten Laternen wurde ermordet. Sie schlief beschützt in dem am besten bewachten Haus von ganz Freistatt, und trotzdem gelang es jemandem, sie zu töten – und das Mal von Schlangenzähnen an ihrem Hals zu hinterlassen.« Cythen benutzte genau die Worte, die Lythande ihr geraten hatte, obgleich es nicht annähernd jene waren, derer sie sich von sich aus bedient hätte.

Hätte sie es nicht selbst gesehen, würde sie es für unmöglich gehalten haben: Prisms Augen wurden noch größer und runder, und die glasigen Membranen flatterten heftig. Dann schlossen ihre Lider sich, und, wie auf Befehl, fing das lose, dunkle Gewand an, sich von Taille bis zum Busen und vom Busen zu den Schultern zu krümmen, bis schließlich der blutrote Kopf der Vertrauten der Beysiberin aus dem Kragen herausragte und Cythen mit runden starren Augen betrachtete. Die Schlange öffnete das Maul und entblößte so einen gleichermaßen roten Rachen und glitzernde elfenbeinfarbige Fänge. Ihre Zunge züngelte vor Cythens Gesicht, so daß ihr unwillkürlich ein Laut des Ekels entquoll.

»Du brauchst keine Angst vor ihr zu haben«, versicherte

Prism Cythen mit kaltem Lächeln. »Außer, du bist meine Feindin.«

Cythen schüttelte stumm den Kopf.

»Aber du glaubst, daß ich oder meine Schwestern diese Frau mordeten, die dir etwas bedeutete?«

»Nein – ja. Sie war geistesgestört; und meine Schwester. Man beschützte sie, und es gab keinen Grund, weshalb jemand an ihrem Tod hätte interessiert sein sollen. Sie lebte in der Vergangenheit, in einer Welt, die es nicht mehr gibt.«

Ein kaltes Lächeln huschte wieder über Prisms Gesicht. »Ah, dann können es nicht die Harka Bey gewesen sein. Wir würden nie grundlos töten.«

»Nirgendwo an ihrem Körper waren Male, außer dem der Schlangenzähne. Myrtis rief sogar Lythande zur Untersuchung der Leiche – und Lythande bat Enas Yorl, das Gift zu untersuchen. Enas Yorl wiederum schickte uns zu euch.«

Prism drehte sich um und sagte etwas in ihrer eigenen Sprache.

Cythen verstand nur die Namen der beiden Zauberer. Die Muttersprache der Beysiber war so ganz anders als das in Freistatt übliche Dialektgemisch. Eine zweite Frau trat zu ihnen in den Mondschein. Sie nahm den Schal ab und entblößte so ein Gesicht, das in sehr blassem Purpur schimmerte, als sie Cythen musterte. Cythen legte die Hand wieder um den Schwertgriff, während die beiden Beysiberinnen sich in ihrer unverständlichen, sehr schnellen Sprache unterhielten.

»Was hat dieser Zauberer Enas Yorl euch noch über uns gesagt – außer, wie ihr euch mit uns am Hafen in Verbindung setzen könnt?«

»Nichts«, antwortete Cythen und zögerte kurz, ehe sie fortfuhr. »Auf Enas Yorl lastet ein Fluch. Wir brachten Bekins Leiche in seine Diele. Als wir später zurückkamen, fanden wir eine Mitteilung in den Falten des Leichentuchs. Lythande meinte, Enas Yorl habe sie nicht zu Ende schreiben können, weil sich seine Gestalt wieder verändert hatte.

Außer, daß ihr, die Harka Bey, die Wahrheit kennen würdet, konnten wir nichts entziffern.«

Wieder wechselten die beiden Beysiberinnen rasch Worte. Dann wandte sich Prism an Cythen. »Wir kennen den Gestaltwandler so, wie er uns kennt. Das ist eine ernste Anklage, mit der du zu uns kommst. Diese Frau, deine Schwester, war nicht unser Opfer. Du kennst uns natürlich nicht gut genug, um zu wissen, daß dies die Wahrheit ist. Aber du mußt uns glauben.«

Cythen öffnete den Mund, um ihre Zweifel zu äußern, doch die Beysiberin winkte ab.

»Ich habe die Wahrheit *deiner* Worte nicht bezweifelt«, warnte Prism. »Sei nicht so töricht, es bei meinen zu tun. Wir werden uns eingehend mit dieser Sache befassen. Die Ermordete wird gerächt werden. Und dich werden wir in Erinnerung behalten. Geh jetzt in Bey, unserer aller Mutter.«

»Wenn ihr es nicht wart, wer dann?« fragte Cythen heftig, obgleich die beiden Frauen bereits eins mit der Dunkelheit zu werden begannen. »Von uns kann es niemand gewesen sein. Keiner besitzt dieses Gift oder weiß etwas von den Harka Bey ...«

Immer mehr schwanden die Beysiberinnen, so lautlos und geheimnisvoll, wie sie gekommen waren. Prism blieb noch am längsten, doch dann war auch sie verschwunden, und Cythen fragte sich, ob die seltsamen Frauen überhaupt dagewesen waren.

Ihre Furcht setzte erst jetzt wirklich ein. Cythen kletterte über die Wand, ohne sich zu bemühen, leise zu sein. Im Labyrinth war es noch stockdunkel, doch jetzt auch still in der kurzen Spanne zwischen dem Treiben der Nacht und dem des Tages. Ihre Schritte hallten, und sie zog die Kapuze tief ins Gesicht, bis das Labyrinth hinter ihr lag und sie die Straße der Roten Laternen erreichte, wo noch ein paar Kunden an den Eingängen verharrten und rasch das Gesicht abwandten, um nicht von ihr erkannt zu werden. Die großen Lampen über der Tür des Aphrodisiahauses waren dunkel. Myrtis und ihre Mädchen würden erst aufstehen, wenn die Sonne wieder auf das Hausdach brannte. Doch das Hausgesinde, jene, die man des Nachts nicht sah, arbeiteten in der Küche. Sie nahmen Cythens hastig niedergeschriebene, enttäuschte Botschaft entgegen und versprachen, sie Madame gleich nach dem Frühstück auszuhändigen. Müde und gähnend kehrte Cythen nunmehr in die Garnisonskaserne zurück, wo Walegrin ihr aus Achtung vor ihrem Geschlecht eine eigene, verriegelbare Kammer zugeteilt hatte.

Sie schlief bis weit in den Tag hinein und betrat den Speiseraum erst, als alle anderen ihn bereits verlassen hatten. Die kalten Frühstücksreste standen noch am Büfett, ohne daß die schmarotzenden Insekten sie beachteten. Es schmeckte sicher noch fader, als es aussah, aber Cythen konnte sich den Luxus schon lange nicht mehr leisten, nur das zu sich zu nehmen, worauf sie Appetit hatte. Wenn man nicht verhungern wollte, aß man, was zur Verfügung stand. Sie füllte ihren Teller und setzte sich allein an den Herd.

Bekins Tod war immer noch ungeklärt und ungerächt, und das schlug ihr mehr auf den Magen als der klumpige Haferbrei. Seit mehr Jahren, als sie sich erinnern mochte, war ihr einziger Stolz gewesen, daß es ihr gelang, sich um Bekin zu kümmern. Das war nun vorbei, und sie kam sich hilflos ihren Schuldgefühlen und ungebetenen Erinnerungen ausgesetzt vor. Hätten die Harka Bey sich ihr nicht gezeigt, hätte sie immer noch ihnen die Schuld geben können, aber trotz ihrer barbarischen Gefühlskälte, oder vielleicht gerade deshalb, glaubte sie ihnen. Sie spürte die Wärme aufsteigender Tränen, als das Scharren von Stuhlbeinen auf dem Boden der Wachstube über ihr sie aus ihrem düsteren Grübeln riß. Statt den Tränen nachzugeben, ging sie zu Walegrin.

Der strohblonde Mann bemerkte nicht, daß sie die Tür öffnete. Er war völlig in das große Blatt Pergament vertieft und die Reihen von Zeichen, die er darauf gekritzelt hatte. Mit einer Hand an der Tür, zögerte Cythen. Sie mochte Walegrin nicht; niemand mochte ihn wirklich, außer vielleicht Thrusher – und er war fast genauso merkwürdig. Der Garnisonsoffizier wies Mitgefühl und Freundschaft gleichermaßen ab und verbarg seine eigenen Gefühle so tief, daß niemand sie zu erkennen vermochte. Trotzdem verstand er, Menschen zu führen und bot Rat, wenn er gebraucht wurde – und er erinnerte Cythen an niemanden in ihrer schweren Vergangenheit. »Du warst zum Zapfenstreich nicht zurück«, sagte er, ohne von seinen Zahlen aufzublicken, nachdem Cythen die Tür geschlossen hatte. Seine Hände waren fleckig von der billigen Tinte – die einzige Sorte, die in Freistatt erhältlich war. Doch die Zahlen, wie Cynthia beim Näherkommen sah, waren sauber und geordnet. Er konnte genauso gut lesen und schreiben wie fechten. Tatsächlich war er ihr an Bildung und Erfahrung ebenbürtig, und manchmal drohten ihre Gefühle für ihn über Freundschaft oder Achtung hinauszuwachsen, dann ermahnte sie sich rasch, daß es nur Einsamkeit war und die Erinnerung an Dinge, die besser vergessen sein sollten.

»Ich hinterließ eine Nachricht für Euch«, entgegnete sie, ohne sich zu entschuldigen.

Er schob ihr mit dem Fuß einen Hocker zu. »Hast du gefunden, wonach du gesucht hast?«

Sie schüttelte den Kopf und setzte sich. »Nein, aber *sie* habe ich gefunden – Beysiberinnen, dem Anschein nach aus dem Palast.« Wieder schüttelte sie den Kopf, doch diesmal in Erinnerung an die fremdartigen Gesichter der zwei Frauen, die sich ihr gezeigt hatten. »Sie kamen lautlos und unbemerkt heran, und ich konnte nicht erkennen, wie viele es waren. Eine jedenfalls näherte sich mir mit einem Paar dieser Schwerter mit den langen Griffen, die sie gern tragen. So schnell wirbelte sie die Klingen, daß sie nicht mehr zu sehen waren. Gegen sie zu kämpfen dürfte nicht ungefährlicher sein, als einem Drachen in den Rachen zu steigen.«

»Aber du hast gekämpft? Und überlebt, wie zu sehen ist.« Walegrins Lippen verzogen sich zu einem leichten Lächeln. Er legte den Federkiel zur Seite.

»Sie sagte, sie habe mich auf die Probe gestellt – doch

das behauptete sie sicher nur, weil sie mich nicht töten konnte wie beabsichtigt. Ihre Schwerter konnten meins nicht aufhalten, und meines ihre nicht brechen. Dieser beysibische Stahl ist gut. Ich glaube, wir waren beide überrascht. Und dann hielt sie es für besser, mit mir zu reden, mich anzuhören ... Aber sie hat die ganze Zeit nicht ein einziges Mal geblinzelt. Also dürfte diese – dieses, oder was immer es ist – Harka Bey aus dem Palast und um die Beysa sein, richtig? Je mehr adliges Blut sie in sich haben, desto fischäugiger sind sie, nicht wahr? Und während wir uns unterhielten, kroch eine *Schlange*, eine dieser verdammten rotmäuligen Vipern, unter ihrem Gewand an ihr hoch und schaute aus dem Kragen. Sie stierte mich an, als wäre es *ihre* Meinung, die wirklich zählt. Und das Gesicht der anderen Beysiberin, die dann auch noch nach der Probe herbeikam, glänzte und war purpurn!«

»Dann müßte sie leicht zu identifizieren sein, wenn sie deine Schwester getötet hat.«

Cythen erstarrte und forschte in sich, ob sie in den vergangenen Tagen oder Monaten ihm gegenüber etwa versehentlich erwähnt hatte, was Bekin für sie war, oder daß sie den Mörder des Mädchens aus dem Aphrodisiahaus aus anderem Grund als Empörung oder nur Mitgefühl suchte.

»Molin hat es mir gesagt«, erklärte Walegrin. »Er suchte nach einem Schema.«

»Molin Fackelhalter? Wieso im Namen hundert stinkender kleiner Götter kann der Vashankapriester etwas über mich oder meine Schwester wissen?« Die Sorge und das Schuldgefühl wurden zu Grimm. Cythens klangvolle Stimme füllte die Stube.

»Wenn Myrtis Lythande ruft, und Lythande Enas Yorl konsultiert, und sie zur Begleitung der Leiche um eine bestimmte Person ersuchen – dann erfährt Molin Fackelhalter irgendwie davon, und er erfährt, was er will.«

»Und Ihr seid sein Laufbursche? Sein Bote?«

In ihrem Ärger hatte sie hier in einer offenen Wunde gestochert, und sie bedauerte es, als sein Gesicht sich verfinsterte. In jenen ersten Tagen des Chaos, nachdem die

Beysiberflotte am Horizont aufgetaucht war, war Molin Fackelhalter überall gewesen. Der mustergültige Bürokrat hatte seinen Tempel offengehalten, seinen Prinzen gut beraten, schließlich die Beysiber bei Laune gehalten und Walegrin mit seinem Trupp in den Stadtdienst übernommen. Walegrin seinerseits hatte damit begonnen, einen Teil des Standortsolds an Molin für Spekulationen abzuführen. Es war keine schlechte Partnerschaft. Walegrins Pflichten schlossen ohnehin ein, daß er immer über die Geschäfte der Kaufleute informiert sein mußte. Und Molin verspekulierte sich selten. Doch Cythen, deren Familie, als sie noch eine hatte, reich an Land, doch nicht an Gold gewesen war, hielt es für entwürdigend, hinter mehr Gold herzujagen, als man wirklich brauchte. Und obgleich sie es nie direkt zugeben würde, wollte sie Walegrin nicht erniedrigt sehen.

»Er sagte es mir«, fuhr Walegrin nach einer peinlichen Pause fort und bemühte sich um eine ruhige Stimme, »weil du zur Garnison gehörst. Und wenn etwas passierte, das dich unüberlegt handeln ließe, fand er, daß ich es wissen sollte. Bekins Tod ist nicht der einzige, der uns beunruhigt. Seit sie starb, sind jede Nacht mindestens zwei Beysiber ermordet, verstümmelt aufgefunden worden. Die ganz oben überlegen schon, ob sie nicht ein wenig Druck ausüben sollen. Wir stehen alle unter Beobachtung.«

»Wenn er so verdammt besorgt ist, daß ich unüberlegt handeln könnte, warum im Namen seines verschwundenen Gottes hat er dann nicht dafür gesorgt, daß Bekin nicht getötet werden konnte?«

»Du hattest sie zu gut versteckt. Er erfuhr erst nach ihrem Tod, wer sie war, Cythen. Du hast dir Myrtis' Schweigen erkauft. Sie war außer dir die einzige, die Bescheid wußte – und Jubal, vielleicht. Aber hast du gewußt, daß sie mit Beysibern verkehrte?« Walegrin hielt kurz inne, damit Cythen diese Information verdauen konnte, denn offensichtlich hatte sie nichts davon gewußt. »Die meisten Frauen weigern sich, weißt du? Ich nehme an, daß nicht bloß ihre Augen anders sind. Aber sie wurde von einer beysibischen Schlange getötet – eine eifersüchtige

Ehefrau, möglicherweise? Und nun, da Beysiber in größerer Zahl von einem ganz gewöhnlichen Messerstecher getötet und verstümmelt werden – und an Orten, wo nicht Leichtsinn sie hinführte –, verdächtigt man dich, verstehst du?«

Der Ärger war vergangen und hatte Breschen in Cythens Verteidigung zurückgelassen, durch die ihre Trauer schlüpfen konnte. »Walegrin, sie war geistesgestört. Für sie war jeder Mann gleich, deshalb hat sie es auch mit Beysibern gemacht und mit Jubal. Sie lebte nicht *hier!* Sie kann nichts gewußt oder getan haben, das anderen Grund gegeben hätte, sie aus dem Weg zu schaffen. Verdammt, wenn Molin sich dafür interessiert, wer den Beysibermännern eine schöne Stunde macht, dann hätte er sie auch so beschützen können!« Ein paar Tränen entquollen, so verbarg Cythen rasch das Gesicht hinter den Händen.

»Das solltest du ihm selbst sagen. Du nützt mir wenig, ehe du es nicht getan hast.« Walegrin rollte das Pergament zusammen, dann stand er auf und schnallte sich den Schwertgürtel um. »Du kannst so mitkommen, wie du bist.«

Cythen war zu überrascht, um zu widersprechen, und folgte ihm auf den vorderen Palasthof. Ein paar aufgeputzte Beysiber, verwegene Jünglinge und geschmeidige kecke Mädchen kamen, sich laut unterhaltend, an ihnen vorbei. Die bemalten Brüste der Frauen blitzten unter ihren offenen Umhängen im Sonnenschein. Walegrin tat, als bemerke er es nicht. Kein Mann in Freistatt würde es wagen, auf die herausfordernd zur Schau gestellten Brüste zu achten. Die Beysiber hatten das mit ihren ersten – und bisher einzigen – Hinrichtungen ein für allemal klargestellt. Cythen starrte – doch nicht so gut, wie die Beysiber das konnten – auf ihre Gesichter und blickte schließlich zur Seite. Sie konnte nichts Persönliches in diesen barbarischen Zügen finden. Selbst wenn Prism auf sie zugekommen wäre, hätte sie sie nicht erkannt.

Ein Lord der Beysiber schritt ebenfalls vorbei. Seine fuchsienfarbige, bauschige Hose wallte um seine Beine, und ein glitzernder Fes thronte auf seinem kahlgeschorenen Kopf. Ein blitzblank geschrubbter Freistätter Straßenjunge hinter ihm plagte sich mit einem riesigen, seidenen Sonnenschirm. Sowohl Walegrin wie Cythen standen stramm und salutierten. So war es jetzt, wenn man ihr Gold nahm.

Sie war dankbar über die Schatten, die der untere Palast warf, und über den vertrauten Wirbel des Gesindels, das einander in Rankene zurief und auch beschimpfte, als sie sich den jetzt sehr viel kleineren Räumlichkeiten Kadakithis' und seines Gefolges näherten. Cythen wollte gar nicht mehr mit dem Priester sprechen, wenn sie es überhaupt je gewollt hätte. Ihr Ärger war längst verflogen, und sie wünschte sich nichts, als in ihre winzige Kammer zurückkehren zu dürfen. Doch Walegrin pochte an die schwere Tür und drückte sie auf, noch ehe Molins stummer Diener den Riegel ganz zurückgezogen hatte.

Der Vashankapriester setzte seinen Kelch ab, und sein Blick verriet seine Gedanken: Was hat die Katze diesmal dahergebracht? Cythen zupfte an ihrem Kittel. Sie war sich sehr wohl bewußt, daß die Kleidung eines Standortsoldaten, so sauber und gepflegt sie auch sein mochte, nicht gerade die passende Aufmachung für eine Frau war – vor allem einer, deren Vater Graf gewesen war. Und wenn Molin über Bekin Bescheid wußte, kannte er möglicherweise auch den Rest der traurigen Geschichte. Hätte sie die Wahl gehabt, wäre sie schnell aus dem Gemach gelaufen, doch da sie keine hatte, straffte sie die Schultern und erwiderte seinen Blick ebenso abschätzend.

Der Priester war Rankaner, und irgendwie war es ihm gelungen, sich alle Macht und Erhabenheit zu erhalten, die dieses Faktum andeutete, trotz der niedrigen Decke seiner Behausung und den keifenden Waschweibern vor dem Fenster. Sein Gewand war mit Goldborte verbrämt, genau wie seine Stiefelschäfte, und goldene Ringe schmückten seine Hände. Sein dunkles Haar war so gekämmt, daß es das Gesicht wie eine Löwenmähne umgab – doch es war nicht so schwarz und glänzend wie seine Augen. Wenn sein Gott vertrieben worden war, wie manche behaupteten; sein Prinz nur eine Marionette in der Hand der Beysa war; wenn seine Aussichten auf Wohlhabenheit und Ehre sich verringert hatten, so verrieten seine Haltung und sein Gebahren nichts davon. Cythen wandte den Blick zuerst ab.

»Cythen hat einige Fragen, die ich ihr nicht beantworten kann«, erklärte Walegrin kühn, während er das Pergament auf den Tisch legte. »Sie fragt sich, weshalb Ihr Bekin nicht beschützt habt, nachdem Euch bewußt geworden war, daß ihr Verkehr mit den Beysibern gefährlich sein mochte.«

Ungerührt rollte Fackelhalter das Pergament auf. »Ah, drei Karawanen, gestern; fünfundsiebzig Soldaten. Wir haben fast genug. *Sie* sind unserer Meinung, daß das erste Schiff mit rankanischem Gold gekauft werden soll, wißt Ihr? Je länger die Hauptstadt unsere Lage hier nicht kennt, desto besser ist es für uns alle. Wüßten sie dort, wieviel Gold in unserem Hafen schwimmt, würden sie die halbe Armee hierherschicken, um es uns wegzunehmen. Und weder *sie*, noch wir möchten das.« Er blickte von dem Pergament auf.

»Habt Ihr bereits jemanden gefunden, der das Gold in den Norden bringt? Ich habe auch einige Botschaften für ihn mitzunehmen. Der Krieg läuft nicht gut; ich glaube, wir können Tempus zu seinem Prinzen zurücklocken. Wir werden die einzigartigen und üblen Fähigkeiten dieses Mannes brauchen, ehe das hier vorbei ist.« Er rollte das Pergament wieder zusammen und reichte es seinem stummen Diener.

Walegrins Gesicht verfinsterte sich. Er hatte absolut kein Verlangen, Tempus wieder in der Stadt zu haben. Molin nippte an seinem Wein und bemerkte Cythen scheinbar jetzt erst. »Nun, zu den Fragen deiner Kameradin. Ich hatte keine Ahnung von der Verwandtschaft der Bedauernswerten zu Cythen. Erst nach ihrem Tod erfuhr ich davon. Und ganz gewiß wußte ich nicht, daß es gefährlich sein mochte, mit einem Beysiber ins Bett zu gehen – auch das erfuhr ich zu spät.«

»Aber Ihr habt sie beobachten lassen! Ihr müßt doch etwas vermutet haben!« brauste Cythen nun auf. Sie bohrte den Absatz in den dicken Teppich aus Wolle und Seide und hieb die Faust auf den feinen Intarsientisch des Priesters.

»Sie war, glaube ich, eine nicht ganz oder überhaupt nicht – das müßt Ihr besser wissen als ich – zurechnungsfähige Dirne des Aphrodisiahauses. Ich kann mir die Gefahren oder Freuden eines solchen Lebens nicht vorstellen. Sie empfing – als eine der wenigen, die sich dazu bereit erklärten – eine beachtliche Vielfalt von beysibischen Männern. Und da mir das Wohl der Beysiber am Herzen liegt, ließ ich diese Männer und dadurch auch sie beobachten. Es ist wirklich bedauerlich, daß sie ermordet wurde – das ist doch der Fall, nicht wahr? Aber geistesgestört, wie sie war – daß sie mit Beysibern schlief –, bedeutete der Tod da nicht eine Erlösung für sie? Ihr Geist ist nun frei, um auf höherer, glücklicherer Ebene wiedergeboren zu werden.«

Es fiel dem Priester nicht schwer, andere von seinem ehrlichen Glauben zu überzeugen. Und Cythen, die ihre eigenen Sünden nur allzu gut kannte, war versucht, seine Worte zu glauben.

»Ihr habt etwas gewußt«, sagte sie fast flehend und klammerte sich an ihre Entschlossenheit. »Genau wie die Harka Bey etwas vermuteten, als ich mit ihnen sprach.«

Molin schluckte seine frommen Worte und blickte Walegrin Bestätigung heischend an. Der blonde Mann neigte ganz leicht den Kopf und sagte: »Yorl hat es vorgeschlagen. Cythen schien besonders geeignet für die Aufgabe zu sein; außerdem hat sie sich freiwillig gemeldet.«

»Harka Bey«, murmelte der Priester nachdenklich. »Beys Rache heißt das, glaube ich, in ihrer Sprache. Ich habe Gerüchte, Legenden, ja alles mögliche über sie gehört, doch jeder bestritt, daß es auf Wahrheit beruhte. Weibliche Assassinen mit Gift im Blut? Und so wirklich, daß Cythen sich mit ihnen treffen konnte? Sehr interessant, aber keineswegs, was ich erwartet hatte.«

»Ich glaube, Eure Exzellenz, daß Yorl nur vorschlug, mit den Harka Bey in Verbindung zu treten. Es ist unwahrscheinlich, daß sie vorhatten, das Mädchen zu töten, tatsächlich versicherten sie, daß das nicht in ihrer Absicht lag.« Walegrin warnte Cythen zu schweigen, indem er eine Hand in schmerzhaftem Griff um ihren Arm legte.

»Was *habt* Ihr erwartet?« fragte Cythen Molin heftig und entzog Walegrin ihren Arm. »Wieso ist es so wichtig, daß sie mit Beysibern geschlafen hat? Welchen verdächtigt Ihr, sie ermordet zu haben?«

»Nicht so laut, Kind«, beschwor der Priester sie. »Vergeßt nicht, wir werden nur noch geduldet! Wir dürfen uns nicht verdächtig machen!« Er gab dem Stummen einen Wink, der daraufhin ans Fenster trat und laut eine Volksweise auf einem Dudelsack spielte. »Wir haben keine Rechte«, flüsterte Molin. Er faßte Cythen am Arm und bedeutete ihr, ihn in einen engen, fensterlosen Alkoven zu begleiten, der hinter einem Wandvorhang verborgen war.

In heiserem Flüstern begann er zu reden. »Behaltet es für euch«, warnte er, »aber ihr sollt wissen, daß das Aphrodisiahaus von unseren neuen Herren und Meistern bevorzugt wird, vor allem von den jüngeren Hitzköpfen. Unter ihnen herrscht eine Strömung, die gegen die Politik der Zurückhaltung ist. Bedenkt, daß diese Leute zu Hause einen Krieg verloren und ins Exil gehen mußten. Nun wollen sie sich etwas beweisen. Sicher, die Älteren sagen: ›Habt Geduld. Nächstes Jahr oder übernächstes oder überübernächstes kehren wir zurück.‹ Aber nicht sie kämpften auf dem Schlachtfeld und mußten die Niederlage einstekken.

Die Beysa Shupansea hört auf die Älteren, doch jetzt, durch die Ermordungen ihrer eigenen Leute, wird sie nervös. Und der Ruf nach einer stärkeren Hand wird immer lauter ...«

Ein heftiges Klopfen an der äußeren Tür unterbrach ihn. »Wartet hier«, bat er, »und verhaltet euch um Gottes willen ganz still.«

Walegrin und Cythen drückten sich tiefer in den Alkoven und lauschten einer lauten, aber unverständlichen Unterhaltung zwischen Molin und einem Beysiberlord. Sie brauchten die Worte nicht zu verstehen, die Lautstärke verriet ihnen genug. Der Beysiber war aufgebracht und außer

Fassung. Molin hatte auch nicht viel Glück mit seinen Versuchen ihn zu beruhigen. Schließlich stürmte der Beysiber aus dem Gemach und schmetterte die Tür hinter sich zu. Molin kehrte in den Alkoven zurück.

»Sie verlangen Resultate.« Nervös rieb er die Hände, wodurch der Duft seines Hautöls stärker bemerkbar wurde. »Turghurt schreit da draußen nach Rache, und seine Leute scharen sich um ihn. Ein Beysiber würde ja auch keinen Landsmann auf so rohe Weise töten!« Molins Stimme sprühte Sarkasmus. »Ich bin kein großer Freund der Einheimischen hier, doch ich weiß, daß sie nicht so dumm wären, die Beysiber auf diese Weise gegen sich aufzubringen!«

Walegrin runzelte die Stirn. »Sie glauben also, es stecke ein Freistätter hinter den Morden. Aber zumindest eine Leiche wurde auf dem Palastdach gefunden. Der gesamte Palastkomplex wird bewacht, Molin. Wir bewachen ihn; sie bewachen ihn. Wir hätten den Mörder wenigstens sehen müssen!«

»Das habe auch ich ihnen versichert. Eben deshalb bin ich überzeugt, daß er keiner von uns ist. Aber nein, sie haben Angst! Sie bilden sich ein, die ganze Stadt verschwöre sich gegen sie. Nun wollen sie sich nichts mehr gefallen lassen und sind nicht mehr bereit, auf mich zu hören. Ich glaube, die Sache ist so: Es gibt Unzufriedene an diesem Hof genau wie an anderen auch. Ich wußte, daß ein großer Teil der Hitzköpfe im Aphrodisiahaus zusammen kam. Ich dachte nicht an eine Gefahr, ich wollte diese jungen Leute nur im Auge behalten. Ihr Führer ist der älteste Sohn von Terrai Burek, dem Premierminister der Beysa. Und ein Kind, das seinem Vater noch unähnlicher ist, könntet ihr euch nicht vorstellen. Es ist kein Geheimnis, daß der Junge seinen Vater haßt und alles tun würde, um ihm zu schaden – allerdings habe ich das Gefühl, daß er die Leute auch so schikanieren würde, wo er nur kann. Jedenfalls schützt der Vater seinen Sohn trotzdem, und die Gesetze Freistatts können gegen ihn nicht angewandt werden.«

»Ihr sprecht von Turghurt, nicht wahr?« Walegrin kannte diesen Namen offenbar, während Cythen sich nicht erinnerte, ihn je gehört zu haben. »Trotzdem, Cythens Schwester wurde mit Gift getötet – und die Harka Bey sind Frauen.«

»Stimmt. Aber wenn es die Harka Bey gibt, gibt es sicher auch eine Menge anderes: wie Ringe mit winzigen Giftbehältern und herausschnellenden Nadeln oder ganz schmalen spitzen Klingen, die Spuren wie die von Giftzähnen hinterlassen. Man hat mir gesagt, daß das Gift sich nicht isolieren läßt, doch ich glaube ihnen jetzt nicht mehr.«

»Wer ist dieser Terket Buger?« erkundigte sich Cythen. Sie hoffte auf einen Namen und ein Gesicht, die dem Mörder gehören mochten, an dem sie sich rächen könnte. »Würde ich ihn erkennen?«

»Turghurt Burek«, verbesserte Walegrin. »Ja, du hast ihn wahrscheinlich schon öfter gesehen. Er ist ein großer Bursche, ein Unruhestifter. Er ist um einen guten Kopf größer als die meisten Beysiber hier. Ich bin überzeugt, daß er im Grund genommen ein Feigling ist, denn man sieht ihn nie allein. Immer hat er eine Schar Gleichgesinnter um sich. Wir können ihm rechtlich ohnehin nichts anhaben – aber diesmal geht es um Mord.« Er blickte den Priester hoffnungsvoll an.

»Nein, auch in diesem Fall nicht.«

Wieder unterbach sie ein Pochen an der Außentür und Männerstimmen, die auf Beysibisch durcheinanderriefen. Molin verließ den Alkoven, um nach dem Rechten zu sehen, doch diesmal mußte er sich noch mehr gefallen lassen als von dem ersten Eindringling. Es hörte sich an, als würde er von zwei entschlossenen Männern tüchtig zurechtgewiesen. Sichtlich erschüttert kehrte der Priester in den Alkoven zurück.

»Es paßt jetzt alles zusammen«, sagte er gedehnt. »Der Bursche hat uns ganz schön in Teufels Küche gebracht! Noch eine Beysiberin wurde tot – und verstümmelt – aufgefunden, drunten am Hafen. Der junge Burek hat seine Karten meisterhaft ausgespielt. Das waren er und sein

Vater. Sie warnten mich, daß die Bevölkerung im Zaum gehalten werden müsse, wenn ich nicht die Schuld auf mich laden wolle, daß sie gnadenlos niedergemetzelt wird. Denn die Beysiber werden es nicht länger hinnehmen, daß ihre Frauen geschändet und gemordet werden.«

»Turghurt Burek war hier?« Automatisch griff Cythen zu ihrer Hüfte, wo sie gewöhnlich ihr Schwert trug. Jetzt war sie wütend auf sich, weil sie es nicht gewagt hatte, den Wandbehang so weit zur Seite zu ziehen, daß sie sein Gesicht hätte sehen können.

»Kein anderer. Und er hat jetzt auch seinen Vater überzeugt. Walegrin, ich weiß nicht, wie, aber ihr müßt für Ruhe sorgen, bis ich den alten Mann dazu bringe, die Wahrheit zu sehen – oder die Mörder bei der Tat ertappe.« Der Priester machte eine Pause, als wäre ihm etwas eingefallen. Er blickte Cythen durchdringend an, und sie krümmte sich schier unter dem Plan, den sie aus seinem Gesicht las. »Bei der Tat ertappen!« wiederholte er. »Cythen, wie scharf seid Ihr auf Eure Rache? Was seid Ihr bereit, dafür zu opfern? Turghurt schwillt schier vor Selbstherrlichkeit. Zweifellos wird er seinen Triumph im Aphrodisiahaus feiern. Er war seit dem Mord an Eurer Schwester nicht mehr dort, aber ich glaube nicht, daß er ihm noch lange fernbleibt. Wenn er es nicht heute nacht besucht, dann morgen. Er wird dorthingehen, denn da kann er seinen Sieg so richtig auskosten – und weil seinesgleichen bei den nicht weniger selbstherrlichen Beysiberinnen keine Befriedigung findet.

Irgendwie muß Eure Schwester etwas erfahren haben, das sie nicht sollte, und deshalb wurde sie getötet. Könntet Ihr ihn dazu bringen, den gleichen Fehler noch einmal zu machen, doch ohne, daß es Euer Tod ist – damit Ihr mir Bescheid geben könnt? Ich brauche einen unwiderlegbaren Beweis, mit dem ich vor seinen Vater treten kann. Keine Leiche, versteht Ihr? Denn das würde die Gemüter nur noch mehr erhitzen. Was ich brauche, ist Turghurt und der Beweis. Könnt Ihr mir ihn verschaffen?«

Cythen stellte fest, daß sie nickte, und hörte sich dem

rankanischen Priester versprechen, daß sie Rache nehmen und ihm den gewünschten Beweis erbringen würde. Während sie das sagte, erstarrte ein anderer Teil ihres Ichs. Diese Zusammenkunft war zu einem Traum geworden, aus dem sie offenbar nicht zu erwachen vermochte: Er war eine Fortsetzung aller Alpträume, die es so schlimm machten, sich an ihre Vergangenheit zu erinnern. Bekin war tot – aber immer noch allgegenwärtig.

Stumm stand sie dabei, während der Priester und Walegrin ihre Pläne schmiedeten. Die beiden hielten ihr Schweigen für Aufmerksamkeit, dabei konnte sie über das Schreien ihrer Gedanken nichts hören. Der Priester tätschelte ihre Schulter, als sie seine Gemächer verließ und Walegrin wieder auf den vorderen Hof folgte. Gruppen von Beysibern hatten sich inzwischen gesammelt und redeten aufgeregt aufeinander ein. Dem Freistätter Paar, das zur Kaserne zurückkehrte, wandten sie den Rücken zu. Ein Beysiber drehte sich jedoch nach ihr um und starrte sie an. Er war nicht sehr groß, infolgedessen konnte er nicht Turghurt sein, trotzdem löste der Blick der kalten Fischaugen endlich ihre Zunge.

»Sabellia, hilf mir! Ich verstehe nichts von Bekins Gewerbe. Ich bin noch Jungfrau!« Das war nicht weniger ein Gebet als alle, die sie gemurmelt hatte, seit ihr Vater von einem tödlichen Pfeil in den Hals getroffen worden war.

Walegrin hielt mitten im Schritt inne und starrte sie an. »Du hast mir gesagt, du hättest in der Straße der Roten Laternen gearbeitet!«

»Hätte, ja – ich wollte es versuchen, aber ich konnte es nicht. Seht mich nicht so an! Es ist gar nicht so unglaublich. Ich habe eine Kammer für mich allein in der Kaserne, und niemand würde es wagen, mich dort zu belästigen. Eine Frau, die in der Kaserne wohnt, weil sie Soldat ist, ist sicher vor den Annäherungsversuchen selbst ihrer Kameraden.«

»Dann bist du mutiger, als ich dachte.« Er schüttelt den Kopf. »Oder hoffnungslos verrückt. Es ist das beste, du sagst es Myrtis gleich, wenn du dort ankommst. Sie wird schon wissen, wie sie am besten Nutzen für uns daraus ziehen kann.«

Cythen schnitt eine Grimasse und bemühte sich, nicht an den kommenden Abend oder den darauf zu denken. Sie ließ ihr Schwert in Walegrins Obhut zurück und machte sich auf den Weg. Als sie die Straße der Roten Laternen erreichte, dämmerte es bereits. Einige der ärmeren, heruntergekommeneren Dirnen, die nicht zu einem der größeren Freudenhäuser gehörten, waren schon unterwegs auf Kundenfang. Das Aphrodisiahaus war noch nicht geöffnet. Als Cythen die Stufen zu der geschnitzten Eingangstür hochstieg, höhnte ein Straßenmädchen: »Deinesgleichen nehmen sie dort nicht, Soldatenweib.«

Voll Unbehagen wartete sie darauf, eingelassen zu werden, ohne auf die spöttischen Bemerkungen von der Straße zu achten. Nur zu schmerzlich erinnerte sie sich daran, weshalb sie bisher immer am Vormittag hierhergekommen war. Der Pförtner kannte sie und öffnete die Tür. Im Erdgeschoß bereitete man sich bereits auf den Abend vor. Die Musikanten stimmten ihre Instrumente, und ein paar von Madame Myrtis' »Damen« in feinen geblümten Gewändern machten es sich in den weichen Sesseln bequem, während Myrtis selbst sich noch in ihrem Gemach für den Abend zurechtmachte.

»Ich hatte nicht erwartet, dich je wiederzusehen«, sagte Myrtis weich. Sie erhob sich von ihrem Toilettentisch und klappte das Geschäftsbuch zu, das mehr Platz einnahm als die Fläschchen und Döschen mit Schönheitsmitteln. »Du hast mir in deiner Nachricht mitgeteilt, daß das Treffen deine Erwartungen nicht erfüllte. Doch du hast nicht erwähnt, daß du noch einmal hierherkommen würdest.«

»Stimmt, das Treffen verlief nicht wie erwartet.« Cythen beobachtete Myrtis' glatte, jetzt verkrampfte Hände. Aus Madames Stimme schwang eine kaum merkliche Nervosität; der Tischläufer wellte sich unter dem Geschäftsbuch. Beides konnte durchaus harmlose Bedeutung haben, aber Cythen hatte Bekin hierhergebracht, weil sie erwartet hatte, daß sie hier sicher war, und dafür hatte sie auch bezahlt. Myrtis hatte die Leistung nicht erbracht, für die sie das Gold genommen hatte, und sie rechnete nun damit, daß Cythen sich dafür auf wer weiß welche Weise rächen würde.

»Ich habe mit Molin Fackelhalter gesprochen. Er hat einen Plan, der eine Möglichkeit bietet, den Mann, den er verdächtigt, in eine Falle zu locken. Ich hatte angenommen, er habe Euch inzwischen bereits eine entsprechende Nachricht zukommen lassen«, sagte Cythen rasch.

Myrtis zuckte die Schulter, ohne daß ihre Hände sich entspannten. »Seit Bekins Tod kam es zu weiteren Morden, viele an Beysiberinnen. Alle verläßlichen Boten befinden sich im ständigen Einsatz. Man vergeudet keine Zeit, wenn es um den Tod einer Freistätterin geht. Vielleicht kannst du mir aber sagen, wen Molin Fackelhalter verdächtigt, Beynitgift zu benutzen, nachdem die Harka Bey abstreiten, etwas davon zu wissen.«

»Einen Beysiber. Er vermutet, daß der Mord an meiner Schwester sich gar nicht so sehr von den Morden an den Beysibern unterscheidet.«

»Hat er einen Namen genannt?«

»Ja, Turghurt Burek.«

»Der Sohn des Premierministers?«

»Ja. Trotzdem verdächtigt Molin ihn. Der Beysiber verkehrt doch hier, nicht wahr?«

»Er hat seine Spitzel überall!« Myrtis verzog das Gesicht, während sie sich entspannte und auf das schwelende Herdfeuer deutete. Cythen vernahm ein schwaches Klikken und sah, wie die Flammen hochzüngelten. »Wir nannten ihn hier *Stimme,* und er benahm sich stets wie ein Gentleman – obgleich er vom Fischvolk ist. Bekin war für ihn etwas Besonderes. Eine so kindliche Unschuld findet man unter ihren Frauen selten. Er war erschüttert über ihren Tod und trauerte um sie. Er kam seither auch nicht mehr hierher.«

Nachdenklich fuhr Myrtis fort: »Er war übrigens der zweite, der uns auf die Harka Bey aufmerksam machte.« Myrtis machte eine Pause, und als Cythen schon befürchtete, daß sie ihr überhaupt nicht glauben würde, gestand die auffallend schöne Frau: »Ich mag ihn sehr. Er erinnert mich an einen Mann in meiner Jugend, den ich über alles liebte. Doch die Liebe machte mich blind. Ich war schon – sehr lange nicht mehr blind. Die Anzeichen waren vorhanden, sie hätten meinen Verdacht wecken müssen. Hat Molin Fackelhalter eine Idee, wie man den Sohn des Premierministers den Händen der Gerechtigkeit ausliefern kann, ehe es in der Stadt zum Krieg kommt und wir uns an Ranke um Hilfe wenden müssen?«

»Da Bekin die einzige Freistätterin unter den Ermordeten ist, vermutet Molin, daß sie etwas erfuhr, das für ihn gefährlich werden konnte. Nun meint Molin, daß Turghurt den gleichen Fehler noch einmal begehen wird, jetzt, da er seinen Vater dazu gebracht hat, die Dinge aus seiner Sicht zu sehen. Doch ich bin nicht so leicht umzubringen wie sie und werde statt dessen die Falle zuschnappen lassen.«

»Du spielst ein gefährliches Spiel zwischen dem Priester und diesem Beysiber, Cythen. Molin ist keine Spur weniger skrupellos als das Fischvolk. Hier ist Burek nur als *Stimme* bekannt. Keine meiner Damen kennt den echten Namen der Gäste. Wenn dir dein Leben lieb ist, dann denk daran. Das Aphrodisiahaus ist eine eigene Welt. Ein Mann braucht hier nicht er selbst zu sein – und man erwartet von mir, daß ich meine Kunden schütze.« Erneut legte Myrtis eine kurze Pause ein.

»Stimme ist schlau, stark und grausam. Trotzdem wäre es einfach, sich seiner zu entledigen, wenn uns das nutzte. Die Harka Bey sind nicht die einzigen Frauen, die zu töten verstehen. Doch er muß entlarvt, nicht getötet werden, und das wird sehr gefährlich sein.«

»Ich bin hier, um Rache zu üben!« warnte Cythen.

»Vor einem Garnisonssoldaten wird er sich keine Blöße geben, weder im wörtlichen, noch im übertragenen Sinn – auch vor keinem weiblichen Soldaten!« Aus Myrtis' Lächeln sprach ein Hauch von Ironie. »Selbstsichere, eigenwillige Frauen wie die, mit denen er aufgewachsen ist und die, denen sein Vater dient, sind nicht nach seinem Geschmack. Dir fehlt das nachgiebige Wesen, das die Trübung ihres Geistes deiner Schwester gab.«

»Ich werde sein, was immer nötig ist, um ihn in die Falle zu locken.«

Während sie sprach, öffnete Cythen das Lederband, das ihr Haar zusammenhielt, und schüttelte den Kopf, bis die braune Pracht weich ihr Gesicht einrahmte.

»Auch die besten Absichten werden ihn nicht täuschen.« Myrtis' Stimme klang wieder gütig. »Dein Rachedurst macht dich nicht zur Kurtisane. Ich habe andere hier, die ihm eine Falle stellen können.«

»Nein«, widersprach Cythen. »Er wird wieder hierherkommen und seinen Fehler noch einmal machen, und vielleicht auch dann eines Eurer Mädchen töten. Ist es etwa nicht von Vorteil für Euch, wenn ich mein Leben riskiere, und Ihr nicht eine opfern müßt, die Euch gehört?«

»Natürlich wäre es vorteilhaft für mich, Kind, wenn mir jemand gehörte. Aber bloß, weil ich Geschäftsbücher über Liebesfreuden führe, heißt noch lange nicht, daß ich kein Gewissen habe. Wenn Stimme ist, was man vermutet, hätte ich die gleiche Schuld an deinem Tod oder dem einer anderen wie er.«

Cythen schüttelte den Kopf. Sie trat einen Schritt näher an Myrtis heran und drückte die Fäuste auf den Tisch. »Erzählt Ihr mir nichts über Tod oder Schuld! Fünf Jahre lang, nachdem diese Banditen uns überfallen hatten, wanderte ich mit Bekin herum, beschützte sie, brachte ihr Männer und tötete sie, wenn es sein mußte. Es wäre besser gewesen, sie hätte in jener Nacht den Tod gefunden. Ich bedauere nur, daß ein Mann sie ermordete, dem sie vertraute, wie sie allen Männern vertraute. Ich gebe niemandem die Schuld, weder mir noch Euch, aber ich werde mit meiner Erinnerung an sie nicht fertig, bis ich sie gerächt habe. Versteht Ihr das? Begreift Ihr nicht, daß ich den Kreis schließen muß, ich selbst, wenn ich meinen Seelenfrieden wiederfinden möchte, wenn ich von ihr frei sein soll?«

Myrtis blickte Cythen in die Augen. Ob sie die schrecklichen Gefühle und Erinnerungen verstand, die das Mädchen trieben, oder nicht, sie nickte jedenfalls. »Aber wenn du überhaupt eine Chance haben willst, mußt du dich genau an meine Anweisungen halten, Cythen. Wenn er dich nicht anziehend genug findet, wird er sich anderswo umsehen. Ich werde dir Bekins Gemach überlassen und ihre Kleidung. Das ist schon ein Vorteil für dich. Ich schicke dir Ambutta. Sie wird dich baden, dir helfen, dich richtig zu kleiden, und sie wird dir das Haar richten.

Falls er wiederkommt, gehört er dir. Du kannst bleiben, solange du möchtest. Aber in diesem Haus darf ihm nichts geschehen! Dann muß es auch so aussehen, als gehörtest du hierher, und es würde Verdacht erregen, wenn du keine anderen in dein Gemach mitnimmst, während du wartest. Ich werde dafür sorgen, daß du deinen Anteil bekommst …«

»Ich bin Jungfrau«, unterbrach Cythen sie mit keineswegs fester Stimme. Wenn ihre Gedanken sich mit dem fischäugigen Mörder ihrer Schwester beschäftigten, gelang es ihr, alles andere zu ignorieren, was zu diesem Plan, mit dem sie sich einverstanden erklärt hatte, noch gehörte. Doch der nüchternen Logik der Madame gegenüber begann sie zu erkennen, daß Rachedurst und Entschlossenheit vielleicht nicht genügten.

Myrtis nickte. »Das hatte ich vermutet. Du wirst also wohl nicht wollen, daß der Mörder deiner Schwester der erste ist …«

»Das spielt keine Rolle. Nur sagt jedem, daß ich auf den richtigen warten muß. Das ist doch nicht unüblich, oder? Daß für einen bevorzugten Kunden …«

Diesmal unterbrach Myrtis sie. »Das mag in Häusern der Fall sein, wo die Mädchen wie Sklaven gehalten werden. Aber meine Damen sind hier, weil es ihr Wunsch ist. Sie sind nicht mein Besitz. Wenn sie genug von einem der käuflichen Liebe gewidmeten Leben und reichliche Ersparnisse haben, gehen viele von ihnen fort, um ein neues, anderes Leben zu beginnen. Du würdest es nicht verstehen. Männer haben nichts, woran du interessiert bist, und du deinerseits hast nichts, was sie sich ersehnen.«

»Ich habe das Talent, anderen etwas vormachen zu können, Myrtis. Sonst hätten weder Bekin noch ich überlebt. Haltet Euer Versprechen ein. Überlaßt ihn mir für eine Nacht.«

Mit einer Geste besorgter Resignation erklärte Myrtis sich mit dem Plan einverstanden. Sie rief Ambutta, die manche für ihre Tochter hielten, und hieß sie, Cythen in den privaten Teil des Hauses bringen, wo man sich eine Nacht und einen Tag gründlich mit ihr beschäftigte und sie äußerlich verwandelte. Noch vor Sonnenuntergang des nächsten Tages war sie in dem luxuriösen Gemach untergebracht, in dem Bekin sich zu Hause gefühlt und wo sie den Tod gefunden hatte. Ihre Garnisonskleidung und ihr Messer waren hinter der dunklen Wandverkleidung versteckt. Sie selbst trug nun hauchdünne rosarote Seide – ein Geschenk für Bekin von dem Mann, der sie später ermordet hatte.

Als sie sich im Spiegel betrachtete, sah Cythen eine Dame, die ihr nicht vertraut war, aber die sie hätte werden können, wenn das Schicksal es nicht anders gewollt hätte. Sie war schön, wie Bekin es gewesen war, und sie zog die weiche, fließende Seide dem Kratzen der Leine und Wolle vor, die sie normalerweise trug. Kunstvoll hatte Ambutta Glasperlen in ihr Haar geflochten und es zu einer eleganten Frisur gebunden, so daß Cythen nun fast Angst hatte, den Kopf zu bewegen.

»Eine Nachricht kam für Euch«, sagte Ambutta, eine erschreckend weise Frau, obgleich sie kaum dreizehn Sommer zählte. Sie tupfte behutsam noch ein wenig Lidschatten auf Cythens Auge.

»Was?« Verärgert riß Cythen den Kopf zurück; trotz der Seide war ihre Haltung unverkennbar die eines Kriegers.

»Ihr wart gerade im Bad«, erklärte die Kindfrau und drehte den feinen Pinsel im Puder. »Und Männer dürfen tagsüber das obere Stockwerk nicht betreten.«

»Na gut, dann gib sie mir jetzt.« Sie streckte die Hand aus.

»Es ist eine gesprochene Botschaft von Eurem Freund Walegrin. Er läßt Euch sagen, daß wieder zwei Beysiberinnen ermordet wurden. Tatsächlich sind es drei – eine weitere fand man bei Ebbe –, doch die Botschaft wurde schon zuvor ausgerichtet. Eine der Ermordeten war die Kusine der Beysa. Die Garnison hat den Befehl, den Mörder noch vor dem Morgengrauen zu finden, denn sonst beginnen die Hinrichtungen. Sie haben vor, jeden Mittag so viele hinzurichten, wie Beysiber ermordet wurden. Morgen wollen sie dreizehn töten – mit Gift.«

Obgleich es warm im Gemach war und es nicht zog, fröstelte Cythen. »War das alles?«

»Nein. Walegrin sagte, daß Turghurt äußerst triebhaft ist.«

Das Frösteln wurde zur eisigen Hand um ihr Herz. Widerstandslos ließ sie sich von Ambutta weiter zurechtmachen. Im Spiegel erkannte sie sich als verängstigtes kleines Mädchen neben der weisen Ambutta.

Die Zeit schlich dahin, nachdem Ambutta sie verlassen hatte. Zwei Wülste der Stundenkerze waren bereits niedergebrannt, und noch niemand hatte an ihre Tür geklopft. Die Musik und das Lachen, wie sie im Aphrodisiahaus des Nachts üblich waren, empfand sie als aufreibend, während sie auf Geräusche wartete, die ihr verraten würden, daß Fischäugige – welche rankanischen oder ilsiger Namen ihnen Myrtis auch geben mochte – eingetroffen waren.

Sich vergnügt unterhaltend, gingen Paare an ihrer Tür vorbei. Einige der Mädchen hatten sich bereits für die Nacht zurückgezogen. Die Düfte von zur Liebe anregendem Räucherwerk wurden so stark, daß sie Kopfschmerzen verursachten. Sie häufte ein paar Kissen übereinander und kletterte darauf, um das hohe Fenster des Gemachs zu öffnen und hinaus auf die Stände des Basars und die dunklen Dächer des Labyrinths zu schauen. So hörte sie, in den Anblick der Stadt vertieft, nicht, wie sich ihre Tür öffnete. Aber sie spürte, daß jemand sie anstarrte.

»Man hat mir gesagt, daß du ihr Gemach bekommen hast.«

Noch ehe sie sich umdrehte, wußte sie, daß *er* es war. Er

sprach den hiesigen Dialekt recht gut, doch ohne sich zu bemühen, seinen starken Akzent zu verbergen. Ihr Herz schlug heftig, als sie sich zu ihm umdrehte.

Er hatte seinen Umhang unten abgelegt und stand nun in Beysiberstaat vor ihr. Fast füllte er die ganze Tür aus. Kein Wunder, daß er Bekin gefallen hatte – an Farbenpracht und Glitzer hatte sie kindhafte Freude gehabt. Sein Beinkleid war von silberbesticktem, tiefem Türkis. Das Wams, von etwas hellerem Ton, war bis zum Nabel offen und hatte bauschige Ärmel, die wie Moiré in wechselndem Muster schimmerten. Sein Fes war mit glitzernden Steinen besteckt. Er nahm ihn mit einem Lächeln ab. Nun glänzte sein kahlgeschorener Kopf im Kerzenlicht. Unwillkürlich drückte Cythen sich an die Wand und blickte ihn mit einer Mischung aus Angst und Scheu an. Seine Augen leuchteten, als er sie, ohne auch nur ein einziges Mal zu blinzeln, beobachtete. Sie schaute rasch zur Seite.

»Du brauchst keine Angst zu haben, kleine Blume.«

Er schlang die Arme um sie und drückte sie fest an sich. Kräftige, stumpfe Finger fanden ihren Hals und bohrten sich hinter ihren Ohren in die Haut, so daß sie nichts dagegen tun konnte, als er ihre Lippen auseinanderzwang. Sie befahl sich, nichts zu spüren, als er die Bänder fand, welche die Seide um sie zusammenhielten, und die Schleifen öffnete. Empörungsschreie echoten in ihr, doch sie verhielt sich ganz still in seinen starken Armen.

»Hast du immer noch Angst?« fragte er nach einer Weile und folgte mit einer Fingerspitze der Wölbung ihrer Hüfte, während sie schlaff auf den Kissen neben ihm lag. Er war wahrhaftig stark, wie Walegrin gesagt hatte, aber sie hatte nicht ganz den Mut, herauszufinden, ob er auch ein Feigling war.

Sie beantwortete seine Frage mit einem Kopfschütteln, doch sie konnte ihre Hände nicht davon zurückhalten, sich auf seine zu legen, um sie abzuhalten, sie unablässig erkundend zu streicheln. Er beugte sich tiefer über sie und liebkoste ihren Busen mit Lippen, Zunge und Zähnen. Mit einem würgenden Wimmern versuchte sie zurückzuweichen.

»Du wirst sehen, da ist nichts, was du abwehren mußt. Du brauchst dich bloß zu entspannen.«

Er starrte sie an. Die kalten Fischaugen spähten tief in Leib und Seele. Alle Warnungen Myrtis', Walegrins, ja selbst Ambuttas echoten in ihr, und sie wünschte, sie wäre Bekin: entweder tot oder bereit, jeden Mann zu lieben. Ihr Selbstvertrauen erlosch wie eine niedergebrannte Kerze. Sie fühlte, wie er den schweren Gürtel löste, der seine bauschige Hose zusammenhielt, und sie wußte, daß sie die ihre Kehle hochsteigenden Schreie nicht mehr würde unterdrücken können.

Eine zweite Chance würde es nicht mehr geben. Sie würde fallen und wahrscheinlich in diesem Raum sterben, während die Gedanken an ihre Schwester sich nicht verdrängen ließen. Aber sie war Meister darin, andere zu täuschen, wie sie behauptet hatte, und dazu gehörte mehr, als ein bißchen lügen und vorspiegeln.

»Ja, ich habe Angst«, wisperte sie in einer sinnlichen Kleinmädchenstimme, die sie selbst gerade erst entdeckt hatte, und bediente sich der Wahrheit, um sich ein paar Augenblicke zu erkaufen. Sie zitterte und drückte die abgelegte Seide an sich, als er ihr gestattete, ein wenig von ihm abzurücken. »Weißt du, was dem Mädchen passiert ist, das dieses Gemach vor mir hatte?« Sie duzte ihn, wie es zwischen Damen und Kunden im Aphrodisiahaus üblich war. »Während sie schlief, ließ jemand eine Schlange hier herein, und die biß sie. Sie starb auf schreckliche Weise. Manchmal glaube ich, ich höre ihre Todesschreie aus den Kissen. Aber sie wollen mir kein anderes Gemach geben.«

»Es gibt keine Schlangen hier, kleine Blume.«

In dem Halbdunkel konnte sie seine Miene nicht erkennen, und sein Akzent erschwerte es, dem Klang seiner Stimme etwas zu entnehmen. Kühn fuhr sie fort:

»Ja, das versichern sie mir auch ständig. Die einzigen Schlangen in Freistatt, die so giftig sind, sind die heiligen der Beysa – und die entfernen sich nie weit von ihr im Palast. Aber sie starb wirklich an einem Schlangengift. Also muß jemand die Schlange hereingelassen haben. Doch weil sie nur ein verrücktes Mädchen aus der Straße der Laternen war, sucht niemand nach ihrem Mörder.«

»Ich bin sicher, euer Prinz tut, was er kann. Es würde auch bei uns als Verbrechen angesehen, wenn tatsächlich jemand eine Schlange der Beysa gestohlen hätte.«

»Ich habe solche Angst! Angenommen, sie brauchten gar keine Schlange zu stehlen? Angenommen, die Harka Bey sind erzürnt, weil Männer wie du zu Frauen wie ich hierherkommen?«

Er nahm sie wieder in die Arme und strich ihr das schweißfeuchte Haar aus dem Gesicht. »Die Harka Bey sind eine Ammenmär.«

Sie nahm seine Hand in ihre und spürte die Form des Ringes an seinem Finger: Eine Schlange mit Fängen, die über ihre Fingerspitze kratzten. Er entzog ihr hastig die Hand.

»Turghurt, ich habe Angst, was aus mir werden wird ...«

Da schlug er zu wie eine Schlange. Er faßte sie am Hals und drehte ihr Gesicht ins Kerzenlicht. Ihr rechter Arm war hoffnungslos in der Seide gefangen, und der linke schmerzhaft auf den Rücken gedreht.

»Myrtis verdächtigt mich also, nicht wahr?«

»Nein«, wimmerte Cythen. Ihr wurde bewußt, daß sie trotz Myrtis' Warnung seinen Namen genannt hatte. »Sie weiß, daß du Bekin nicht hättest töten können. Nur Frauen kommen mit den Schlangen zusammen ...« Aber beide starrten auf den Schlangenring, der im Kerzenschein schimmerte.

»Wer bist du?« fragte er heftig und schüttelte ihr Kinn, bis sich ihr Unterkiefer ausrenkte und sie ihm nicht antworten konnte, selbst wenn sie es gewollt hätte. »Wer hat dich geschickt? Was weißt du?« Er bog ihr Handgelenk zurück über die Kerzenflamme. »Wer hat dir von unseren Plänen erzählt?«

Tränen flossen, und die Wimperntusche brannte in den Augen – doch das war noch der geringste Schmerz. Endlich gelang es ihr zu schreien, obgleich die Anstrengung, ihre Kinnlade aus seinem Griff zu befreien, ihr fast die

Besinnung kostete. Er bekam sie wieder zu fassen, doch da war es zu spät. Während er ihren Kopf an die Wand schlug, hämmerte jemand an die Tür. Sie fiel auf die Kerze und löschte sie mit dem Körper. Nun rangen sie im Dunkeln miteinander.

Aufs neue glückte es ihr, sich zu befreien. Sie grub ihre Fingernägel in ihn, wo es am schmerzhaftesten war. Aber ihr fehlte die Kraft, seine Knochen mit den Händen zu brechen, und in der Dunkelheit konnte sie das Stück der Wandtäfelung nicht finden, hinter dem ihr Messer verborgen war. Jemand hieb nun mit einer Axt auf die Tür. Sie dachte, daß vielleicht doch nicht alles vergebens sein würde, wenn sie ihn über ihrer Leiche stellten.

Er packte sie bei der Schulter und versetzte ihr einen Kinnhaken. Die Wucht und der Schmerz betäubten sie. Schlaff hing sie in seinem Griff, wehrlos seinem zweiten Hieb ausgesetzt. Er schleuderte sie in eine Ecke, wo sie schmerzhaft aufschlug. Dann tastete er sich verzweifelt durch die Dunkelheit, während die Axt weiterhin auf die Tür einschlug.

Cythen hatte das Bewußtsein nicht verloren, doch wünschte sie sich, sie hätte es. Ihr Mund und Kiefer schmerzten entsetzlich, obgleich paradoxerweise sein zweiter Schlag die Kinnlade wieder eingerenkt und dabei allerdings ein paar Zähne gelockert hatte. Sie hätte nun ungehindert schreien können, als sie hörte, wie seine glitzernde Kleidung auf den Boden fiel, doch die Qual, daß sie versagt hatte, war zu groß.

Ein Stück Holz war aus der Tür gesplittert. Das Licht der Laternen auf dem Gang spiegelte sich auf dem Schlangenring, den er vor die Augen hielt. Er hielt sie offenbar für tot oder ohnmächtig, und sie dachte, daß sie vielleicht am Leben bliebe, wenn sie sich tot stellte. Doch als ein zweites, größeres Stück aus der Tür brach, kam er auf sie zu. Der glitzernde Schlangenring hob sich über seiner Faust. Sie warf sich zur Seite und spürte einen Schlag auf der Schulter. In dem Durcheinander von Schmerzen und Panik wußte sie nicht, ob die Schlangenzähne in sie gedrungen waren; sie wußte nur, daß sie noch lebte, daß sie die Arme um seine Beine hatte und versuchte, ihn mit ihren schmerzenden und blutigen Zähnen zu beißen. Ohne große Anstrengung befreite er sich aus ihrem Griff und sprang zum Fenster, gerade als eine Hand durch das Loch in der Tür nach dem Riegel griff und ihn zurückzog.

Obgleich die Tür unmittelbar darauf aufgerissen wurde, konnte Turghurt sich aus dem Fenster schwingen, noch ehe jemand ihn erreichte. Und obwohl Cythen versicherte, daß sie bestimmt nicht lebensgefährlich verletzt sei, machten sie mehr Getue um sie und die zerrissene Seide als über den entfliehenden Beysiber.

»Er wird nicht weit kommen. Nicht ohne Kleidung«, versicherte ihr Myrtis und hielt die türkisfarbene Hose hoch.

»Er ist splitternackt!« sagte ein Freudenmädchen kichernd.

Cythen hatte bereits festgestellt, daß der Schmerz erträglich war, solange sie nicht den Mund aufmachte. So ignorierte sie das Stimmengewirr und suchte nach der Täfelung mit ihrer Kleidung und dem Messer. Der Beysiber war nicht nackt, dessen war sie sicher. Es war ihm gelungen, seine helle, glitzernde Kleidung gegen dunkle auszutauschen, ähnlich jener der Harka Bey. Doch seine Stiefel hatte er nicht austauschen können. Das helle Leder dürfte nicht schwer zu erkennen sein – falls er nicht inzwischen bereits sicher im Palast angekommen war. Sie schob Ambutta zur Seite und schlüpfte in ihre eigenen Stiefel.

»Du wirst ihn doch nicht verfolgen wollen? Die Garnison hat Soldaten an beiden Straßenenden postiert. Sie dürften ihn inzwischen haben. Ich habe bereits nach einem Arzt für dich geschickt.« Myrtis langte behutsam nach Cythens zerschlagenem Gesicht, doch Cythen hielt sie mit einem tierischen Knurren davon ab.

Mit noch offenem, perlenglitzerndem Haar bahnte sie sich einen Weg zur Tür. Vielleicht war Walegrin wirklich draußen auf der Straße. Das wäre das erste Erfreuliche heute. Möglicherweise hatten sie Turghurt bereits erwischt. Ihr war lieber, wenn Thrusher ihre Verletzungen behandelte als irgendein Freudenhausdoktor. Sie trat nach dem Portier, als er sie aufzuhalten versuchte, und rannte auf die Straße.

Die Palastmauer war zwar näher, aber dort war die Gefahr größer. Infolgedessen nahm sie an, daß Turghurt sich südwärts gewandt hatte, vorbei am Basar und das Labyrinth entlang zum Palast. Sie kam gar nicht auf den Gedanken, daß er sich noch auf der Straße der Roten Laternen aufhalten könnte, bis sich aus der Dunkelheit eine Hand über ihren Mund legte. Ein fast lautloser Schrei quälte sich aus ihrer Kehle, und sie wehrte sich mit Händen und Füßen, bis sie die vertraute Stimme hörte.

»Verdammt, Mädchen, sei still! Wir haben ihn in einem alten Haus, keine hundert Schritt von hier, in die Enge getrieben.«

Sie löste Walegrins Finger von ihrem Gesicht und stand vor ihm. Tränen rannen ihr über das Gesicht, und sie zitterte am ganzen Leib.

»Was ist dir passiert?«

»Er – hat – mich – geschlagen.« Sie bemühte sich, ihre Kiefer so wenig wie nur möglich zu bewegen.

»Hast du den Beweis?«

Sie zuckte die Schulter. Waren sein Ring und der Versuch, sie zu töten, der Beweis, daß er Bekin oder die Beysiber gemordet hatte?

»Komm, red schon, Cythen! Er ist herausgestürmt wie ein Stier. Er hat dich bestimmt nicht geschlagen, weil du häßlich bist …«

Sie schüttelte den Kopf und versuchte zu berichten, was geschehen war, aber ihr Mund schmerzte zu sehr, um alles zu erklären, und er verstand nicht, was sie mit ihren Gebärden sagen wollte.

»Schon gut. Vielleicht bekommen wir jetzt etwas aus ihm selbst heraus. Wir glauben, daß er in einem Banditenversteck untergeschlüpft ist.« Walegrin verließ die Straße und rannte zu einem dunklen Block aus mehreren Häusern, wo zwei seiner Leute warteten.

»Es ist still wie in einem Grab, da oben«, meldete einer.

Als er Cythen sah, fragte er: »Was ist denn dir passiert?«

»Sie hat was abgekriegt. Stell jetzt keine Fragen. Bist du sicher, daß er noch da oben ist?«

»Es gibt nur zwei Ausgänge, und er hat keinen benutzt.«

»Gut.« Walegrin wandte sich wieder Cythen zu. »Hast du überhaupt was erreicht?« Als sie den Kopf schüttelte, drehte er sich um. »Thrush, du kommst mit mir. Jore, wenn du was siehst, dann brüll. Und Cythen«, er warf ihr eine Scheide zu. »Da ist dein Schwert. Zeig jetzt, was du kannst!«

Sie rannten über einen Hof zu einem rauh verputzten Haus, das offenbar schon längere Zeit leerstand. Größere Stücke des Verputzes bröckelten ab, als sie sich an der Wand entlang zur Türöffnung tasteten. Die Stiege zum oberen Stockwerk war gerade breit genug für eine Person, und obendrein fehlten die Bretter von gut einem Drittel der Stufen. Walegrin zog sein enlibrisches Schwert und machte sich daran, diese Treppe hochzusteigen. Den anderen bedeutete er, unten zu warten.

Er bewegte sich völlig lautlos, bis er ein Bein über zwei fehlende Stufen hob und die Stufe, auf der er stand, durchbrach. Der blonde Mann taumelte nach vorn und bediente sich seines Schwertes, doch nicht zur Verteidigung, sondern um sein Gleichgewicht wiederzugewinnen. In diesem Augenblick pfiff ein anderes Schwert durch die Luft über ihm und drang tief in seinen Arm. Metall klirrte heftig gegen Metall. Grüne Funken sprühten. Obwohl sie nur schwaches Licht boten, war es unverkennbar, daß Walegrin – mit der klaffenden Wunde und den Beinen in der gebrochenen Stiege festgeklemmt – sehr im Hintertreffen war.

Thrusher brüllte hinaus, um Hilfe herbeizurufen, doch so, wie Walegrin in der engen Treppe eingekeilt war, würde es weder leicht sein, an Burek heranzukommen, noch dem Hauptmann beizustehen. Aber Cythen fand einen Weg. Während Thrusher verblüfft zusah, zog sie ihr Schwert und machte sich daran, über Walegrin hinweg hinaufzustürmen. Sie faßte ihn an einem Büschel Haar, stemmte einen Fuß auf seinen Oberschenkel und sprang die Treppe hinauf. Sie hoffte, Burek würde den Augenblick, den sie brauchte, ihr Gleichgewicht wiederzufinden, zu bestürzt sein, etwas zu unternehmen. Tatsächlich gelang es ihr, das Schwert hochzureißen, als seine Klinge auf sie zuschwang. Und Walegrin parierte es und schlug zur es Seite.

Der Beysiber wich von der Treppe zurück, und Cythen folgte ihm, doch hielt sie sich dicht an der Wand. Das Zimmer hier war nicht so baufällig und verlassen wie das Erdgeschoß. Man sah, daß es in letzter Zeit bewohnt wurde. Messer lagen auf einem sauberen Tisch herum, und eine Karte der Stadt hing an der Wand neben einem zweiten Beysibschwert. Doch Turghurt hatte nicht danach gegriffen. Die Kammer war zu klein, zwei Schwerter zu wirbeln, wie die Harka Bey es getan hatte. Bureks Haltung unterschied sich nicht sehr von Cythens, nur waren seine Arme länger und seine Reichweite dadurch größer.

Walegrin, der sich immer noch plagte freizukommen, brach durch eine weitere Stufe und stürzte. Das ganze baufällige Haus erzitterte, als er aufschlug. Nach den Geräuschen, die Cythen von der Stiege her hörte, schloß sie, daß die Soldaten versuchten, eine menschliche Leiter zu bilden, doch in diesem Moment parierte Turghurt ihre besten Streiche, und sie bezweifelte, daß ihre Kameraden noch rechtzeitig genug kamen.

Ihr würde die Kraft fehlen, noch viele seiner mörderischen Hiebe abzuwehren. Sie könnte versuchen, ihn hinzuhalten und zu hoffen, daß die anderen es bald schafften; oder sie könnte ihn angreifen und hoffen, sie würde Glück haben, wie bei der Harka Bey – doch das würde sein Leben kosten und alles nur noch schlimmer machen.

Er erriet ihre Absicht anzugreifen, und wich lachend quer durch die Kammer zurück. Er hob sich von einem Loch in der Wand ab, wo sich vielleicht einmal ein Fenster befunden hatte, und wirkte so noch riesenhafter. Aber vielleicht machte sein Lachen ihn einen flüchtigen Augenblick unachtsam. Sie sprang auf ihn zu.

Seine Augen weiteten sich ungläubig. Er fiel auf sie zu,

noch ehe sie ihn hätte berühren können, und seine Bestürzung wurde zum todesgleichen Stieren. Sein Gewicht stieß sie rückwärts, daß sie das Gleichgewicht verlor, und schlug ihr das Schwert aus der Hand. Aber er griff nicht an, sondern fiel nur. Krachend gingen beide zu Boden – und durch ihn hindurch, als die morschen Bretter nachgaben. Cythen hörte einen Schrei – ihren eigenen –, dann nichts mehr.

3

Die Sonne schien hell auf den Palasthof. Cythen, deren Gesicht noch merklich geschwollen war, und Walegrin, der den Arm in der Schlinge trug, standen mit den Höllenhunden auf dem Ehrenplatz. Beysiber waren noch keine anwesend. Enas Yorl ließ den Vorhang zurückfallen und setzte sich in seinem Arbeitsgemach wieder nieder. Die gesamte Bürgerschaft der Stadt schien gekommen zu sein und drängte sich um die hohe Tribüne, auf der die Beysa das Urteil sprechen würde.

»Hättet Ihr ihn auch aufgehalten, wenn es nur um die Kurtisane gegangen wäre?« fragte er in den verdunkelten Raum.

»Die Soldatin hat ihre Angst bewältigt und ihre Vergangenheit. Wir haben sie in unserer Schwesternschaft aufgenommen. Auch wir müssen uns anpassen. Ihre Rache ist unsere«, antwortete eine Beysiberin.

»Ah, aber das war nicht meine Frage. Wenn ihr nur gewußt hättet, daß mit dem Blut Beys, wie ihr es nennt, eine unschuldige Kurtisane getötet wurde, damit der Verdacht auf euch fiele; wenn es zu keinen weiteren Morden gekommen wäre, hättet ihr ihn dann auch aufgehalten?«

»Nein. Wir sind es gewöhnt, daß man uns die Schuld an Untaten gibt, die wir nicht begangen haben. Das gehört zum Gleichgewicht, das wir mit dem Reich haben. Ein unbedeutendes Leben hätte keine Rolle gespielt.«

Fanfaren ertönten. Erneut hob Yorl den Vorhang. Sonnenschein fiel auf eine vierfingrige, ebenholzfarbene Hand. Die Beysa war auf der Tribüne angekommen. Ihr Busen war so dick bemalt, daß er kaum nackt wirkte. Ihr langes Goldhaar flatterte weich im Wind. Die Menschenmenge war nun ganz still. Terrai Burek, der Premierminister, bestieg die Tribüne, und hinter ihm – in Ketten – sein Sohn Turghurt.

Der junge Mann stolperte, sogleich beeilten seine Wächter sich, ihm wieder auf die Füße zu helfen. Selbst aus dieser Entfernung war es offensichtlich, daß mit ihm etwas geschehen war und ihm gar nicht so recht klar war, weshalb seine Tante, die Beysa Shupansea, hier in der Sonne stand und allen Leuten erklärte, daß er für die Morde an seinen eigenen Volksgenossen und den an einer Freistätter Kurtisane hingerichtet würde. Wieder ließ Yorl den Vorhang fallen.

»Aber warum habt Ihr dann nur soviel Gift auf Euren Pfeil gegeben, daß es zwar seinen Verstand vernichtete, ihn jedoch nicht tötete?«

Die Beysiberin lachte melodisch. »Er ist zu weit gegangen. Er beabsichtigte, Shupanseas Zorn zu wecken, indem er Sharilar, ihre Kusine, tötete, während sie auf der Uferpromenade spazierengingen. Doch er mordete nicht nur Sharilar, sondern auch Prism – und das durften wir nicht hinnehmen.«

»Aber Ihr hättet ihn doch mit dem Pfeil auch töten können. Wäre das nicht die passende Rache der Bey gewesen?«

»Bey ist eine Göttin von vielfältigem Wesen; sie ist genauso eine Göttin des Lebens wie des Todes. Das jetzt ist eine Lehre für alle: für die Stadt und für die Beysiber. Sie werden einander von nun an ein bißchen höher achten. Shupansea selbst mußte das Urteil sprechen. Sie muß hier nicht nur dem Namen nach herrschen, sonst bleibt Turghurt nicht der einzige.«

Die Menge holte deutlich hörbar Atem, und Yorl zog den Vorhang ein drittes Mal zurück. Die Beysa hielt ein kleines blutiges Messer in der Hand, während ihre Schlange sich um ihren Arm wickelte. Turghurt war bereits tot. Die Menschenmassen brachen in Jubel aus. Und in diesem Moment spürte Yorl den Stich der Fänge am eigenen Hals.

Das Gift brannte und packte ihn wie Hände aus rotglühendem Eisen. Der sonnenhelle Hof verschwamm vor seinem Blick, und ihm wurde schwarz vor den Augen. Doch vor seinem inneren Auge leuchtete der Zugang zur siebenten Ebene des Paradieses. Der Geist des uralten Magiers stolperte vorwärts, er fiel – und das Tor lag fast in seiner Reichweite.

Vergebens – obwohl das Reich des Todes so nahe lag. Er weinte und wischte die Tränen mit einer zotteligen Pranke zur Seite. Das Gemach war dunkel und voll des Rauches vom Scheiterhaufen, auf dem sie den Verbrecher verbrannten und so seiner Seele das ewige Leben in der Göttin Bey verweigerten.

Enas Yorl hielt nun nur die Erinnerung an den Tod noch aufrecht.

Personenregister

Am Ende jedes Eintrags wird auf den Band verwiesen, in dem die jeweilige Figur erstmals vorgestellt wurde. Die Abkürzungen bedeuten im einzelnen:

DF = Die Diebe von Freistatt (Band 20089)
BS = Der Blaue Stern (Band 20091)
WE = Zum Wilden Einhorn (Band 20093)
RW = Die Rache der Wache (Band 20095)
GF = Die Götter von Freistatt (Band 20098)
VF = Verrat in Freistatt (Band 20101)
KD = Der Krieg der Diebe (Band 20107)

Ambutta – ein junges Mädchen, das für Myrtis arbeitet. (BS)
Alter Mann – s. Panit
Cidin – ein Freistätter Straßenjunge, der aus dem Verschwinden Jubals seinen Vorteil zu ziehen versucht. (KD)
Cime – Schwester und Geliebte von Tempus, der lebenden Legende. Sie hat einen Eid geschworen, niemandem etwas schuldig zu bleiben. Ihr einziges Ziel im Leben ist es, Magier zu töten. (WE)
Critias – rechte Hand Tempus'. Als Tempus in den Norden zieht, übernimmt er das Kommando über die verbleibenden Stiefsöhne. (KD)
Cythen – eine Frau, behende im Umgang mit dem Schwert, die sich als Söldner in den Dienst Walegrins stellt. Seit dem Tod ihres Vaters kümmert sie sich um ihre Schwester, die schwachsinnige Hure Bekin. (VF)
Dolon – von Sorgen geplagter Kommandant der »neuen Stiefsöhne«. (KD)
Dubro – der große, ruhige Schmied des Basars und Beschützer Illyras. (DF)
Eindaumen – der Wirt der Kneipe »Zum Wilden Einhorn« im Herzen des Labyrinths, ein großer, kräftiger Mann, dem ein Daumen an der rechten Hand fehlt. Nur der Magier Mizraith, der ihn durch einen Zauber schützt, weiß, daß Eindaumen ein Doppelleben führt: Als Lastel hat er ein Haus im Juweliersviertel, das durch unterirdische Gänge mit Amolis Liliengarten, einem verrufenen Bordell, in Verbindung steht. Er hat auch seine Hand im Krrf-Drogenhandel und anderen illegalen Geschäften. (BS)
Enas Yorl – einer der mächtigsten Magier des rankanischen Reiches. Erkennbar nur an seinen rot leuchtenden Augen, da er durch einen Fluch, der auf ihm lastet, in unregelmäßigen Abständen seine Gestalt wechselt. Er lebt in einer palastartigen Residenz unterhalb der Pyrtanisstraße im Juweliersviertel, die, wie es heißt, von Basilisken bewacht wird. (DF)

Erato – ein Krieger, gehört zu den »neuen Stiefsöhnen«. (KD)

Hakiem – der Geschichtenerzähler, der überall gern gesehen oder zumindest geduldet ist. Er verkauft seine Geschichte für Kupferstücke jedem, der sie hören will. Darüber hinaus hört er auch sehr viel, was ihn zu einem wertvollen Spion für Jubal macht. Er arbeitet neuerdings auch für die Beysiber, die Besatzer von Freistatt. (DF)

Hanse Nachtschatten – ein junger, dunkelhaariger, außergewöhnlich geschickter Dieb, stets dunkel gekleidet und mit mindestens einem Dutzend Messern bewaffnet. (DF)

Haron – Fischerin, trotz ihres hohen Alters immer noch sehr rüstig. (RW)

Haught – ein Sklave, ehemals Tänzer von Caronne, im Dienst einer Gruppe von Vashanka-Anhängern, die auch mit den Stiefsöhnen in Verbindung stehen. Fällt unter den Bann der Ischade und wird durch sie befreit. (VF)

Hort – Sohn des alten Fischers Panit. Er begegnet auf See zuerst den Beysibern, jenem fischäugigen Volk, das Freistatt vorgeblich in freundschaftlicher Absicht »besetzt«. (RW)

Illyra – eine junge Seherin, die die Vergangenheit und Zukunft aus den Karten liest. Da die S'danzo-Zigeuner sie als Halbblut verachten und die anderen ihr als S'danzo mißtrauen, ist sie so etwas wie eine Ausgestoßene. Sie hat ihren Stand im Basar und lebt mit dem Schmied Dubron zusammen. (DF)

Ischade – eine Zauberdiebin, die Jagd auf Magier macht und von ihnen Formeln und dergleichen stiehlt. Aufgrund eines Fehlers, den sie einmal begangen hat, steht sie unter dem Fluch, daß jeder Mann, der ihr Bett teilt, sterben muß. (RW)

Janni von Machad – ein Stiefsohn, der im Untergrund arbeitet. Er sucht mit seinem Partner Katzenpfote nach der Hexe Roxane. (KD)

Jihan – Gischttochter und Geliebte Tempus'. Da sie kein menschliches Wesen ist, kann ihr Tempus' Fluch nichts anhaben. (KD)

Jubal – ein riesiger Neger, ehemaliger Sklave und Gladiator. Er galt als der ungekrönte König der Unterwelt von Freistatt, bis er von Tempus und seinen Stiefsöhnen besiegt wurde. Seine durch Magie hervorgerufene Heilung ließ ihn körperlich altern. Er versucht aus einem sicheren Versteck heraus, seine früheren Schergen, nach ihrer Verkleidung »Falkenmasken« genannt, wieder an sich zu binden, um erneut die Macht in Freistatt zu erlangen. (BS)

Kadakithis, Prinz – Statthalter von Freistatt, jung, idealistisch, aber nicht dumm. Er weiß genau, daß er nach Freistatt gesandt wurde, weil sein Onkel, der Kaiser von Ranke, ihn aus dem Weg haben wollte. Er ist fair, wenn er kann; seine Feinde haben ihm wegen seiner diplomatischen Art den Namen »Kittycat« gegeben. (DF)

Lythande – Pilgeradept, erkennbar an dem blauen Stern auf der Stirn. Wie bei allen Mitgliedern dieser Sekte liegt Lythandes Geheimnis ihrer Macht in einem Geheimnis, das niemand entdecken darf. Sie ist auch dafür bekannt, niemals in der Öffentlichkeit Speise oder Trank zu sich zu nehmen. (BS)
Mama Becho – besitzgierige Wirtin der einzigen Schenke in Abwind, dem Elendsviertel von Freistatt. Sie hält sich durch eine Schar von Jungs auf dem laufenden, die sich aus Findlingen und ihren eigenen Kindern zusammensetzt. (VF)
Molin Fackelhalter – Hohepriester und Baumeister des Gottes Savankala. Er wurde mit Kadakithis nach Freistatt entsandt, um den rankanischen Göttern Tempel zu errichten. Seit der Invasion vermittelt er zwischen den Freistättern und den Beysibern. (DF)
Mor-am – als Killer stand er mit seiner Schwester Moria in Diensten Jubals, doch nach dessen Verschwinden läuft er zu den »Stiefsöhnen« über und gerät in den Bann Ischades. (BS)
Moruth – genannt der Bettlerkönig, Halbbruder Tygoths, macht als Anführer von Mama Bechos Jungs die Straßen in ganz Freistatt unsicher. (VF)
Mradhon Vis – Abenteurer aus Nisibisi, ein ehemaliger Soldat, der unehrenhaft entlassen wurde und sich in vielen Berufen, so auch als Leibwächter, versucht hat; entging mit Not dem Bann der Ischade und schloß sich den verbliebenen »Falkenmasken« an, obschon deren Führer Jubal verschwunden ist. (RW)
Myrtis – gilt als die ungekrönte Königin in der Straße der Roten Laternen. Sie leitet das Aphrodisiahaus, das feinste Bordell in Freistatt. (BS)
Nikodemus, genannt Niko oder Katzenpfote – ein Krieger, der in Nisibisi ausgebildet wurde und über Kenntnisse in Magie verfügt. Er schloß sich den »Stiefsöhnen« an und arbeitet mit seinem Partner Janni im Untergrund, um die Machenschaften der Hexe Roxane aufzudecken. (KD)
Omat – ein Fischer mit verkrüppeltem Arm. (RW)
Panit, genannt der Alte Mann – einer der ältesten und erfahrensten Fischer von Freistatt. (RW)
Prism – eine Beysiberin, gehört zu den sagenumwobenen Harka Bey, einem Bund Assassinen mit Gift im Blut. (KD)
Roxane – eine Nisibisihexe. Sie kam nach Freistatt, um den Gott Vashanka zu stürzen und den legendären Tempus in den Norden zu locken, damit ihn dort die anderen Nisibisimagier unschädlich machen konnten. (KD)
Saliman – rechte Hand Jubals, von ihm einst als Sklave erworben, aber auf freien Fuß gesetzt; seitdem hält er Jubal bedingungslos die Treue. (VF)

aber auf freien Fuß gesetzt; seitdem hält er Jubal bedingungslos die Treue. (VF)

Stilchon – ein Krieger, gehört zu den in Freistatt verbliebenen »Stiefsöhnen«. (KD)

Straton – ein Stiefsohn, für seine Tapferkeit bekannt. (KD)

Tamzen – die junge, schöne Tochter des Bierstubenbesitzers. Sie liebt und verehrt den Krieger Niko. (KD)

Tempus, auch Thales genannt – eine rätselhafte Gestalt, die ihr Leben ganz in den Dienst Vashankas, des rankanischen Kriegsgottes, gestellt hat. Er ist ein Riese von einem Mann, mehr als drei Jahrhunderte alt und besitzt die Fähigkeit, seine Wunden zu heilen und seine Gestalt zu tarnen, daß man ihn nicht erkennt. Allerdings steht er unter dem Fluch, der ihm zu lieben verbietet. Nach dem Tod des Abarsis hat er die Führerschaft der »Stiefsöhne«, des »Heiligen Trupps« von Anhängern des Gottes Vashanka, übernommen. Er hegt einen besonderen Haß auf Jubal und vertreibt ihn aus Freistatt. (WE)

Thrusher – Walegrins Freund und Weggefährte. (VF)

Turghurt Burek – ein Lord der Beysiber, Sohn des Terrai Burek, des Premierministers der Beysa. Er gehört zu jener Gruppe der Besatzer, die auf ein härteres Vorgehen der Beysiber gegen die Freistätter drängen. (KD)

Tygoth – Mama Bechos erwachsener Sohn, der für die Bewachung der Schenke zuständig ist; gibt sich gern debiler, als er ist. (VF)

Walegrin – ein Söldnerführer, Halbbruder der Seherin Illyra. Ihr Vater wurde von den S'danzo verflucht, und Walegrin glaubt, unter demselben Fluch zu stehen. Er ist groß, bleich und wirkt sehr barbarisch vom Äußeren. (WE)